S·I·R

Simplicity 단순 Ignorance 무식 Radical 과격

S·I·R 5

최영채 판타지 장편 소설

초판 1쇄 찍은 날 § 2003년 1월 6일
초판 1쇄 펴낸 날 § 2003년 1월 16일

지은이 § 최영채
펴낸이 § 서경석

편집장 § 문혜영
편집 § 장상수 · 박영주 · 김희정 · 권민정 · 이종민
마케팅 § 정필 · 강양원 · 이선구 · 김규진

펴낸곳 § 도서출판 청어람
등록번호 § 제1081-1-89호
등록일자 § 1999. 5. 31
어람번호 § 제1-0338호

주소 § 경기도 부천시 원미구 심곡1동 350-1 남성B/D 3F (우) 420-011
전화 § 032-656-4452 팩스 § 032-656-4453
http://www.chungeoram.com
E-mail § eoram99@chollian.net

© 최영채, 2002

값 7,500원

ISBN 89-5505-431-9 (SET)
ISBN 89-5505-573-0 04810

최영채 판타지 장편소설

S·I·R

Simplicity 단순　　**Ignorance** 무식　　**Radical** 과격

5

카오스의 외출

도서출판 청어람

목차

그린 윙 기사단

그린 윙 기사단

"오늘도 야영을 해야 되는 거야?"

"글쎄? 오늘 안으로 네리펠 시까지 가긴 힘들 것 같으니 아무래도 그래야 될 것 같은데?"

렉스의 대답에 제로스는 입술을 삐죽 내밀었다.

"왜, 힘들어?"

"당연하지. 씻고도 싶고, 편히 쉬고도 싶단 말이야."

투정을 부리는 듯한 제로스의 음성에 렉스는 자신도 모르게 도네의 얼굴을 먼저 봤다. 비록 그녀가 자신의 의견을 말하지는 않았지만 그녀의 얼굴에도 희미하게 여행의 피곤함이 묻어 있는 것 같았다.

"하루만 참아. 지금까지 온 거리로 봐서 내일쯤은 네리펠 시에 도착할 것 같으니까. 피곤하면 오늘은 이만 여기서 쉴까? 도네는 어때?"

"렉스 좋을 대로 해."

“그래? 그럼 오늘은 여기서 쉬도록 하자.”

대답한 렉스는 곧 말을 멈추고 야영 준비를 했다.

근처의 나무에 말고삐를 맨 두 드래곤은 꼼짝도 하기 싫은 듯 열심히 움직이는 렉스의 모습을 바라보고만 있었다.

주위에서 나뭇가지를 긁어모은 렉스는 모닥불을 지피고는 식사 준비를 하기 시작했다.

“렉스, 미안한데 난 식사를 하고 싶은 생각이 없어.”

“나도.”

“나도? 뭐 잊은 것 없어?”

“나도 안 먹을 거야, 렉.스.형!”

“그래? 그럼 내일 아침 식사 준비나 해놓지 뭐.”

렉스 역시 식사 생각이 없는지 곧 식기와 부식들을 한쪽에 준비해놓고는 그냥 앉아 있었다.

잠시 휴식을 취하던 도네는 자신의 짐 속에서 필요한 물건을 꺼내고는 렉스에게 말을 건넸다.

“씻고 있을 테니까 기다리지 말고 자.”

도네가 어디론가로 사라지고 얼마 후 제로스도 자리에서 일어났다.

“나도 좀 씻고 올 테니까 기다리지 마.”

제로스마저 어디론가 모습을 감추고 나니 렉스는 심심하다는 생각이 들어 그 자리에 계속 앉아 있을 수 없었다. 자리에서 일어나 주위를 서성거리던 렉스는 자신도 모르게 도네가 사라진 곳을 향해 걸음을 옮겼다.

군데군데 10여 그루의 나무들이 자라고는 있었지만 거의 개활지에 가까운 지형이었기에 그녀가 말한 씻을 만한 장소는 어디에도 있을 것 같지 않았다. 게다가 어디서도 물소리를 들을 수 없었기에 걸음을 옮기던 렉스는 도네가 대체 어디로 갔을지 궁금해하면서 주위를 두리번거렸다. 그러던 렉스의 귀에 나직한 노랫소리가 들렸다.

처음 들어보는 음률이었다. 가만히 눈을 감고 들어보니 현재 자신이 있는 위치에서 그리 멀리 떨어지지 않은 곳에서 들리는 것 같았다. 천천히 걸음을 옮기던 렉스는 2, 30그루의 나무들이 서 있는 곳에서 그 노랫소리가 흘러나오는 것을 확인했다.

노랫소리에 끌려 자신도 모르게 다가간 렉스는 그리 작지 않은 웅덩이에 가슴까지 몸을 담그고 있는 도네의 모습을 발견할 수 있었다.

원래부터 솟아난 것인지, 아니면 도네가 만든 것인지는 모르지만 지금 도네가 몸을 담그고 있는 웅덩이는 많은 수증기가 분출되고 있었다.

무엇보다 렉스의 눈길을 끈 것은 도네와 웅덩이를 환하게 밝히고 있는 갖가지 색의 수많은 발광체들이었다.

안개처럼 자욱하게 피어난 수증기 속을 밝히는 영롱한 빛, 그리고 그 빛에 싸인 도네의 모습은 너무나 환상적이었다. 또한 그녀의 입에서 흘러나오는 높고 느릿한 리듬은 그런 분위기를 더욱 신비스럽게 만들고 있었다.

정신없이 바라보던 렉스의 귀에 도네의 음성이 들린 것은 바로 그때였다.

"뭘 그렇게 보고만 있어? 렉스도 들어오지 그래?"

"응?"

정신을 차린 렉스는 도네가 자신을 빤히 바라보고 있다는 것을 그제야 발견하고는 쑥스러운 표정을 지었다.

"내가 온 걸 알았어?"

"당연하지. 어서 들어와. 따스해서 피곤이 싹 달아나는 것 같아 정말 좋아."

도네의 재촉에 잠시 망설이던 렉스는 곧 라이트 레더와 옷을 벗은 후 물속으로 들어갔다.

뜨거운 물이 전해주는 기분 좋은 나른함에 몸을 맡긴 렉스는 여름임에도 불구하고 어떻게 해서 이곳에 뜨거운 물이 존재하는 것인지 그제야 알 수 있었다. 마치 수영이라도 하듯 물속 이곳저곳을 돌아다니고 있는 붉은색을 띤 두 마리의 도마뱀을 발견한 것이다. 다름 아닌 불의 정령 살라만더였다.

천천히 도네 곁으로 다가간 렉스는 사뿐히 그녀를 안았다.

"도네, 그 노랜 뭐야?"

"오래전 프란슈이마 대륙을 여행하다 체라이언 왕국이란 데를 들렀을 때 음유 시인 한 명을 만난 적이 있었어. 당시 왕국에서 명성을 날리던 유명한 음유 시인이었는데 한 여인과 이루어질 수 없는 사랑에 몹시도 괴로워하고 있었지. 이 노랜 사랑하는 연인을 만날 수 없어 괴로워하던 그의 심정을 노래한 것인데 왠지 그때 한 번 들은 후부터 잊혀지지 않아서 가끔 혼자 부르곤 해."

"그래? 정말 아름다운 노랜 것 같아. 하지만 도네가 노래를 부르는 모습은 본 적이 없어서 그런지……."

"왜, 싫어?"

"아니, 아니야. 듣기도 좋고, 보기에도 좋아. 다시 한 번 나를 위해 불러주겠어?"

"렉스가 원한다면……."

도네의 입에서는 다시 느릿한 노랫소리가 흘러나왔다.

느지막이 아침 식사를 마친 세 사람은 네리펠 시를 향해 말을 몰았고, 출발한 지 5시간이 지난 후에야 네리펠 시의 외곽에 도착할 수 있었다.

길은 네리펠 시로 들어가는 잘 닦여진 도로와 시를 우회해 돌아가는 비포장 도로로 나뉘어져 있었다. 그리고 그 갈림길에는 바라크가 지어져 있었는데 몇 명의 병사가 그곳을 지키고 있었다.

병사들은 처음 세 사람의 복장을 보고는 어이가 없어 실소를 금할 수 없었다.

대체 어디서 온 것인지는 모르지만 저런 복장을 하고 길을 나섰다가는 얼마 가지 못해 흙먼지를 뒤집어써 흙덩어리가 될 것이 뻔했기 때문이다. 게다가 이렇게 더운 날 후드까지 달린 케이프를 뒤집어쓰고 있는 여자는 도저히 제정신으로 보이지 않았다.

세 사람이 다가오자 가장 나이가 들어 보이는 병사가 한 걸음 앞으로 나서며 그들의 앞길을 가로막았다.

"말을 멈추시오."

세 사람이 말을 멈추자 중년 병사는 세 사람에게 다가가 얼굴을 유심히 살피다 그들의 미모를 발견하고는 눈이 번쩍 뜨이는 것을 느꼈다. 상상을 초월하는 아름다움에 중년 병사는 벌린 입을 다물지 못했다.

가까스로 정신을 차린 중년 병사가 보기에 우선 건장한 체격의 청년이 비록 클레이모어를 허리에 매고 있었지만 고생한 흔적을 전혀 느낄 수 없는 얼굴을 봐서는 그저 장식용으로 매고 있는 것으로 보였다. 게다가 일행으로 보이는 젊은 여자나 어린 소년 역시 태어나서 고생이라고는 모르고 자라온 귀족가나 부잣집 자제들로 보였다.

그들에게 풍기는 분위기가 심상치 않다고 생각했는지 중년 병사는 조심스럽게 입을 열었다.

"실례지만 여러분들은 지금 어딜 가시는 길입니까?"

"네리펠 시에 볼일이 있어 가는 길이오."

"무슨 목적으로 방문을 하신 것인지 그 이유를 말씀해 주시겠습니까?"

"사람을 만나러 왔소이다만 그것은 왜 묻는 것이오?"

"실은 얼마 전부터 산적들이 자주 출몰해 네리펠 시 전역에 비상경계령이 내려졌기 때문입니다."

"그런 일이 있었구려. 우린 네리펠 시에 있는 사람을 만나러 왔소."

"그 사람이 누군지 이름을 알 수 있겠습니까?"

"성인지 이름인지 알 수는 없지만 제르지온이라고 하는 사람을 만나러 왔오."

"제르지온?"

"왜, 아는 사람이오?"

"아닙니다."

중년 병사는 황급히 고개를 저었다.

"그런데…… 혹시 검은 좀 쓸 줄 아십니까?"

"검? 그건 왜 묻소?"

"예? 왜 묻는지 그걸 몰라서 묻는 겁니까?"

중년 병사가 눈을 동그랗게 뜨고 쳐다보자 세 사람은 어리둥절한 표정을 짓지 않을 수 없었다.

"레트로니아 왕국에서 가장 험악하고 폭력 사고가 빈번히 일어나는 도시가 바로 이곳 네리펠 시이기 때문입니다."

"험악한 도시?"

"그렇습니다. 언제부터인지는 알 수 없지만 사람들이 포악해지기 시작해 지금은 누구도 손댈 수 없을 지경입니다."

"이곳에도 시 경비대가 있을 것 아니요? 이곳을 다스리는 시장이나 영주가 대체 누구이기에 그런 상황을 그냥 두고 본단 말이오?"

"휴우~ 물론 시장님도 계시고, 영주님도 계시지만 어느 분도 손을 쓸 생각을 하지 않아서……. 만약 자신을 지킬 만한 힘이 없다면 제 생각에는 네리펠 시로 들어가시는 것을 피하시는 것이 좋을 것 같습니다. 게다가 저렇게 아름다운 레이디는 더욱 험한 꼴을 당할 수 있습니다."

"만약 귀하의 말대로라면 만날 사람만 만나고 곧 나오도록 하겠소. 우리도 위험한 것은 싫으니 말이오."

"너무 위험하실 텐데……."

"하지만 지금 난 높은 분의 지시로 온 것이라 이대로 돌아갈 수도 없는 상황이오."

"그렇다면 어쩔 수 없군요. 조심하시길 빕니다. 네리펠 시는 이 길을 따라가다 보면 곧 나옵니다. 부디 무사하셨으면 좋겠군요."

"고맙소이다. 그럼……."

중년 병사에게 인사를 한 렉스와 두 드래곤은 말머리를 돌려 네리펠 시로 향했고, 중년 병사는 그런 세 사람의 뒷모습을 한참 동안 바라봤다.

"이봐, 졸지 말고 잘 지키고 있어."

"교대할 때도 다 됐는데 어딜 가시려고요?"

"저 작자들 아무래도 이상해. 미행을 해봐야겠어."

"그런다고 누가 상이라도 줍니까? 그냥 두시죠."

“아니야, 가봐야겠어.”

말을 마친 중년 병사는 렉스들이 사라진 길을 따라 빠르게 뒤쫓아갔다.

그 모습을 보던 젊은 병사들은 고개를 저었다.

“그런다고 돈을 더 받는 것도 아닌데 왜 저렇게 열심인지 모르겠어.”

“그러게나 말이야. 하여간 충성이야, 충성.”

“그보다 오늘 끝나고 술이나 사.”

“술? 그걸 왜 내가 사?”

“야, 임마. 저번에 내가 샀잖아.”

“뭐? 네가 샀다고? 이 형님이 샀지 어떻게 네가 산 거야?”

“야, 이 자식아. 그냥 술 한잔 사면 안 되냐? 그걸 그렇게 꼭 따져야겠냐?”

“그럼 형님, 술 한잔 사주십시오, 그러면 이 형님께서 사줄 텐데 시비는 왜 걸어?”

“뭐 형님? 시비?”

퍽!

“이 자식이 감히 주먹을 휘둘러? 어디 맛 좀 봐라. 에잇!”

퍽!

말다툼하던 두 사람. 급기야는 서로를 향해 주먹질을 하기 시작했다. 살갗이 찢어지고, 눈두덩이 밤송이처럼 변했지만 두 사람은 전혀 멈출 생각을 하지 않았다.

말 몇 마디에 주먹까지 휘두른 그들도 이상했지만 말리지 않고 구경만 하는 그들의 동료 역시 이상하기는 마찬가지였다. 하여간 두 사람의 싸움은 끝날 줄 몰랐다.

바라크를 떠난 세 사람은 중년 병사의 말대로 얼마 되지 않아 곧 네리펠 시의 성벽을 발견할 수 있었다.

성문을 통과해 안으로 들어선 세 사람은 일반적인 도시와 다를 바 없는 모습에 고개를 갸웃거리지 않을 수 없었다. 중년 병사의 말대로라면 사방에서 폭력이 난무하고, 곳곳에서 피 튀기는 큰 싸움이 벌어져야 함에도 불구하고 거리는 너무도 조용했다.

"뭐야? 아까 그 자식 말대로라면 사방에서 싸우고 여기저기 시체가 즐비하게 깔려 있어야 하는 것 아니야?"

"그러게 말입니다. 들었던 것과는 너무 다른데요?"

사방을 두리번거리며 도시 안으로 들어선 세 사람은 곧 중년 병사가 말했던 상황과 조우할 수 있었다.

와장창—

문이 박살나는 요란한 소리와 함께 무엇인가가 길바닥을 나뒹구는 모습이 보였다. 세 사람은 거의 동시에 말을 멈추었고, 건물 안에서 수십 명의 사람들이 쏟아져 나왔다.

"죽여 버려—"

"야! 임마, 어서 일어나란 말이야. 너한테 건 돈이 3골드나 된단 말이야! 어서 못 일어나?"

"일어나기 전에 어서 죽여! 죽여 버리란 말이야!"

"죽여! 죽여! 죽여 버리란 말이야!"

수십 명의 고함 소리와 응원 소리에 귀가 멍해 정신을 차릴 수 없을 정도였다.

쓰러져 있던 사내가 비틀거리며 일어서는데 30대 중반으로 보이는 사내의 얼굴은 온통 피투성이였다. 그가 미처 중심을 잡기도 전 사내 앞에 나선 또 한 명의 사내가 힘껏 주먹을 휘둘렀다.

퍽—

길바닥을 나뒹굴었던 사내는 비명을 남길 시간도 없이 마치 통나무 쓰러지듯 그대로 뒤로 넘어갔다.

"와~"

그 모습을 지켜보던 구경꾼들의 반응은 대체로 두 부류였다. 한쪽이 환호를 터뜨리는 반면 다른 한쪽은 쓰러져 기절해 있는 사내에게 침을 뱉고, 욕을 해댔다.

"빌어먹을 놈, 싸움을 그렇게도 못하냐? 캬악~ 퉤."

"덩치만 좋지 싸움은 지지리도 못하는 이런 놈을 어떤 놈이 데려왔어?"

"대체 이놈 때문에 날린 돈이 얼마야? 빌어먹을 놈! 퉤!"

몰려 있던 사람들은 곧 사방으로 뿔뿔이 흩어졌고, 남은 사람은 렉스들 세 사람과 그때까지 정신을 차리지 못하고 있는 피투성이 사내뿐이었다.

말에서 내린 렉스는 쓰러져 있는 사내의 상태를 살펴봤다.

비록 얼굴은 피투성이였지만 코피와 입술만 찢어졌을 뿐 다행히도 어디 부러진 곳은 없는 듯 보였다.

짝짝~

"끄응~"

가볍게 사내의 뺨을 몇 번 때리자 짙은 신음 소리와 함께 사내가 깨어났다.

“정신이 드시오?”

“누, 누구?”

“지나던 사람이오. 기절해 있는 것을 보고 깨운 것이오만 일어설 수 있겠소?”

“미, 미안하지만 조금만 부축해 주겠소?”

“팔을 내게 맡기고…….”

렉스의 부축을 받은 사내는 힘겹게 자리에서 일어섰다. 하지만 어디가 불편한지 허리를 제대로 펴지 못하고 있었다.

“실례하지만 시간이 있다면 내가 투숙하고 있는 곳까지 부축을 해줄 수 있겠소? 꼭 보답을 하겠소이다.”

“그곳이 어디요?”

“여기서 멀지 않은 곳이오. 부탁 좀 하겠소.”

사내의 부탁에 렉스는 곧 고개를 끄덕이고는 그를 부축해 걸음을 옮겼고, 도네와 제로스는 렉스의 말을 끌고 뒤를 따라갔다. 사내의 말처럼 그가 투숙하고 있는 여관은 15분 정도 가자 곧 나타났다.

여관으로 그를 안내하던 렉스는 여관 옆의 건물을 발견하고는 따라오던 도네에게 말을 건넸다.

“도네, 제로스와 함께 저 술집에서 잠시만 기다려.”

고개를 돌려 술집을 확인하고 보니 그렇지 않아도 목적지였던 〈술고래〉라는 술집이었다.

술집 앞에 말을 멈춘 도네와 제로스는 말에서 내리자마자 꽤나 부드러운(?) 인상의 30대 점원과 마주쳤다.

“뭐야? 술 마시러 온 거야?”

거침없는 사내의 반말에 도네와 제로스는 너무나 기가 막혀 아무 말도 하지 못했다. 그런 두 사람의 태도가 마음에 들지 않는지 사내는 잔뜩 인상을 썼다. 하지만 사내의 눈은 도네의 얼굴을 발견하는 순간 유령이 울고 갈 정도로 눈부신 변신을 보였다.

경악에서 황홀함, 황홀함에서 음흉한 미소, 음흉한 미소에서 다시 회심의 미소, 회심의 미소에서 다시 점잖은 얼굴로 돌아오기까지 그야말로 눈 깜빡할 사이에 불과했다.

"레이디같이 아름다운 분께서 저희 가게처럼 남루한 곳을 찾아주시다니 무한한 영광입니다. 일행은 저 꼬마 손님뿐이십니까?"

자기 딴에는 부드러운 미소라고 지었는지 모르지만 그 미소를 발견하는 순간 도네는 5000년 전에 먹었던 오크 고기가 다 꿈틀거리는 것 같았다.

자신을 꼬마 취급하는 것에 치미는 분노를 참지 못하고 말 위에서 제로스가 막 입을 열려는 순간 뒤에서 렉스의 음성이 들려왔다.

"아니, 아직도 안 들어가고 뭐 하고 있어?"

렉스의 출현에 점원의 눈매는 당장 가늘어졌다. 하지만 부잣집 도련님처럼 생긴 렉스의 모습에 곧 비웃음을 지었다.

"뭐 하고 있냐니까?"

도네 곁으로 다가온 렉스는 그제야 너무나 개성적으로 생긴 점원의 모습을 발견하고는 고개를 저었다.

"세상에 뭐 저따위 얼굴이 다 있지? 완전히 상처로 도배를 했잖아. 째지고, 꿰매고, 지지고……. 정말 오묘할 정도로 다양하군, 다양해."

"지금 그 말…… 나에게 한 소리냐?"

너무나 황당한 나머지 멍청한 표정을 짓던 사내는 곧 인상을 구기며 입을 열었다.

"소리냐? 상당히 싸가지없는 말투이긴 하지만 일단은 내가 참기로 하지. 당연히 자네에게 한 소리라네."

"뭐, 싸가지? 자네? 허? 허허허."

렉스의 말에 사내는 기가 막혔는지 헛웃음만 터뜨렸다.

"내참 살다 살다 보니 별 개 뼈다귀 같은 놈을 다 보겠군. 아가야, 방금 네가 이 어르신을 보고 싸가지없이 자네라고 했냐? 게다가 또 싸가지도 없다고 그랬냐?"

잔뜩 인상을 쓰는 점원을 보고도 렉스는 그저 빤히 상대의 얼굴만 바라보고 있었다.

"렉스, 이 자식 이빨을 몽땅 뽑아버려."

"이빨?"

"그래, 조금 전 이 자식이 날 훑어보는 눈초리도 마음에 들지 않고, 나한테 한 반말지거리도 기분 나빠."

도네의 말에 렉스의 얼굴이 단번에 바꼈다.

"방금 이 레이디가 한 말처럼 이 레이디의 몸매를 훑어보고, 또 반말까지 한 것이 사실인가?"

렉스의 얼굴이 싸늘하게 굳어졌지만 점원은 신경도 쓰지 않았다.

"그렇다면 어쩔래? 감히 이 어르신한테 덤비기라도 하겠단 말이냐?"

"덤비는 정도가 아니라 아주 자근자근하게 밟아주마. 머리끝에서 발끝까지."

렉스의 조금은 느릿한 말에 점원이 다시 한 번 기막혀할 때 누군가의 외침이 들렸다.

"싸움이다~"

그 소리가 들리자마자 사방의 술집 안에서 수십 명의 사내들이 쏟아져 나왔고, 또 곳곳에서 많은 수의 사람들이 순식간에 주위로 몰려들었다. 구경꾼들은 단숨에 둥그렇게 몰려들어서는 각기 두 사람을 응원하기 시작했는데 그 모습이 어찌나 자연스러웠는지 기가 막힐 뿐이었다.

가장 먼저 소리를 쳤던 사내가 약간 앞으로 나서더니 주위를 향해 큰 소리를 쳤다.

"자자~ 지금부터 네리펠 시에서 독종으로 이름을 날리고 있는 워레드와 이방인과의 결투가 시작하겠소. 지금부터 내기할 사람은 나에게 돈을 거시오."

"난 워레드에게 1골드."

"워레드에게 50실버."

"워레드에게 90실버."

"난 2골드를 워레드에게."

사내에게는 단숨에 90골드에 가까운 돈이 모였지만 대부분 워레드란 사내에게 걸 뿐 렉스에게 거는 사람은 한 사람도 없었다. 아마도 워레드란 사내의 싸움 솜씨가 제법 소문이 났기 때문인 것 같았다.

"이, 이래서야 내기가 성립하지 않잖아. 내가 10골드를 낸다고 해도 나머지는……."

"나머지는 내가 내지."

"아니야. 내가 걸게."

렉스가 돈을 꺼내려 하자 도네가 제지하고는 80골드에 해당되는 돈을 꺼내 사내에게 내밀었다. 사내는 도네의 미모를 발견하고는 잠시 움찔했지만 곧 표정 관리를 하고는 다시 싸움을 주선하기 시작했다.

"무기를 사용할 수 없다는 규칙을 제외하고는 아무런 제약도 없소. 급소를 공격하는 것도, 또 흙을 뿌리는 것도 모두 허용이 되오. 하지만 상대가 항복하거나 기절하면 싸움은 즉시 중단되오. 만약 결과에 승복하지 못하고 끝장을 보고 싶다면 두 사람이 나중에 조용히 따로 만나 해결을 하도록 하시오. 알겠소?"

중년 사내의 말이 지루한지 구경꾼들 사이에서 불만이 터져 나왔다.

"알았으니까 빨리 시작이나 하란 말이야."

"잠깐 조건이 있어."

"조건? 무엇이오?"

"조금 전 저 작자를 자근자근 밟아주기로 했거든. 항복을 하든 기절을 하든 그건 저 작자의 자유지만 내 조건은 반드시 들어줘야 해."

렉스의 말에 40대 중반으로 보이는 사내는 좀 곤란하다는 표정을 지었다.

"어때? 워레드. 상대의 조건을 허락하겠나?"

"흐흐흐, 그렇다면 나도 조건이 있다. 내가 이기면 저 여자는 내 차지가 되는 거야. 어때? 내 조건도 받아들이겠냐?"

"능력이 되다면 얼마든지. 하지만 넌 지금 절대 해서는 안 될 말을 했어. 오늘 아주 죽여주지."

대답을 하던 렉스는 한껏 어금니를 깨물었지만 그 자리에 모인 사람들 가운데 어느 누구도 그런 렉스의 모습에 신경 쓰는 사람은 없었다.

"흐흐흐, 아주 행복한 저녁을 보낼 수 있겠군."

"그때까지 네가 살아 있다면 말이지."

렉스의 끝 말은 거의 들리지 않을 정도로 작았다.

품에서 검은 가죽 장갑을 꺼내 낀 렉스는 손을 폈다 오므리다를 반복하며 한 걸음 앞으로 나섰다.

그 모습을 본 사내는 즉시 뒤로 물러서며 크게 외쳤다.

“지금부터 대결을 시작하겠소!”

“와! 워레드, 박살을 내버려.”

“워레드 자식은 좋겠다. 저런 미녀와…….”

“나라도 저런 미녀라면 목숨을 걸겠다.”

갖가지 응원이 자신에게 쏟아지자 워레드는 어깨를 으쓱하고는 한 걸음 앞으로 나섰다.

“흐흐흐, 저런 미녀를 나에게 안겨준 성의를 봐서 살살 어루만져 주마. 어디 덤벼봐라.”

자신만만한 워레드에 반해 렉스는 엉거주춤한 자세를 취하고는 주먹을 가슴 앞에서 번갈아 빙글빙글 돌리고 있었다. 그 모습을 지켜보던 구경꾼들은 렉스의 엉성한 폼에 일제히 비웃음을 터뜨렸다.

워레드는 그런 렉스의 자세가 기가 막혀 코웃음밖에 나오지 않았다.

“이 자식이 나를 약 올리는 거야 뭐야?”

휘익!

워레드의 큰 주먹이 날아오는 것을 본 렉스는 깜짝 놀라며 엉겁결에 주먹을 뻗었다. 누가 봐도 워레드의 주먹에 렉스의 얼굴이 금방이라도 피투성이가 될 듯 보였다. 하지만 서두르던 렉스는 자신의 발에 발이 걸려 맥없이 앞으로 쓰러졌고, 워레드의 주먹은 빈 공간을 갈랐을 뿐이었다.

더 더욱 사람들을 황당하게 만든 것은 앞으로 쓰러진 렉스의 머리와 워레드의 급소(?)가 강렬한 충돌을 했다는 것이었다.

“큭! 윽!”

짧은 신음을 터뜨리며 동시에 쓰러진 두 사람.

둘의 얼굴에는 진한 고통의 그림자가 드리워져 있었지만 누가 봐도 두 사람 가운데 누가 더 고통스러울지는 이미 정해져 있었다.

보통 충격이 아니었는지 워레드의 얼굴은 잔뜩 일그러져 있었고, 금방이라도 렉스를 잡아먹을 듯 노려보고 있었다.

급소를 잡은 채 엉거주춤하게 일어선 워레드와 머리를 만지며 인상을 쓰고 있는 렉스, 그리고 어안이 벙벙한 얼굴로 두 사람을 바라보는 구경꾼들.

"렉스는 예전에도 저렇게 지저분하게 싸웠었습니까?"

"몰라. 이해가 안 가지만 렉스는 왜 저렇게 지저분하게 싸우는 걸 좋아하는지 몰라. 깔끔하게 처리하면 얼마나 좋아. 게다가 저따위 상대도 안 되는 녀석과 왜 싸우는지 모르겠고 말이야. 그냥 한 대 패고 말 것이면 모르지만 렉스는 신나게 패고 싶어했으니까."

"하여간 저 렉스란 녀석의 속은 짐작도 못하겠어요."

"제로스, 너 렉스를 형이라고 불러야 하는 것 아니야?"

"도, 도네님."

도네의 말에 제로스의 얼굴은 당장 울상이 되었다.

그런 제로스와는 달리 뭔가를 생각하던 도네는 곧 코웃음을 쳤다.

"흥! 어쩐지 이상하다 했더니 이곳은 분노와 원한의 신인 헤르모그 님의 신력이 작용하는 땅이었어."

"그렇다면 이 도시가 이렇게 폭력적인 도시가 된 것이 모두 헤르모그님 때문이라는 말입니까?"

"내가 말할 때 뭘 들었어? 어쩐지 자꾸 짜증이 난단 했더니 그런 이유가 있었어."

도네가 그렇게 중얼거릴 때 급소를 맞은 워레드는 렉스를 향해 이를 갈았다.

"비, 빌어먹을 자식. 죽여 버리겠어."

"고의가 아니었단 말이야."

"고의고 저의고 간에 넌 오늘 죽은 줄 알아."

휙~ 휙~ 휙~

말이 끝남과 동시에 날아오는 워레드의 주먹과 발길을 렉스는 허둥 대며 피해야만 했다. 금방이라도 피투성이로 변할 듯 보이던 렉스는 시간이 지나도 여전히 허둥대는 모습으로 워레드의 주먹을 피하고 있 었다.

처음 워레드의 주먹에 단번에 피투성이가 될 렉스를 기대했었던 구 경꾼들은 시간이 지나도 여전히 멀쩡한 렉스의 모습에 고개를 갸우뚱 거리기 시작했다. 워레드 역시 잠시도 쉬지 못하고 계속해서 주먹을 휘두른 탓인지 격한 숨을 몰아쉬고 있었다.

"미꾸라지 같은 놈."

워레드가 숨을 고르느라 잠시 멈춘 사이 렉스의 태도가 돌변했다.

그런 워레드를 본 렉스는 천천히 손가락을 꺾고는 고개를 흔들어 근 육을 풀었다. 그리고는 예의 그 엉거주춤한 자세를 취하고는 워레드에 게 다가갔다.

자신의 실력으로 저렇게 엉성한 녀석 하나 처치하지 못했다는 생각 에 워레드는 화가 머리끝까지 치밀었다.

"죽어!"

힘껏 휘두른 워레드의 주먹을 살짝 피한 렉스는 워레드의 옆구리를 향해 힘껏 주먹을 내질렀다.

퍽!

"크으윽!"

새우처럼 구부러진 워레드의 등을 팔꿈치로 힘껏 내리찍자 워레드는 비명도 남기지 못하고 그대로 쓰러졌다. 아니, 쓰러지려 했지만 렉스가 무릎으로 올려친 탓에 그럴 수 없었다.

그때부터 엉거주춤하게 몸을 구부리고 있던 워레드에게 무자비한 구타가 시작되었다.

퍼퍼퍼~ 퍼퍼퍼~ 퍼퍼퍼~ 퍼퍼퍽~

대체 몇 번이나 주먹을 휘두른 것인지, 어떻게 움직인 것인지, 또 발로는 얼마나 걷어찬 것인지 구경꾼들은 분명히 눈을 뜨고 있었지만 도저히 확인할 수 없었다.

소름 끼치는 타격음만이 장내를 울리고 있었다.

그것도 잠시, 갑자기 렉스가 뒤로 물러서고서야 워레드는 그제야 쓰러지는 자유를 만끽할 수 있었다. 쓰러지기 전 구경꾼들이 발견한 워레드의 얼굴은 붓고, 찢어지고, 피가 묻어 도저히 인간의 얼굴이라고 볼 수 없을 정도였다.

워레드가 쓰러지자 두 사람의 대결을 주선했던 중년 사내가 나서 쓰러진 워레드의 상태를 살폈다.

조금 전 렉스의 주먹은 그조차도 제대로 확인할 수 없을 정도로 빨랐다. 물론 렉스가 워레드보다 강하다는 것을 짐작하고 있기에 그에게 돈을 건 것이었지만 설마 이렇게까지 잔인하게 손을 쓸 줄은 상상도 못했다.

워레드의 상태를 점검하던 중년 사내는 소름이 오싹 끼쳤다. 믿을 수 없게도 워레드의 뼈는 모조리 부러져 있었다. 게다가 입에서 흘러내린 선혈 속에 흰빛을 뿌리며 섞여 있는 것은 깨어지고 부러진 이빨들이었다.

“어, 어서 워레드를 신전으로…… 아, 아니, 누가 가서 어서 프리스트를 모시고 오도록 해. 뭘 쳐다보고만 있는 거야? 어서 프리스트를 모시고 오란 말이야!”

중년 사내의 다급한 고함 소리에 놀란 청년 하나가 어디론가로 달려갔고, 구경꾼들은 그제야 바닥을 흥건히 적시며 조금씩 넓어져 가고 있는 선혈을 발견하고 경악을 금치 못했다.

당황해 어쩔 줄 모르는 중년 사내와는 달리 렉스는 조용히 장갑을 벗어 다시 품에 집어넣고는 그에게 말을 건넸다.

“이봐, 우리에게 줄 것이 있지?”

이런 만행을 저질러 놓고도 태연하게 자신이 챙길 것만 요구하는 렉스의 태도에 기가 막힐 뿐이었다.

잠시 후 디안 켈트 교단의 프리스트가 와서 워레드의 상태를 살피는 것을 보고서야 구경꾼들은 날린 돈이 아까워 잔뜩 인상을 찡그리며 뿔뿔이 사방으로 흩어졌다.

중년 사내는 자신의 몫을 제외한 나머지를 내밀곤 인상을 쓰며 렉스를 노려보듯 쳐다봤다.

“자네 실력으로 봐서는 저렇게까지 하지 않아도 되었을 텐데 왜 그렇게 심하게 손을 쓴 것인가?”

“그건 당신이 신경 쓸 일이 아니지 않소?”

돈주머니를 받아 든 렉스는 도네와 함께 술집 안으로 들어섰다. 술집 안에는 조금 전 렉스의 결투를 보던 구경꾼들이 대부분이었다. 렉스가 술집 안으로 들어서자 사람들은 그의 모습을 흘깃거리며 동료들과 수군덕거렸다.

그런 사람들의 반응에는 아랑곳하지 않고 카운터로 다가간 렉스는 바텐더에게 물었다.

"여기 오면 제르지온이란 사내의 소재를 알 수 있다고 들었는데?"

"제르지온? 그는 왜 찾는 거요?"

렉스의 눈치를 엿보며 덩치 좋은 바텐더는 조심스럽게 되물었다.

"그것은 귀하가 알 필요 없고, 그의 소재나 가르쳐 주면 고맙겠소이다……."

바텐더가 좀처럼 입을 열 생각을 않자 렉스는 그가 돈을 요구한다고 생각하고는 50실버짜리 은화를 꺼내 바텐더에게 내밀었다. 그야말로 번개처럼 은화를 낚아챈 바텐더는 옆을 가리키며 입을 열었다.

"거기 있지 않소?"

"뭐라고 했소?"

"옆에 있는 그 사람이 누군지 정말 모른단 말이오?"

고개를 돌려 바텐더가 지목한 사내를 보니 그는 뜻밖에도 자신의 싸움을 부추겼던 바로 그 중년 사내였다.

앞머리가 살짝 벗겨지고, 약간 작은 키에 평범한 인상을 가진 중년 사내, 게다가 걸치고 있는 허름한 의복이나 툭 튀어나온 그의 아랫배를 봐서 과연 누가 그린 윙 기사단의 단장이라고 생각하겠는가?

"당신이 제르지온이오?"

"그럼 날 찾아온 것이란 말인가?"

중년 사내 제르지온의 반문에도 렉스는 그의 아래위를 훑어보기에 여념이 없었다.

어디로 봐도 기사로서의 위엄이나 용맹함이라고는 눈을 씻고 찾아봐도 찾을 수 없었다. 한마디로 장사꾼이 더 어울려 보이는 사내였다.

"귀하가 정말 제르지온이란 말이오?"

불신의 기색이 역력한 렉스의 말에 제르지온 역시 눈을 멀뚱거리며 영문을 몰라 했다.

자신을 찾아와서는 본인이 맞냐고 의심스러운 눈길로 쳐다보는 렉스의 행동은 아무리 생각해 봐도 그 이유를 알 수 없었기 때문이다.

"내 이름을 확인하는 이유가 뭔가?"

"조용한 곳이 있소? 그대에게 할 말이 있어서 왔소."

"할 말? 그 말이 조용한 곳을 찾아야 할 정도로 중요한 일인가?"

"귀하나 나에게는 그럴 수도 있소."

렉스의 대꾸에 제르지온은 더 더욱 이해할 수 없다는 표정을 지었다. 총명하기(?) 이를 데 없는 자신의 기억력이 잘못된 것이 아니라면 눈앞의 이 청년은 오늘 처음 보는 것이 틀림없었다. 그럼에도 불구하고 처음 보는 자신에게 무슨 중요한 할 말이 있다는 것인지 전혀 이해할 수 없었다.

"중요한 말이라니 어디 들어봐야겠군. 날 따라오게."

말을 마친 제르지온은 곧 술집을 빠져나왔고, 렉스와 일행들도 곧 뒤를 따라갔다.

술집을 빠져나온 네 사람은 조금 떨어진 곳에 있던 숲으로 갔다. 잔뜩 우거져 있는 잡목들을 헤치고 100미터쯤 전진하자 제법 널찍한 공터가 모습을 드러냈다.

밑동만이 남아 있는 그루터기에 앉은 제르지온은 렉스들에게도 앉기를 권하고는 렉스 일행들을 찬찬히 훑어봤다.

역시 흔하게 볼 수 있는 사람들은 아니었다. 그들의 미모나 걸치고 있는 의복, 그들에게서 자연스럽게 느껴지는 품격에 제르지온은 자신도 모르게 긴장하고 있었다.

“이곳은 사람들이 좀처럼 오지 않는 곳이네. 나에게 할 그 중요하다는 말을 어디 해보게.”

“먼저 이 편질 읽어보시오.”

렉스가 내민 편지를 조금은 굳은 표정으로 받아 든 제르지온은 편지의 내용을 살폈다. 편지의 내용이 짧은 탓도 있었겠지만 제르지온이 편지를 내려놓는 시간은 너무나 빨랐다.

“자네가 날 찾아온…….”

“그보다 그 편지가 국왕이 보낸 것이 틀림없다는 것을 인정하겠소?”

“겉봉에 찍힌 직인의 문장을 보니 틀림없군. 그러니까 자네가 날 찾아온 이유가…… 그린 윙 기사단을 인수받기 위해서란 것인가?”

“그렇소.”

“이것이 자네가 말한 그 중요한 일이란 것인가?”

제르지온의 말투에는 희미한 비웃음을 걸려 있었다.

영문을 알 수는 없어 일단 고개를 끄덕이기는 했지만 렉스의 기분은 결코 좋을 수 없었다.

“그렇소. 당신에게는 어떨지 모르지만 나에게는 상당히 중요한 일이오.”

“자네는 지금 그린 윙 기사단이 어떤 상황인지 알고 날 찾아온 것인지 모르겠군. 지금 그린 윙 기사단은…….”

“알고 있소. 지금은 거의 유명무실한 존재가 돼버렸다는 것 말이오.”

“그러면서도 날 찾아왔단 말인가?”

제르지온은 렉스의 대답에 눈빛을 반짝였다.

“자네가 방금 한 말처럼 유명무실한 존재가 돼버린 기사단을 자네

무슨 이유로 찾아왔단 말인가?"

"필요하기 때문이 아니겠소?"

"필요하다고? 어디에 말인가?"

"내가 귀하에게 그 이유를 설명할 이유는 없을 듯한데…… 귀하는 그렇게 생각하지 않소?"

자신을 놀리는 듯한 렉스의 느긋한 대답에 제르지온은 그 이유에 대해 궁금증이 이는 것을 참을 수 없었다. 하지만 그 역시 세상 경험이 만만치 않았다.

렉스가 순순히 가르쳐 주지 않을 것 같자 슬그머니 화제를 다른 곳으로 돌렸다.

"자넨 그린 윙 기사단이 어떻게 구성되어 있는지 아는가?"

"그야 실력이 뛰어난 기사나 각종 콘테스트에서 우승한 자들이 귀족의 추천을 받아……."

"귀족의 추천이라고? 푸하하하……."

렉스의 대답에 미친 듯이 웃는 제르지온의 얼굴에는 짙은 회한이 어려 있었다.

"그게 무슨 드래곤 하품하다 턱 빠질 소린가? 추천이라니? 대체 누가 누굴 추천한단 말인가? 위대하시고 존귀하신 귀족들께서 말인가? 아니면 그럴싸한 이름 하나 달랑 지어주고는 지금껏 모른 척하고 있는 왕족 나리들을 말하는 것인가?"

제르지온의 음성에는 자신과 귀족들에 대한 철저한 조롱과 자책이 어려 있었다. 도네와 제로스의 눈초리가 잠시 꿈틀거리기는 했지만 별 말을 하지는 않았다.

"그린 윙 기사단이 창단되고 몇 년이 지난 후 당시 국왕이셨던 뮤레이님이 서거하신 다음부터는 아무도, 어느 누구도 그린 윙 기사단에 신경 쓰는 사람은 없었네. 이유가 뭔지 아나? 기사단에 귀족이 한 사람도 없다는 것. 그것이 바로 사람들의 외면을 받은 이유라네. 자네는 이해할 수 있겠나? 레트로니아 왕국을 세우기 위해 누구보다 피 흘린 우리들이 단지 귀족이 없다는 이유 하나만으로 멸시를 받아왔단 말이네!"

울분을 토해내는 제르지온의 눈은 금방이라도 피를 흘릴 것처럼 붉게 충혈이 되어 있었다. 마치 렉스가 자신에게 고통을 준 당사자라도 되는 양 노려보는 제르지온의 눈에는 살기마저 어려 있었다. 하지만 렉스는 여전히 담담한 표정을 지은 채 제르지온을 바라보고 있었다.

"할 말 다 했으면 이젠 기사단을 소집해 주겠소?"

"이젠 자네의 기사단이 아닌가? 자네가 직접 찾아보게나."

"후후후, 숨어서 지켜보는 자들을 믿고 그러는 것 같은데…… 이만 나오라고 하는 것이 어떻소?"

가만히 태연한 표정을 짓고 있는 렉스를 노려보던 제르지온은 곧 손을 치켜들었다. 그러자 공터 외곽을 둘러싸고 있던 숲에서 수십 명의 우락부락한 사내들이 모습을 드러냈다.

복장도 제각각이었고, 들고 있는 무기도 제각각이었지만 한 가지 공통적인 것은 그들이 짓고 있는 강렬한 적개심이었다.

포위망을 구축한 채 다가온 사내들은 금방이라도 무기를 휘두를 듯 험악한 표정을 짓고 있었는데 그 이유가 무엇인지 전혀 알 도리가 없었다.

"대장, 이 기생오라비처럼 생긴 놈은 뭐요?"

"국왕 나으리가 임명하신 새 단장님이시다. 인사드려라."

조롱기가 가득 담긴 제르지온의 대답에 그렇지 않아도 험악하기 이를 데 없었던 사내들의 얼굴은 더욱 일그러졌다.

"그러니까 이 쥐새끼가 국왕이란 놈이 보낸 새 단장이란 말이오? 이봐, 이 자식이 새로 온 단장이란다."

"호호호, 그럼 국왕 나리가 우리를 잊지 않고 있다는 것을 기뻐해야 하는 건가?"

"당연하지. 크크크. 이봐, 애송이. 갑작스런 선물에 우리가 너무도 감격해서 정신을 차리지 못하더라고 국왕 나으리께 보고를 드리렴. 알겠니?"

"어떻게 할까?"

"저 자식을 자신의 피로 예쁘게 화장을 시켜서 국왕 나으리께 보내면 우리가 얼마나 기뻐하고 있는지 잘 알겠지. 그렇지 않겠어?"

"그게 좋겠군. 끝내주는 생각이야. 크크크."

"카카카, 그럼 우선 저 자식부터 손을 봐야겠군. 그리고 그런 다음 예쁜이와 꼬마를 손보도록 하지."

보통 사람들이 렉스들 대신 이 자리에 있었다면 사내들의 흉악한 분위기에 고개를 들기는커녕 얼이 빠져 정신도 차리지 못했을 것이다. 하지만 렉스들이 누군가.

겁을 먹기는커녕 그들의 얼굴에는 가소롭다는 듯 비웃음이 걸려 있었다.

"노는 모습이 귀엽군. 설마 여기 모인 30명이 기사단의 전부는 아니겠지?"

"당연하지. 그럴 리가 있겠는가?"

제르지온은 허리에 차고 있던 뿔로 만든 작은 호각 하나를 꺼내더니 힘껏 불었다.

삐이익~

날카로운 소리가 숲 속을 울려 퍼지고 얼마 지나지 않아 숲 곳곳에서 날카로운 호각 소리가 들렸다. 상당히 먼 곳에서도 들리는 것으로 보아 숲 곳곳에 그린 윙 기사단의 단원들이 흩어져 있었던 모양이다.

사방에서 뛰는 듯한 발걸음 소리가 들려왔다. 그리고 얼마 후 앞서 나타난 사내들과 그리 틀리지 않은 복장을 한 사내들이 한꺼번에 나타났다.

깔끔하게 하프 플레이트 메일을 걸친 사람들도 있었고, 간편한 복장을 하고 있는 사람도 있었다. 훈련복을 걸치고 있는 자도 있었고, 지저분한 털가죽을 걸치고 있는 사람들도 상당히 많은 수였다. 얼핏 봐도 수백 명은 넘어 보였다.

잠시 신중하게 그들을 훑어보던 렉스는 곧 실망스러움을 금할 수 없었다.

비록 그들의 얼굴이 험악하고, 상처 또한 많아 보이긴 했지만 정작 실력이 있어 보이는 사람은 얼마 되지 않았다.

"다 모인 거요?"

"그래, 영업 중인 사람들을 제외하고는 다 모였지."

"영업?"

렉스의 반문에 제르지온은 아무것도 아니라는 듯 자신의 귀를 파며 태연한 표정으로 대꾸했다.

"먹고 살기가 힘들어 겸업으로 용병 생활을 하거나 산적 노릇을 하고 있는 친구들이 좀 있거든. 그 친구들이 돈을 잘 벌어야 우리 모두가 굶지 않을 것 아닌가?"

"용병? 산적?"

제르지온의 대답에 렉스는 기가 막혔다.

레트로니아 왕국의 4대 기사단 가운데 하나인 그린 윙 기사단의 단원들이 용병에다 산적들이라니…… 과연 누가 이 말을 믿을 것인가?

"어때? 이들을 보니 마음에 드는가?"

"그린 윙 기사단이 유명무실해졌다고 듣긴 했지만 이 정도로 엉망일 거라고는 상상도 못했군."

"지금 그 말은…… 우리 기사단이 쓸모없다는 말인가?"

제르지온의 억누른 듯한 말에 모여들었던 그린 윙 기사단의 단원들의 얼굴에는 일제히 분노가 떠올랐다. 만약 눈빛만으로도 살인이 가능했다면 렉스의 몸은 순식간에 먼지로 변했을 것이다.

그럼에도 아랑곳하지 않고 렉스의 독설은 이어졌다.

"그래도 초대 국왕이셨던 뮤레이님이 친구로 인정했던 그린 윙 기사단인데…… 이런 산적 나부랭이가 됐을 줄은 정말 상상도 못했군. 다른 기사단과 뭔가 달라도 한참 다를 것이라고 생각한 내 생각이 틀린 모양이군. 상당히 실망이야."

동시에 이런 기사단이기 때문에 검은 달 교단에서 그린 윙 기사단을 신경도 쓰지 않은 것이 당연하단 생각이 들었다. 자신 같아도 이런 기사단까지 관심을 둔다는 것은 신경 낭비란 생각이 들었기 때문이다.

"나참, 기가 막혀서…… 이 자식이 지금 뭐…… 컥!"

렉스의 말에 빈정거리던 40대 사내는 갑자기 다가온 렉스가 자신의 목을 움켜쥔 채 번쩍 들어 올리자 얼굴이 시뻘겋게 변한 채 버둥거릴 뿐 아무런 대꾸도 하지 못했다.

그 모습을 본 사내들은 일제히 분노를 터뜨리려 했지만 사내의 목을 움켜쥐고 있는 렉스의 태도가 너무도 살벌해 감히 다가서지 못했다.

“무슨 짓인가?!”

“귀하들은 아무런 지원도 받지 못했다고 하지만 내가 보기엔 당신들 스스로가 현재의 상황을 자초한 것 같다. 귀족이 없다는 것은 어쩔 수 없는 문제라고 해도 그대들은 스스로의 상황을 호전시키기 위해 어떤 노력을 했나?”

렉스의 질문에 제르지온이나 그린 윙 기사단의 기사들은 기가 막힌지 멍한 표정을 감추지 못했다.

“물론 원초적인 문제는 그대들을 잊어버린 왕실일지 모르지만 그대들 역시 기사단을 유지, 발전시키기 위해 어떤 노력을 했느냔 말이다. 지원이 끊긴 왕실에 그대들은 어떤 요구를 해봤나?”

털썩!

치켜들었던 손을 펴자 목이 졸려 있던 사내는 맥없이 지면에 나뒹굴었다.

“내가 보기에 귀하들 가운데 정작 쓸 만한 사람은 얼마 되지 않을 것 같군. 겨우 손에 꼽을 정도?”

“뭐라고? 이 쥐새끼 같은 놈이 감히 누굴 놀리는 거야?”

“건방진 놈, 감히 우릴 무시하다니……. 죽고 싶으냐?”

“앞으로 나서라. 버릇을 고쳐 주마.”

렉스의 말에 당장 서너 명의 사내들이 앞으로 나섰다.

그들의 실력을 동료들도 인정하는 것인지 일제히 뒤로 물러서 싸울 만한 공간을 만들어주었다.

그런 사내들의 모습을 지켜본 렉스는 코웃음을 쳤다.

“그대들이 지금 날 시험하겠다는 것인가? 후후후. 그대들만으로는 모자랄 것 같은데……. 당신, 당신, 그리고 당신 둘. 또 이쪽에서 당신,

당신, 그리고 뒤에 있는 당신 나오시오."

렉스의 지목을 받은 사내들은 어이가 없다는 표정을 지으면서도 천천히 걸음을 떼어 앞으로 나섰다. 그리고 그들 가운데에는 아까 넬리펠 시로 들어오는 갈림길에서 만났던 중년 병사도 끼어 있었다. 앞으로 나선 사람들의 수는 앞서 나선 사람들과 합쳐 얼핏 봐도 40여 명이 훨씬 넘어 보였다.

렉스를 빙 둘러싼 사내들은 하나같이 어이없다는 표정을 짓고 있었다. 그도 그럴 것이 방금 렉스의 지목을 받아 앞으로 나선 사내들은 그린 윙 기사단에서도 뛰어난 실력을 인정받은 자들뿐이었다.

렉스가 어떻게 그들의 실력을 알고 정확하게 찾아낸 것인지는 모르지만 그들을 모두 이기기란 불가능하다는 생각이 들었다. 하지만 가만히 렉스의 행동을 지켜보던 제르지온은 왠지 찜찜한 생각을 버릴 수 없었다.

설마 이 많은 인원을 한꺼번에 상대하려는 것이 아닐 것이라고 생각을 하면서도 어쩌면 그렇게 황당한 사태가 발생할지도 모른다는 생각을 버릴 수 없었기 때문이다.

"대충 그대들 정도면 아쉬운 대로 될 것 같군."

"되다니? 뭐가 말인가?"

"신임 단장으로서 신고식을 해야 되지 않겠소? 그리고 당신들, 준비가 되었으면 모두 덤비시오."

제 2 장

렉스의 심통

렉스의 심통

렉스의 말에 그를 포위하고 있던 사내들은 어이가 없어 기가 막히다는 표정만 짓고 있었다. 아무리 기다려도 사내들이 좀처럼 공격할 생각을 하지 않자 렉스는 고개를 절레절레 흔들었다.

"형편없는 줄은 알았지만 설마 공격할 용기조차 없는 쓰레기들인 줄은 정말 몰랐군. 그대들은 돌아가 산적질이나 열심히 하는 것이 좋겠어. 그것이 그대들에게는 훨씬 더 어울릴 것 같으니까."

렉스가 실망한 듯한 표정을 지으며 돌아서자 사내들 가운데 하나가 렉스를 불렀다.

"잠깐."

"할 말이 있는가?"

"그대는 지금 나와 내 동료 모두를 모욕했다. 비록 우리가 이런 처지가 되었다고는 하지만 어느 누구도 그대의 모욕을 듣고 참을 만한 인내심을 가진 사람은 없다. 대체 그대의 능력이 얼마나 뛰어나기에 우리를 모욕한 것인지 확인해 봐야겠다. 검을 들어라.”

몸을 돌려 상대를 확인하니 40대 초반쯤으로 보이는 사냥꾼 복장을 한 사내였다. 날카로운 눈매나 잘 다듬어진 몸매가 상당한 훈련을 쌓은 듯 보이는 사내였다.

“모욕당할 명예라도 있긴 있는 모양이군. 귀하의 이름은?”

“만약 그대가 날 이긴다면 가르쳐 주지.”

“후후후.”

상대의 대답에 묘한 미소를 지은 렉스는 천천히 클레이모어를 들었다. 하지만 클레이모어는 여전히 검집에 들어 있었다.

그 모습에 중년 사내가 막 입을 열려는 순간 렉스가 공격을 시작했다.

눈부시게 빠른 속도로 다가선 렉스는 중년 사내의 머리를 향해 장작을 패듯 무식하게 클레이모어를 검집째 내려쳤다. 자신의 예상보다 훨씬 빠른 렉스의 공격에 중년 사내는 당황하며 손에 들고 있던 롱 소드를 쳐들어 막으려 했지만 클레이모어는 마치 그림자처럼 롱 소드를 통과해 중년 사내의 왼쪽 어깨를 내려쳤다.

퍽—

극심한 고통을 느꼈지만 중년 사내는 결코 신음을 흘리지는 않았다. 오히려 쓰러지려는 자세 그대로 렉스를 향해 롱 소드를 휘둘렀다.

뒤로 슬쩍 물러서던 렉스는 그런 중년 사내의 반격에 조금은 의외라는 표정을 지었다. 비록 뼈가 부러질 정도로 강한 공격은 아니었지만 지금과 같은 상태에서 곧바로 반격을 한다는 것은 중년 사내의 실력과 정신력이 어느 정도인지 충분히 짐작할 수 있었기 때문이다.

렉스가 재차 중년 사내를 공격하려고 하자 그때까지 멍한 표정을 짓고 있던 사내들이 정신을 차리고는 렉스에게 무차별적인 공격을 퍼붓기 시작하였다.

그들의 공격을 막으면서 렉스는 몇 가지 특이한 점을 깨달을 수 있었다.

먼저 다수가 한 사람을 공격하게 될 때 생기는 문제가 바로 서로의 공격이 겹쳐 상대에게 제대로 된 공격을 할 수 없다는 것인데 이들의 공격에게서는 그런 점을 전혀 찾아볼 수 없다는 것이었다. 둘째, 누가 어떻게 공격을 하든 여전히 포위망을 유지하고 있다는 것이었고, 셋째, 공격하는 무기도 적절히 조합을 이뤄 방어를 하는 렉스를 상당히 곤란하게 만들고 있다는 것이었다. 마지막으로 렉스를 흡족하게 만든 것은 그들의 공격이 철저하게 실전적이라는 것이었다. 모든 공격은 최대한 간결했고, 동료들과 조화를 이루며 끊임없이 공격을 해서 상대에게 잠시의 쉴 틈도 주지 않았다.

누가 봐도 평소에 이들이 얼마나 충실하게 실전 같은 훈련을 하고 있는지 한눈에 알 수 있을 정도였다. 이들에 대한 평가를 한 단계 올려야겠다고 생각했지만 언제까지 이들과 드잡이를 계속할 수는 없는 일, 렉스는 클레이모어를 잡은 손에 슬쩍 힘을 주었다. 그리고는 자신을 향해 날아드는 무기들을 향해 휘둘렀다.

채채채— 쟁—

날카로운 금속음과 함께 무기를 잡은 사내들의 손목이 맥없이 꺾여졌다. 그들이 잠시 주춤하는 사이 렉스는 그들 사이로 뛰어들었다.

렉스의 주먹은 사내들의 얼굴과 상체에 여지없이 틀어박혔고, 그때마다 사내들은 짧은 신음과 함께 그 자리에 주저앉았다. 비록 렉스가 간단히 주먹을 한번 휘두를 때마다 사내들이 맥없이 쓰러진 것처럼 보였지만 사실은 보는 것만큼 간단한 상황은 아니었다.

사내들은 어떻게든 렉스의 주먹을 피하기 위해 안간힘을 썼고, 도저히 피할 수 없다고 판단이 되면 같이 죽자는 식의 물귀신 작전을 펼쳤기 때문이다. 하지만 렉스의 주먹은 그들의 예상보다 훨씬 빨랐고, 또한 파괴적이었다.

뚱뚱한 체격을 가진 사내를 필두로 얼마 지나지 않아 렉스에게 도전했던 사내들은 모조리 지면을 뒹굴며 신음을 토하고 있었다.

상상을 초월할 정도로 빠른 렉스의 공격에 주위에 늘어서 있던 사내들은 벌린 입을 다물지 못하고 있었다.

탁탁—

가볍게 손을 턴 렉스는 자신의 자리로 다시 돌아왔고, 그때까지도 제르지온은 벌린 입을 다물지 못하고 있었다.

"어때? 이 정도면 새로운 단장이 될 만해?"

"추, 충분하오. 하지만……."

"하지만? 뭐가 이상해?"

"귀하 정도의 실력을 가진 사람이 무엇이 아쉬워 우리 기사단에 관심을 두는 것인지 난 도저히 이해할 수 없구려."

제르지온의 질문에 렉스는 싱긋 미소를 지을 뿐 대꾸를 하지 않았다.

"그보다… 이곳에서 리스몬테 시까지 얼마나 떨어져 있지?"

"리스몬테 시라면…… 서북쪽에 있으니까 말을 타고 간다면 한 4, 5일 정도 걸릴 거요."

"좋아. 그렇다면 당신이 기사단에 대해 잘 알고 있으니까 그 가운데 소드 마스터 초급 이상 되는 실력을 가진 자들을 선발해 리스몬테 시 외곽으로 집결시키도록 해. 다음 지시는 그곳에서 내릴 테니까."

마치 자신을 부하 다루듯 하는 렉스의 태도에 어이없어하면서도 제르지온은 자신도 모르게 공손하게 질문했다.

"무슨 일인데 우리가 그곳까지 가야 한단 말입니까?"

"해야 할 일이 있으니까 지시를 내린 것이지 내가 할 일도 없는데 야유회라도 가자고 그러는 줄 알아?"

렉스의 가시 돋친 말에 잠시 움찔하던 제르지온은 무슨 생각 때문인지 곧 미소를 짓고는 입을 열었다.

"물론 그러시겠지요. 하지만 저희에게는 리스몬테 시까지의 여행에 없어서는 안 될 물품과 말을 구입하는 데 필요한 경비가 전혀 없는 상황입니다. 신임 단장님께서 그것을 해결해 주셔야 이동을 할 수 있을 것 같습니다만…….

"경비? 얼마나 필요한가?"

"에~ 소드 마스터 초급 이상이라고 했으니까…… 200필의 말과 5일 동안의 여행 경비, 그리고 필요한 물품과 식량을 합쳐야 되니까…… 2,000골드에 1,000골드를 더하고 700골드에 또 500골드…… 대략 5,000골드쯤 필요하겠습니다, 신임 단장 나으리."

제르지온의 말을 들은 그린 윙 기사단 단원들의 입가에는 흡족해하는 미소가 걸렸다. 그도 그럴 것이 렉스가 5,000골드에 달하는 어마어마한 거금을 당장 어디에서 구한단 말인가?

단원들은 제르지온이 저 건방진 애송이를 놀리기 위해 농담을 한 것이라 생각했고, 또 사실 제르지온도 절반쯤은 농담으로 한 말이었다.

"5,000골드? 알았네. 도네."

"응?"

"미안하지만 돈 좀 빌려줘. 하이렌이란 녀석에게 나중에 받아 갚아

줄 테니까."

"알았어. 하지만 5,000골드면 부피가 너무 크잖아."

대답을 하는 도네의 손에 홀연히 작은 가죽 주머니 하나가 모습을 드러냈다. 도네에게서 가죽 주머니를 받아 든 렉스는 내용물을 확인하지도 않은 채 제르지온에게 던졌다.

"아마 그거면 충분할 거야. 그리고 당신을 부단장 겸 회계로 임명할 테니까 남들이 눈치 채지 못하도록 신경 써서 리스몬테 시 외각에 집결하도록 해."

"그, 그럼 저희가 어떻게 단장님을……."

"내가 찾아갈 테니까 착오없이 집결하기나 해. 알겠나, 제르지온 부단장?"

"예? 예, 단장님."

"그럼 그곳에서 만나도록 하지."

강압적으로 말을 끝낸 렉스는 두 드래곤과 함께 그 자리를 떠났고, 흩어져 있던 사내들이 일제히 몰려들었다. 그리고는 제르지온의 입이 열리기만 기다렸다.

그들 가운데 제르지온보다 강한 사람이 없는 것은 아니지만 그보다 냉정하고 정확하게 판단을 내릴 사람은 없었기 때문이다. 제르지온의 입이 열린 것은 잠시 후였다.

"먼저 지금부터 말하는 것을 오해없이 들어줬으면 고맙겠다. 저 청년, 아니, 신임 단장이 좀 이상한 사람이라는 것은 인정하지만 그래도…… 믿을 수 있는 사람인 것 같다. 그리고 그를 따른다면 왠지 우리 기사단이 과거의 명성을 되찾을 수 있을 것 같다는 생각이 드는 것 역시 사실이다. 해서……."

제르지온의 말에 그린 윙 기사단의 단원들이 눈빛이 일제히 빛났다.

"해서 난 지금부터 신임 단장을 따르려고 한다. 만약 나와 함께 신임 단장을 따를 사람은 내일 아침 이곳에 집합해 주기 바란다. 이것은 절대 강요가 아니다. 설사 내일 아침 이곳에 없는 사람이라고 해도 그가 우리의 동료요, 형제라는 사실은 변하지 않는다. 다만…… 그를 따라나선다면 우리의 본래 모습이 무엇인지 찾아줄 것이라는 예감이 든다는 것, 이상이 내 판단이다."

"그래? 다른 사람도 아니고 대장이 그렇다면 그 말이 맞겠지. 그렇지 않아?"

"그래, 대장의 판단이 언제 틀린 적이 있어?"

"그렇지 않아도 심심했는데 어디 여행이라도 가볼까?"

"이봐, 대장. 그것보다 아까 그 자식, 아니, 신임 단장이 경비로 준 것이 얼마나 되는 거야? 주머니도 작던데."

사내들의 재촉에 가죽 주머니를 연 제르지온은 그야말로 기절할 듯이 놀라지 않을 수 없었다. 크기로 봐서 그저 값나가는 보석 몇 개가 들어 있을 것이라고 생각했던 주머니에서 눈이 아릴 정도로 빛을 뿌리는 보석이 가득 들었기 때문이다.

"우와~ 이게 다 보석이야? 대체 얼마나 되는 거야?"

"5,000골드는커녕 7,000골드도 넘겠다."

"멍청한 자식, 7,000골드가 뭐냐? 50,000골드도 넘겠다."

"이게 그렇게나 비싼 보석들이야?"

사내들의 말에 겨우 정신을 차린 제르지온은 렉스의 씀씀이와 배포에 놀라 벌린 입을 다물 수 없었다.

얼핏 계산을 해봐도 10만 골드는 훨씬 넘어 보이는 이런 거금을 자신에게 선뜻 내민 렉스라는 존재에 대해 제르지온은 신비감을 느끼지 않을 수 없었다. 게다가 조금 전에는 황태자 이름을 함부로 부르기까지 했으니 그의 정체가 더 더욱 궁금했다.

렉스는 과연 자신들에게 어떤 일을 시키려고 하는 것일까?

제르지온은 렉스가 사라진 방향을 하염없이 바라봤다.

*   *   *

리스몬테 시의 동쪽 성문 밖.

땅거미가 뉘엿뉘엿 드리워진 그리 높지 않은 언덕 위에는 일단의 사내들이 모여 리스몬테 시를 바라보고 있었다.

"렉스는 대체 언제 도착하는 거지?"

"글쎄요? 자세한 것은 알 수 없지만 오늘이나 내일쯤이면 도착하지 않을까 생각됩니다만……."

"뭘 하는데 아직까지도 안 오는 거지?"

안드레이는 툴툴거리는 샤이베리아를 달래는 데 최선을 다해야만 했다. 잔뜩 인상을 구기고 있던 샤이베리아는 한쪽에서 말다툼을 벌이고 있는 장면을 보고는 눈살마저 찌푸렸다.

"저 자식들은 왜 싸우고 있는 거지?"

"아마도 페르케인 자작은 저희가 하이얀 브로넨스 교단의 성기사단을 움직이는 것이 마음에 들지 않는 것 같습니다."

대답하는 안드레이의 시선은 듀레스코의 말을 묵묵히 듣고 있는 샤리프를 바라보고 있었다.

"시미니언님께서 제라스탄 왕국에서 가장 강한 전사라는 건 잘 알고 있지만 실버 소드 기사단은 내 기사단이오. 개인적으로 말해 시미니언 님이 내 기사단에게 함부로 지시를 내리는 것이 솔직히 마음에 들지 않소이다."

듀레스코의 얼굴에는 노골적인 불만이 자리하고 있었다. 그런 듀레스코와는 달리 샤리프는 무슨 생각을 하는지 무표정한 표정을 짓고 있었다.

곁에 서 있던 로니는 듀레스코의 행동에 안절부절못했지만 그로서는 듀레스코를 제지할 어떤 힘도 없었다. 교황인 라이터의 지시대로라면 듀레스코는 자신이 내리는 지시를 따라야 하지만 귀족인 듀레스코는 자신의 말을 귓등으로 들어 언제나 로니를 괴롭히는 상황이었다.

"본인은 시미니언님께서 이만 실버 소드 기사단에서 손을 떼주시길 요구하는 바이오."

"실버 소드 기사단의 단원들에게 일부 충고를 한 것은 사실이지만 그렇다고 페르케인 단장의 지휘권을 절대 넘본 것은 아니오. 내가 보기에 기사단의 단원들은 지금 상황이 얼마나 심각한 것인지 전혀 인식하지 못하고 있소. 우리가 이렇게 집결해 있다는 것이 만약 검은 달 교단에게 발각된다면 어떤 일이 생길지 페르케인 단장도 이제는 알고 있지 않소?"

샤리프의 말에도 듀레스코는 요지부동이었다.

솔직히 듀레스코는 눈앞의 이 거구가 정말 제라스탄 왕국에서 가장 강하다고 알려진 무적의 전사라는 사실조차 믿을 수 없었다. 덩치만 클 뿐 순박해 보이는 얼굴은 도저히 전사의 얼굴이라고 생각할 수 없었기 때문이다.

소드 마스터 중급에 이른 자신의 검도 막아내지 못하게 생긴 자가 어떻게 제라스탄 왕국 최강의 전사라고 불리는 것인지 의심하지 않을

수 없었다. 날카로운 기세나 투기(鬪氣)는 눈 씻고 봐도 찾을 수 없는
것은 물론 상대마저 기운 빠지게 만드는 얼굴이었다.

할 말을 마친 듀레스코는 거만한 얼굴로 돌아섰다.

"아니, 그런 말을 듣고 왜 참고만 계신 겁니까? 다시는 까불지 못하
게 박살을 내야지요. 지금 상황이 어떤 상황인데 그 따위 소리를 한다
는 겁니까?"

갑자기 들린 음성에 고개를 돌려 상대를 확인하니 렉스가 조금은 화
가 난 얼굴로 다가오고 있었다. 그리고 그 뒤에 도네와 불만이 가득한
얼굴의 제로스가 따라오고 있었다.

"렉스님, 도네님, 제로스님, 어서 오십시오."

세 사람의 출현에 사람들의 시선은 일제히 그들에게 쏠렸다. 하지만
그런 사람들의 시선에는 아랑곳하지 않고 렉스는 샤리프에게 말을 건
넸다.

"우리가 왜 이곳까지 왔는지 그걸 몰라서 저따위 행동을 한단 말입
니까? 어째서 화를 내지 않으시는 겁니까?"

"말이 너무 지나치다고 생각하지 않나?"

"…않나?"

렉스의 말꼬리가 올라가자 듀레스코도 인상을 잔뜩 쓰다가 뒤에 서
있는 도네를 발견하고는 황급히 고개를 돌렸다.

베노아 공작의 성에서 크레이에게 내뿜은 드래곤 피어를 근처에서
경험하고는 그 위력에 몸서리쳤던 기억이 떠올랐기 때문이다.

"나참 오래 살다 보니 별 거지 같은 놈이 다 속을 긁네. 방금 네가
나한테 말이 너무 지나치다고 했냐?"

"놈? 너? 했냐?"

갑작스럽게 터져 나온 렉스의 말에 주위에 있던 사람들의 시선이 일제히 커졌다.

렉스가 어떤 인간이라는 것을 잘 알고 있는 렉스의 동료들에게야 별로 놀랄 만한 상황은 아니었지만 듀레스코나 그의 부하들에게는 그야말로 황당하기 이를 데 없는 상황이 아닐 수 없었다.

일반적인 귀족의 사병인 기사단의 단장이라면 모르겠지만 듀레스코는 레트로니아 왕국이 인정한 하이얀 브로넨스 교단의 성기사단 단장이다.

원래부터 성격이 거만한 탓도 있지만 그가 진심으로 고개를 숙이는 상대는 국왕과 하이얀 브로넨스 교단의 교황뿐이었다. 그런 그가 언제 상대에게, 그것도 자신보다 어려 보이는 청년에게 반말을 들어본 적이 있었겠는가?

챙—

듀레스코가 멍해 있는 사이 그의 곁에 있던 그의 부하들이 일제히 검을 뽑아 들었다. 그 모습을 본 렉스가 그냥 있을 리 만무했다.

"뭐야? 감히 건방지게 나를 향해 검을 뽑아? 좋아, 얼마나 잘못된 선택을 한 것인지 뼈아프게 가르쳐 주지."

마치 기다리고 기다리던 간식 시간을 맞이한 어린아이처럼 환한 미소를 지으며 입맛을 다시는 렉스의 모습은 도저히 제정신을 가진 인간이라 볼 수 없었다. 검을 뽑아 들었던 성기사들은 자신도 모르게 걸음을 멈추고 동료들의 얼굴을 바라보며 얼떨떨한 표정을 감추지 못했다.

검도 뽑아 들지 않은 채 다가오는 저 인간은 대체 뭘 믿기에 저렇게 자신만만해하는 것인지 성기사들은 자신도 모르게 주눅이 드는 자신을 발견했다.

"이 모든 것이 귀하와 나로 인해 발생한 일이니 우리도 어떻게든 해결을 봐야 하지 않겠소?"

샤리프의 말에 듀레스코는 코웃음이 절로 나왔다. 낮은 음성으로 공포 분위기를 잡으려는 샤리프의 행동이 너무나 유치하다는 생각이 들었기 때문이다.

가소롭다는 표정으로 샤리프 쪽으로 고개를 돌렸던 듀레스코의 얼굴이 눈에 띄게 굳어졌다. 얼굴이나 복장을 봐서는 샤리프가 분명했는데 그에게서 전해지는 분위기는 조금 전과 판이하게 달랐기 때문이다.

늦은 시간 탓인지 어둡게만 보이는 샤리프의 얼굴은 마치 무덤에서 꺼낸 시체처럼 음산한 기운만 뿌리고 있었다. 도저히 얼빠져 보이던 조금 전의 샤리프와 같은 사람이라고는 볼 수 없었다. 게다가 어디서 꺼낸 것인지 작은 크기의 배틀 엑스를 오른손에 쥐고 있었고, 축 늘어뜨린 왼손에 끼고 있는 건틀릿이 유난히도 눈에 거슬렸다.

찜찜한 생각을 버리지 못하면서도 듀레스코는 롱 소드를 뽑아 들지 않을 수 없었다. 상대가 도전을 하는데 거부를 하거나 몸을 피한다는 것은 기사의 명예를 목숨처럼 소중하게 여기는 듀레스코에게는 절대 있을 수 없는 일이었다.

샤리프에 대한 소문을 믿지 못했던 듀레스코는 자신의 생각을 바꾸지 않을 수 없었다.

건틀릿을 낀 손과 배틀 엑스를 늘어뜨리고 있는 샤리프의 자세에서는 조금의 빈틈도 찾을 수 없는 것은 고사하고 그렇지 않아도 커다란 샤리프의 체격이 시간이 지나면 지날수록 더욱 거대하게 변해 이제는 쳐다보기조차 두려울 정도였다. 게다가 그의 전신에서 뿜어져 나오기 시작한 강렬한 투기(鬪氣)는 숨을 콱콱 막히게 해서 호흡마저 가쁘게 만들었다.

시간이 얼마나 흘렀는지, 또 자신이 언제부터 식은땀을 흘리고 있었는지 듀레스코는 전혀 깨닫지 못하고 있었다.

"언제까지 쳐다보고만 있을 거야? 안 덤벼?"

갑자기 들린 음성에 화들짝 놀란 듀레스코는 황급히 뒤로 물러서 소리가 들린 곳을 바라봤다.

역시나 렉스였다.

황급히 그의 주위를 둘러보니 10여 명의 성기사들이 복부를 움켜쥔 채 지면을 뒹굴고 있는 모습과 그들이 게워낸 토사물이 지면을 더럽히고 있었다.

자신을 제외하면 실버 소드 기사단에서 가장 실력이 뛰어난 부하들을 하나도 아니고 10여 명 전원을 이렇게 간단하게 제압할 능력이 렉스에게 있을 줄은 상상도 못했다.

뜻하지 않은 상황에 듀레스코는 어쩔 줄 몰라 했다.

"실력이 안 되면 사람 보는 눈이라도 있어야지. 그런 안목으로 이 험한 세상을 어떻게 살겠다고 그러는 건지 모르겠군."

렉스의 말에 듀레스코의 얼굴은 삽시간에 시뻘겋게 변했다.

지금껏 살아오면서 이런 모욕은 처음이었다. 실버 소드 기사단의 단장인 자신이 새파랗게 어린 청년에게 안목 운운하는 소리를 들어야 한다니…… 이건 치욕이요, 모욕이었다.

롱 소드를 든 듀레스코의 손이 부르르 떨렸다.

분노가 가득 담긴 시선이 렉스의 눈을 향하는 순간 듀레스코는 자신이 빛도 없고, 끝을 알 수 없는 깊디깊은 심연(深淵) 속으로 빠져드는 듯한 착각이 들었다. 동시에 몸서리치도록 차가움과 함께 눈알이 터져 나갈 것 같은 압박감이 동시에 느껴졌다.

가슴속 깊은 곳에서 치밀어 오른 본능적인 공포를 견디지 못하고 자신도 모르게 뒷걸음질치고 말았다. 자신의 시선뿐만이 아니라 영혼마저 한없이 빨아들이는 렉스의 심연처럼 깊은 눈이 너무 두려워 도저히 참을 수 없었다.

"지금 뭘 하고 있는 거지? 한시라도 빨리 포이트 티보스란 자를 생포해 검은 달 교단의 음모를 밝혀야만 하는데 지금 우리끼리 내분을 일으켜서 뭘 하자는 것인가?"

그 말을 내뱉는 안드레이의 얼굴은 싸늘하게 굳어 있어 보기에도 섬칫해 보였다. 보기만 해도 온몸이 얼어붙을 것 같은 살인적인 냉기가 풀풀 풍기고 있었다.

얼음으로 깎은 듯 무섭도록 싸늘함만을 뿌리며 안드레이는 세 사람을 노려보듯 바라봤다.

"분명히 경고를 하겠는데…… 누구든 검은 달 교단을 상대하는 데 혼선을 일으키는 자는…… 그냥 두지 않을 테니 명심하는 것이 좋을 거요."

"멍청한 자식 때문에 괜히 우리만 욕먹었잖아. 이봐, 안드레이. 이제 시간이 된 것 같은데… 슬슬 출발해야지?"

"그래."

안드레이의 대답에 렉스는 근처에 있던 산기슭에서 합류한 제르지온에게 지시를 내렸다.

"일단은 대기하도록 해."

"단장님, 모두들 단장님의 명령만 기다리고 있는데……."

"시끄러! 닥치고 조용히 기다리고 있어. 안드레이, 가지?"

"그래. 시미니언님도 함께 가시죠."

"렉스, 나도 갈래."

"안 돼. 샤이베리아는 여기서 잠깐만 기다려. 금세 돌아올 테니까. 그리고 도네는 잠시 날 도와주겠어?"

"뭘 도와줄까?"

"우리 세 사람을 그 자식의 성까지 데려다 줬으면 해. 괜한 드잡이를 하긴 너무 귀찮아. 또 만약 검은 달 교단 놈들이 눈치 채고 도망이라도 친다면 골치만 아프니까."

"알았어. 레비테이션!"

도네의 시동어가 들리자마자 도네를 포함한 렉스, 안드레이, 샤리프의 몸이 순식간에 까마득히 높은 허공으로 치솟아올랐다. 그리고는 성벽을 넘어 포이트의 성으로 향했다.

샤이베리아는 잔뜩 심통이 난 표정을 짓다가 곧 안색을 풀었다. 자신과 그리 멀리 떨어지지 않은 곳에서 인상을 벅벅 긁고 있는 제로스를 발견했기 때문이다.

"빌어먹을…… 대체 그린 족의 희망, 현자, 영원한 진리의 탐구자라고 불렸던 나 지메로스의 신세가 어째서 요 모양 요 꼴이 된 거지? 젠장, 내가 렉스란 인간을 만난 건 모두 레바테임의 저주가 틀림없어. 레바테임이시여! 어째서 절 렉스라는 빌어먹을 인간과 인연의 끈을 묶었단 말입니까? 레바테임이시여! 어디 대답을 해보란 말입니다."

제로스의 중얼거림은 애절함을 지나쳐 비통하기 이를 데 없어 샤이베리아에게는 동정과 연민의 표정을, 그를 모르는 주위 사람들에게는 호기심과 궁금증을 안겨주었다.

포이트의 성 상공에 도착한 네 사람은 신중한 눈길로 발밑을 내려다보았다.

어두워진 성 곳곳에서 횃불을 든 채 순찰 도는 병사들의 모습이 보였지만 그 수가 그리 많아 보이지는 않았다. 그리고 어둠 속에 보이는 두 채의 건물은 마치 거대한 맹수가 웅크리고 있는 것 같았다.

"어느 쪽 건물이지?"

"크레이의 말로는 저쪽에 보이는 4층짜리 건물이 포이트란 녀석이 있는 건물 같다는군."

렉스의 말에 건물 주위를 유심히 살피던 안드레이와 샤리프는 병사들의 수와 간격, 초소의 위치를 확인하고는 고개를 끄덕였다.

"초소의 간격이나 병사들의 수를 보면 건물에 잠입하는 것은 별문제가 없을 것 같아 보이는군."

"될 수 있으면 조용하게 처리하는 것이 좋을 듯하군요. 그의 부하 가운데 누가 검은 달 교단의 스파인지 알 수 없으니 말입니다."

"그런데 포이트란 자가 어디 있는지 알 수 없으니…… 어디서 찾아야 할지…….'

안드레이의 말에 렉스가 싱긋 미소를 지었다.

"가만히 있어봐. 나에게 방법이 있으니까."

대꾸를 한 렉스는 가만히 눈을 감고는 끌어올렸던 전신의 마나를 천천히 주위로 흩뜨렸다. 옷자락이 펄럭거리며 렉스의 몸에서부터 상당한 양의 마나가 서서히 소용돌이치며 주위로 퍼져 나가는 것을 안드레이와 샤리프는 확연하게 느낄 수 있었다.

마치 산들바람처럼 느껴지는 마나의 흐름이 주위로 퍼져 나가고 얼마 후 눈을 뜬 렉스는 3층을 가리켰다.

"3층 가장 끝 방에 있는 것 같군."

"저 테라스가 붙어 있는 곳을 말하는 것인가?"

"그래, 저곳에 상당한 양의 마나가 모여 있어. 아마도 소드 마스터 중급 정도 되는 자가 있는 것 같은데…… 내가 생각하기에는 포이트가 아닌가 싶군."

"대체 그걸 보지도 않고 어떻게 알 수 있는 겁니까?"

"후후후, 그건 나중에 가르쳐 드리지요. 그보다 포이트를 생포하는 것이 먼저일 것 같습니다. 도네, 우리를 저곳에 내려주겠어? 그리고 여기서 잠시만 기다려 줘."

"빨리 갔다 와. 혼자 있는 건 싫으니까."

"알았어. 쪼옥~"

눈 깜짝할 사이에 세 사람을 내려준 도네는 방금 렉스가 키스해 준 뺨을 어루만지며 세 사람이 소리도 없이 방으로 잠입하는 장면을 지켜봤다. 그리고 들어가기 무섭게 누군가를 들쳐 업고 다시 테라스로 나오는 것을 보고 워프의 시동어를 외쳤다. 네 사람과 도네의 몸은 순식간에 아직까지 더운 열기를 쏟아내고 있는 밤 공기 속으로 사라졌다.

도네가 네 사람과 함께 갑자기 모습을 드러내자 제로스 때문에 어색한 표정을 짓고 있던 사람들은 일제히 그들에게 시선을 돌렸다. 특히 그때까지 한마디도 입을 열지 않았던 크레이가 다가오더니 정신을 잃고 있는 포이트의 얼굴을 가만히 쳐다보았다.

"이 작자가 포이트가 맞아?"

"맞습니다, 캡틴. 틀림없는 티보스 백작입니다."

"그래? 그럼 슬슬 작업을 시작해 볼까?"

손을 싹싹 비비며 렉스가 입을 열자 근처에 있던 사람들은 일제히 어이없다는 표정을 지어야만 했다. 아무리 생각을 해봐도 렉스 같은 인간은 만나본 적이 없었기 때문이다.

"참! 작업에 들어가기 전에…… 그동안 별일없었어?"

"예? 별일이라니…… 뭘 말하는 것인지?"

"리스몬테 시에서 대규모의 인원들이 움직였다든가 아니면 정체를 알 수 없는 자들이 리스몬테 시로 들어오려고 했다거나 말이야."

"아직까지 보고된 바로는 그런 일은 없었습니다."

"로제트!"

"예? 예, 부르셨습니까?"

"왜 놀래?"

"다들 제 성으로만 부를 뿐 이름을 부른 사람은 없었기 때문에 조금 놀랐습니다. 그런데 무슨 일로……?"

"지금 즉시 단원들을 넷으로 쪼개서 리스몬테 시로 들어가는 출입로로 보내도록 해. 그곳에 가면 하이얀 브로넨스 교단의 성기사들이 있을 거야. 괜한 말썽 부리지 말고 가서 조용하고 철저하게 감시를 하도록 하고, 만약 이상이 발생하면 즉시 보고하고 말이야. 알았어?"

"알긴 알겠습니다만 단장님은 뭘 하시려고……."

"그것까진 알 필요 없어."

렉스의 퉁명스러운 말투에 로제트는 찔끔하지 않을 수 없었다. 새로 맞이한 이 신임 단장은 대체 무슨 생각을 하고, 또 어떻게 행동할지 전혀 짐작이 가지 않았다.

"때가 되면 자세하게 알려줄 테니까 그때까진 잠자코 시키는 대로 움직이기나 해. 알겠어?"

"명심하겠습니다, 레.티.나 단장님."

렉스의 말이 마음에 들지 않는지 로제트는 이를 악물며 한 자 한 자

끊으며 대답했다. 그런 상대의 태도에는 아랑곳하지 않고 크레이에게
말을 건넸다.

"크레이, 네가 로제트 부단장을 따라가서 성기사들이 있는 곳을 가
르쳐 주도록 해. 아군끼리 싸우는 멍청한 짓을 하지 못하도록 말이야.
알겠어?"

"알겠습니다."

크레이의 대답을 들은 렉스가 고개를 돌렸을 때 안드레이가 포이트
의 입 안에서 새끼손톱 절반만한 크기의 작은 구슬을 꺼내는 모습이
보였다.

특히 누구보다 샤리프가 관심을 보였다.

"그게 뭡니까?"

"혹시 시미니언님은 씨클루가 뭔지 아십니까?"

"씨클루? 그건 독약이 아닙니까? 암살용으로 사용하거나 아니면 비
밀 유지를 위해 자살용으로 주로 사용하는 지독한 독으로 알고 있는
데…… 그게 씨클루입니까?"

"잘 알고 계시는군요. 그렇습니다. 그동안 저희가 알아본 바에 따르
면 검은 달 교단의 주교급 이상 되는 자들은 거의 대부분 씨클루를 이
빨 사이에 숨기고 있더군요. 아마도 자살용으로 가지고 있는 것 같은
데…… 정말 지독한 놈들입니다."

"자살용으로 씨클루를? 휴우~"

안드레이의 말에 샤리프는 긴 한숨을 내쉬었다.

자살을 한다?

그것이 어떻게 말처럼 쉬울 수 있는 일이겠는가?

앞으로 자신이 맞이하게 될지 모르는 모든 기회와 상황과 시간과 가능성을 포기하겠다는 것 아닌가? 게다가 단지 자신이 믿고 따르는 조직의 비밀을 지키기 위해 스스로 목숨을 끊어야만 한다니…… 맹목적인 믿음이 얼마나 무서운 것인지 다시 한 번 깨달을 수 있었다. 동시에 샤리프는 씁쓸한 생각을 드는 것을 피할 수 없었다.

물론 종교가 가져다 주는 위대한 힘을 결코 무시하는 것은 아니다. 하지만 그릇된 종교를 선택했기 때문에 한 개인의 모든 것이, 아니, 그와 그를 포함한 주위의 모든 것이 파멸을 맞게 된다면 과연 그 종교는 누구를 위한 종교일까 하는 생각이 들었기 때문이다.

사람의 목숨을, 그것도 자신들이 교리를 믿는 신도들의 생명을 이처럼 가벼이 여기는 교단이라면 그들이 추구하는 바 역시 사람들의 행복이 아니라는 것만은 짐작이 갔다.

"안드레이, 원활한 대화를 위해서 적당히 주물러 놔야 우리가 편하겠지?"

렉스의 말에 안드레이나 로니의 얼굴은 금세 딱딱하게 굳어졌다. 특히 로니는 그 말을 듣는 순간 과거 렉스가 검은 달 교단의 주교를 고문하던 모습이 떠올라 자신도 모르게 고개를 돌리고 말았다.

그런 로니의 행동을 곁에서 지켜보던 듀레스코는 비웃음을 던지고는 렉스의 행동을 지켜봤다. 하지만 샤리프나 제로스, 샤이베리아는 사람들의 반응에 뭔가 이상한 것을 느끼기는 했지만 이유를 알 수 없어 고개를 갸우뚱거렸다.

"이봐, 정신 차려. 여긴 네 침실이 아니란 말이야."

짝짝~

렉스가 포이트의 뺨을 몇 번이나 치며 그를 깨우려 했지만 기절한 포이트는 좀처럼 일어날 줄 몰랐다.

"젠장, 아까 기절시킬 때 너무 세게 때렸나?"

머쓱한 표정으로 입을 여는 렉스의 태도에 샤리프는 그동안 자신이 뭔가 그를 잘못 생각해 왔던 것은 아닐까 하는 생각이 불현듯 들었다.

처음 그가 자신에게 보여준 희생적인(?) 모습에 그를 너무 좋게만 생각해 것 같다는 생각과 함께 그가 포로로 잡은 포이트를 대체 어떻게 하려는 것일까 하는 생각에 잠시라도 그에게서 눈을 뗄 수 없었다.

그러는 사이 정신을 잃었던 포이트가 서서히 정신을 차리고 있었다.

초점이 잡히지 않은 눈으로 주위를 둘러보던 포이트는 자신이 왜 이곳에 있는지, 자신이 어떤 상황에 처해져 있는 것인지 짐작이 가지 않았다. 또 자신의 주위에서 떠드는 소리가 들리기는 했지만 무엇 때문에 주위가 시끄러운 것인지, 주위에서 떠들어대는 자들은 대체 누구인지 아무리 생각을 해봐도 알 수 없었다.

자신은 집무실에서 그동안 자신의 활동에 대한 보고 사항과 신도들의 동향, 포교 활동, 앞으로의 계획에 대해 장황하게 보고서를 쓰고 있었다. 그러다 창문이 열리는 소리가 들려 고개를 돌리려고 했었다. 하지만 그가 고개를 돌리기도 전 무엇인가가 사정없이 뒷덜미를 내려쳤고, 그 순간 포이트는 맥없이 정신을 잃고 말았던 것이다.

"어? 정신이 들어?"

"누, 누구?"

갑자기 들린 음성에 눈을 찌푸려 초점을 잡으려던 포이트의 눈에 어두운 표정을 짓고 있는 크레이의 모습이 보였다. 그제야 포이트는 주위에 늘어서 자신을 바라보고 있는 사람들의 정체를 짐작할 수 있었다.

근처에 있던 나무로 기어가 몸을 기댄 포이트는 그제야 자신을 노려보듯 바라보는 사람들의 얼굴을 발견할 수 있었다.

10여 명에 달하는 사람들.

자신이 마치 원수라도 되는 듯 노려보는 사람도 있었고, 영문을 몰라 하며 마치 신기한 동물을 보듯 자신을 보는 사람도 있었다. 그리고 한쪽에 서 있는 사람들은 아예 자신에게는 관심도 없다는 듯 뭔가를 마시며 자신들끼리 대화를 나누고 있었다.

“나? 난 당신을 여기까지 데려온 사람이야.”

“날 데려온 사람? 그럼 네가?”

짝~

“함부로 반말하면 듣는 놈이 기분 나쁘잖아. 그렇지 않겠어? 이 짜샤~”

느닷없이 귀싸대기를 맞은 포이트는 느물거리며 입을 여는 렉스의 행동을 이해할 수 없는 듯 눈을 크게 뜨고 바라볼 뿐이었다. 그럼 포이트의 반응에는 아랑곳하지 않고 안드레이와 샤리프가 잔뜩 굳은 표정으로 다가왔다.

“미리 충고를 해두겠는데 만약 지금부터 내 질문에 거짓말을 하거나 대답을 거부한다면 상당히 재미있고, 흥미진진하고, 이가 갈리도록 고통스러운 사태가 발생할 것이라는 것을 내 틀림없이 보장하지.”

“지금…… 날 협박하는 것인가?”

“협박? 지금 내가 한 말이 단순한 협박 같은가? 쯧쯧쯧, 이 일을 어쩐다? 난 전혀 농담하고 싶은 생각이 없는데…….”

포이트는 마치 농담이라도 하듯 중얼거리는 렉스의 태도를 전혀 이해할 수 없었다.

"티보스 백작, 우리는 그대가 검은 달 교단의 신도라는 것을 이미 알고 있소. 그것도 상당한 고위급 인사라는 것을 말이오. 어떻소, 귀하가 검은 달 교단의 신도임을 인정하겠소?"

자신의 대답을 기다리는 세 사내를 유심히 살피던 포이트는 순간 가슴이 덜컥 내려앉는 것을 느껴야만 했다.

소름 끼치는 냉기를 뿜어내는 안드레이, 보는 사람의 숨을 콱콱 막히게 만드는 샤리프, 도무지 종잡을 수 없는 분위기를 가진 렉스. 세 사람 가운데 어느 누구도 자신보다 약해 보이는 사람은 없었다.

소드 마스터 중급에 가까운 실력을 가진 자신으로서도 도저히 대항할 생각조차 가질 수 없게 만드는 상대들이었다. 그런 포이트의 생각을 눈치 챈 샤리프가 무표정한 얼굴로 입을 열었다.

"귀하가 지금 무슨 생각을 하는지 모르지만 우리가 필요로 하는 대답을 하기 전까지는 절대 이곳을 떠날 수 없다는 것을 명심하는 것이 좋을 거요."

"내게 원하는 것이 뭔가?"

딱!

"이 자식이 귀를 먹었나? 방금 안드레이가 검은 달 교단의 신도냐고 물었잖아, 짜샤."

마치 어린아이 대하듯 머리를 쥐어박는 렉스의 행동에 포이트는 분노가 치미는 것을 억지로 참아야만 했다.

"한 번만 더 나를 모욕한다면 더 이상 참지 않겠다."

퍽—

"빌어먹을 자식이… 까불고 있어. 네깟 놈이 참지 않으면 어쩔 건데? 지금 당장이라도 네놈을 난도질해 버리고 싶은 것을 억지로 참고 있는 사람은 오히려 나라는 것만 알고 있어."

고개가 돌아갈 정도로 강한 타격을 입은 포이트는 렉스가 왜 자신에게 노골적인 적의를 드러내는 것인지 그것을 도저히 이해할 수 없었다.

"대체 왜 나를 이렇게 적대시하는지 이해가 안 가는군. 내가 검은 달 교단의 신도이기 때문인가?"

"흥! 스스로 검은 달 교단의 신도라는 것을 인정하는군. 이 자리에 모인 사람들 모두 검은 달 교단과는 씻을 수 없는 원한을 가지고 있다는 것만 알아둬."

"원한? 대체 무슨 원한을 말하는 것인지 모르겠군."

나직이 중얼거리는 포이트는 렉스의 말을 이해하지 못하는 기색이 역력했다.

그동안 검은 달 교단에서 저질러 온 일을 전혀 모르는 듯한 포이트의 반응이 예상 밖이었는지 렉스나 나머지 두 사람도 조금 당혹스럽기는 마찬가지였다.

"그대는 사이나 델 마벡이란 사람을 아는가?"

샤리프의 질문에 포이트는 의아해하는 얼굴로 반문했다.

"사이나 델 마벡? 혹시 그대가 말한 사람이 다크 루미니언의 단장인 마벡 단장을 가리키는 것인가?"

"다크 루미니언의 단장?"

나직하게 중얼거리는 샤리프의 눈은 벌써 벌겋게 충혈되어 있었다.

"크크크, 내가 찾아내 네놈의 심장을 씹어 먹을 때까지 무사히 살아 있기를 간절히, 간절히 바라마. 사이나 델 마벡."

갑작스런 외출

갑작스런 외출

어두운 방 안.

작은 초 하나가 불어오는 바람과 힘겨운 몸싸움을 계속하며 주위를 밝히고 있었다. 그리고 그 촛불을 꿈꾸는 듯 몽롱한 시선으로 바라보는 청년이 있었다.

마치 눈을 뜬 채로 잠이 든 듯 미동도 하지 않던 청년은 대부라 부르며 50대 사내와 대화를 나눴던 플로렌스라는 청년이었다.

눈조차 깜빡이지 않는 것이 흡사 눈을 뜨고 잠이 든 것인지, 아니면 생명이 사라진 것인지 전혀 구별을 할 수 없었다.

똑똑똑—

하지만 플로렌스는 그 소리를 듣지 못했는지 여전히 촛불만 바라보고 있었다.

조용히 문이 열리고 들어선 사람은 검은 로브를 입고 얼굴을 후드로

가린 사내였다. 사내는 조심스러운 발길로 다가와 플로렌스의 발 아래 무릎을 꿇고 머리를 조아렸다.

"카오스시여~ 미천한 종이 위대하신 존체를 배알하나이다."

사내의 음성을 듣고서야 플로렌스의 눈에 서서히 초점이 잡혀갔다. 지루할 정도로 천천히 고개를 돌린 플로렌스는 바닥에 이마를 대고 있는 사내에게 눈길을 주었다.

"무슨 일이냐?"

"대교황 각하께서 잠시 왕림해 성총(聖寵)을 내려달라는 부탁 말씀이 계셨사옵니다."

"알았다. 앞장을 서거라."

"그럼 미천한 종이 앞장을 서겠사옵니다."

말을 마친 사내는 아주 조심스럽게 자리에서 일어서 플로렌스가 일어나기만을 기다렸다. 그리고는 조용히 앞장서 걸음을 옮기기 시작했다.

잠시 후 두 사람이 도착한 곳은 상당한 규모를 가진 커다란 서재였다.

사방 벽은 10여 단의 서가가 자리해 있었고 그 서가에는 수천, 아니, 수만 권의 서적이 빽빽하게 꽂혀 있었다. 그리고 그 아래 상당히 커다란 책상이 있었고, 책상을 사이에 두고 두 사람이 앉아 있었다.

한 사람은 언젠가 본 적이 있던 50대 중년인이었고, 또 한 사람은 60대 중반쯤으로 보이는 근엄한 표정의 노인이었다.

플로렌스를 안내했던 사내는 조용히 서재의 문을 닫곤 사라졌고, 자리에서 일어난 50대 중년인은 잠시의 망설임도 없이 플로렌스를 향해 무릎을 꿇고 머리를 지면에 붙였다.

"크리스토퍼 린튼이 더할 나위 없이 위대하신 카오스의 존체를 배알
하옵니다."

"일어나십시오, 대부."

"예."

공손하게 대답을 하며 자리에서 일어난 린튼과 조금 전 린튼이 앉았
던 자리에 당연하다는 듯이 앉는 플로렌스의 모습을 노인은 기가 막히
다는 표정으로 바라보고 있었다.

"대교황이 말한 전지전능하다는 신의 아들 카오스라는 자가 바로 저
청년을 말하는 것이오?"

"그렇소이다, 대니얼 디 페이트랑 후작."

크리스토퍼의 대답에 대니얼은 노골적으로 불쾌하다는 표정을 지으
며 자리에서 일어섰다.

"저런 애송이를 신의 아들이라고 떠받들다니…… 솔직히 난 대교황
이 지금 제정신인지 의심하지 않을 수 없구려."

"무례하다. 감히 카오스님께 무례를 저지르다니! 그대는 카오스님의
심판이 두렵지도 않은가?"

"괜찮습니다, 대부. 아모데우스님의 무서움을 한낱 어리석은 인간이
어찌 알겠습니까?"

"그렇지만……."

"제가 그저 약간, 약간만 능력을 보여주면 스스로 승복을 하게 될 겁
니다."

"흥! 가소로운 애송이가……."

"내 눈을 봐라."

대니얼이 미처 말을 끝내기도 전 갑자기 자리에서 일어난 플로렌스

가 마치 유령처럼 음산한 음성으로 입을 열었다. 갑작스런 음성에 대니얼은 자신도 모르게 플로렌스의 눈을 바라봤고, 그 순간 격렬하게 몸을 떨다가 곧 잠잠해졌다. 그러나 그의 눈은 플로렌스를 향한 채 닫힐 줄 몰랐다.

믿을 수 없게도 오색영롱한 빛이 플로렌스의 눈에서 쏟아져 나왔고, 그 빛에는 사람의 정신을 몽롱하게 만드는 거부할 수 없는 힘이 강하게 실려 있었다.

지켜보는 크리스토퍼는 이미 여러 번 이런 광경을 보았지만 그저 신기하다는 생각밖에 들지 않았다. 그러나 그 빛을 정면에서 바라보고 있는 대니얼의 얼굴에는 극심한 고통과 격렬한 공포의 기색뿐이었다.

대니얼은 플로렌스와 눈을 마주하는 순간 자신이 밑을 알 수 없는 늪 속으로 한없이 빨려 들어가는 듯한 착각이 들었다. 어떻게든 플로렌스에게서 눈을 떼려 했지만 고개나 손가락은 고사하고 눈꺼풀마저 까딱할 수 없었다.

동시에 자신의 몸속에 정체를 알 수 없는 무엇인가가 꿈틀거리며 기어다니는 것 같은 불쾌한 느낌이 들었다. 마치 곤충의 알에서 깨어난 애벌레들이 혈관을 따라 움직이는 듯한 스멀거리는 느낌과 동시에 참을 수 없는 고통이 전신에서 밀려들었지만 몸은 얼어붙은 것처럼 꼼짝도 할 수 없었다.

참을 수 없는 고통과 견딜 수 없는 공포 속에서 대니얼은 그저 무기력하게 떨고만 있을 뿐이었다.

그 고통과 공포는 영원히 계속될 것만 같았다.

바로 그때 어디선가 한줄기 따스한 빛이 자신을 비추었고, 순간 대니얼은 지금껏 단 한 번도 느껴보지 못했던 따스한 온기와 지극한 마음의 평화를 느낄 수 있었다. 그리고 그것이 자신에게 미소를 보내고 있는 플로렌스에게서부터 시작된 것이란 사실 또한 깨달을 수 있었다.

자신도 모르게 미소 지은 대니얼은 갑작스레 플로렌스에 대한 호감이 생김과 동시에 자신이 왜 그를 적대시한 것인지 전혀 이해를 할 수 없었다. 그리고 그를 거부한 자신이 한없이 어리석게만 여겨졌다.

"이제 나를 받아들이겠느냐?"

"예, 카오스님. 그동안 어리석게 행동해 온 저의 죄를 사해주십시오."

조심스럽게 무릎을 꿇은 대니얼은 플로렌스의 발에 서슴지 않고 입을 맞추었다.

"네가 아모데우스님의 품을 선택하는 순간 그동안 지었던 너의 죄는 모두 사해졌느니라. 앞으로 아모데우스께 영원히 충성을 맹세하겠느냐?"

"맹세하겠습니다, 카오스님."

"가거라. 가서 교단의 위해 헌신해라."

"아모데우스의 총애가 언제나 함께하시길……."

무릎을 꿇고 머리를 숙이고 있던 대니얼은 플로렌스의 오른손에 입을 맞추고는 뒷걸음질로 서재를 빠져나갔다. 그 모습을 지켜보던 크리스토퍼가 입을 연 것은 바로 그때였다.

"이전보다 네 능력이 더 강해진 것 같구나."

"그렇습니다, 대부. 얼마 전부터인지는 모르지만 잠을 자고 나면 그때마다 제 힘이 늘어난 것을 느낄 수 있었습니다. 이유는 알 수 없지만 그저 아모데우스님께서 저를 어여삐 여겨 가호를 내리신 것이라고 생각합니다."

“그랬구나.”

크리스토퍼가 고개를 끄덕이자 플로렌스는 창문가로 다가가 정원 쪽을 바라봤다.

“어쩐지 모습이 보이지 않는다 했더니 정원에 있었군요.”

“응? 누구? 카렌 말이냐?”

“예. 다른 일이 없으시면 이만 쉬겠습니다.”

“그래, 수고했다. 그만 쉬거라.”

크리스토퍼의 말을 들으며 서재를 빠져나온 플로렌스는 걸음을 옮겨 정원으로 향했다.

끝이 보이지 않을 정도로 넓은 정원은 협곡 사이에 위치한 탓인지 우거진 나무들로 인해 아늑한 분위기를 자아내고 있었다. 그리고 갖가지 꽃들이 활짝 피어 있는 그 정원에는 검은 로브를 걸친 긴 머리의 여인이 서 있었다.

특이하게도 선홍색의 머리를 가진 여인은 잘 가꾸어진 화원을 바라보고 있었는데 믿을 수 없게도 수십 마리의 새들이 여인의 주위를 날아다니고 있었다. 그렇다고 여인이 먹이를 나눠주고 있는 것이 아니었음에도 불구하고 새들은 여인의 곁을 떠나지 않고 있었다.

여인의 어깨와 손가락에 내려앉은 새들은 마치 여인을 위해 노래하기라도 하듯 영롱한 목소리로 지저귀었다. 새들의 지저귐이 자신을 위한 것임을 알기라도 하듯 여인은 지그시 눈을 감은 채 새들의 노랫소리를 감상하고 있었다.

조금은 소란스러울 정도로 지저귀던 새들의 울음소리가 갑자기 그쳤다. 이상하다는 생각에 눈을 뜬 여인의 눈에 자신을 향해 다가오는 플로렌스의 모습과 함께 바르르 떨고 있는 새들의 모습이 보였다.

"조금 있다 다시 부를 테니 주위에서 쉬도록 하거라."

마치 그녀의 그 말을 기다리기라도 했다는 듯이 새들은 일제히 창공으로 날아올랐다.

새들이 날아오르자 여인은 옷차림을 살피고는 그대로 그 자리에 무릎을 꿇고 앉아 이마를 지면에 대고는 경건한 목소리로 인사를 했다.

"지엄하신 카오스님의 존체를 배알하옵니다."

"어서 일어나거라, 카렌."

"카오스님의 은총에 감사하옵니다."

조심스럽게 고개를 든 카렌은 플로렌스에게 무릎걸음으로 다가가 그의 오른손에 가볍게 입을 맞추고는 그 자리에서 일어나 고개를 숙이고 그의 명령을 기다렸다.

잠시 주위를 훑어보던 플로렌스는 혼잣말처럼 중얼거렸다.

"꽃들을 구경하고 있었느냐?"

"예, 꽃들이 너무 아름다워 잠시 이곳에서 구경을 하고 있었사옵니다."

차분한 음성으로 대답하는 카렌의 태도에 플로렌스는 고개를 끄덕이다 갑자기 질문을 던졌다.

"카렌, 구경을 한 적이 있느냐?"

"예? 무슨 말씀이신지……."

"세상 구경을 한 적이 있느냔 말이다."

"오래전 아버님과 함께 검은 달 교단에 투신하기 전 잠시 세상에서 살았던 적이 있사옵니다."

"그래? 네가 본 세상은 어떤 곳이었느냐? 아름다웠느냐?"

플로렌스의 질문에 카렌은 침착한 어조로 조리있게 설명했다.

“예, 너무나도 아름다웠나이다. 봄, 여름, 가을, 겨울. 단 한 번도 같은 모습을 보인 적 없이 계절마다 새로운 모습을, 또 날마다 아름다운 모습을 가진 곳이옵니다. 산과 들, 강과 바다 그 어느 것도 같은 모습을 가진 곳은 없사옵니다.”

카렌의 말에 플로렌스의 눈빛이 아련하게 변했다. 그러다 그의 표정이 순간적으로 변했다.

“카렌. 마차를 준비하거라.”

“예? 무슨 말씀이신지…….”

플로렌스의 예상 밖의 말에 평소 침착함을 잃지 않았던 카렌의 얼굴에 보이는 것은 당혹감뿐이었다.

“내 말이 들리지 않느냐?”

“하, 하지만 대교황 각하께서 이 일을 아시면…….”

“너는 본 교단에서 나보다 대교황의 지위가 더 높다고 생각하느냐?”

“아, 아니옵니다. 감히 제가 어찌…….”

“그럼 어서 마차를 준비하지 않고 뭘 하는 것이냐?”

“잠시만 기다려 주옵소서.”

황급히 대답을 한 카렌이 어디론가 사라지고 난 후에도 플로렌스는 예의 그 초점이 잡히지 않은 멍한 시선으로 허공을 바라보고 있었다.

카렌이 사라지고 얼마 후 두 마리 말이 매여 있는 한 대의 검은 마차가 플로렌스를 향해 다가왔다. 플로렌스와 조금 떨어진 곳에 멈춘 마차에서 네 사람이 내렸고, 그들 가운데 세 명이 플로렌스를 향해 무릎을 꿇고 이마를 지면에 대고는 경건하게 경배를 올렸다.

“존엄하신 카오스님께 저희들이 인사를 올립니다.”

“너희들은?”

"다크 스파이더에 소속되어 있는 미천한 종입니다."

플로렌스의 반말에도 오히려 세 사람의 얼굴에는 그와 대화를 나누고 있다는 사실만으로도 무한한 영광이라는 듯 감격하는 기색이 완연했다.

플로렌스의 시선이 자신에게 향하고 있는 것을 깨달은 카렌은 조심스럽게 그들을 데려온 것을 설명했다.

"마차를 몰 사람도 필요하고, 카오스님을 모실 사람도 필요해서 이들을 데려왔사옵니다."

플로렌스는 별로 내켜하는 기색은 아니었지만 그들을 거부하지는 않았다.

"미천한 저희들이 카오스님을 모시게 되어 무한한 영광이옵니다."

말을 마친 다크 스파이더 가운데 눈매가 매서운 청년 하나가 일어나 공손한 태도로 마차의 문을 열었다.

플로렌스가 마차에 오르자 카렌과 또 한 명의 여인이 마차에 동승했고, 마차 안에 완전히 탄 것을 확인한 청년은 조심스럽게 마차의 문을 닫고는 재빨리 마부석으로 올라갔다. 그리고 재빨리 말고삐를 내려치자 마차는 미끄러지듯 움직이기 시작했다.

정원을 빠져나갈 때까지 조용히 움직이던 마차는 정원을 빠져나가자마자 조금씩 속도가 빨라지기 시작했다. 마부석에 앉아 있던 사람 가운데 지극히 평범한 용모를 한 30대 초반의 사내가 조심스럽게 입을 열었다.

"이봐, 엘로. 대교황 각하께 보고를 해야 되는 것 아니야?"

엘로는 잠시 망설이는 표정을 짓다가 곧 단호하게 입을 열었다.

"하지만 카오스님께서 원하시는 일이야. 설사 대교황 각하라고 하더라도 카오스님께서 원하시는 일을 가로막을 수는 없는 일이야."

"그건 그렇지만……."

"잔말 말고 카오스님을 어떻게 모실 건지 그거나 걱정해. 카오스님을 위험하게 할 일도 없겠지만 정말 위험하다면 텔시가 본부에 연락을 할 테니까 말이야."

"위험한 일? 감히 누가 너와 나 칼라를 무시하고 카오스님께 무례를 저지를 수 있다는 거지? 만약 그렇게 간 큰 녀석이 있다면 어디 얼굴이나 보고 싶군."

칼라의 눈은 몸서리치는 살기로 번들거렸다.

그 모습에 엘로는 부르르 몸을 떨었다. 매번 느끼는 것이지만 평범하게 생긴 얼굴과는 달리 그의 살기만은 몸서리가 쳐질 만큼 살벌했기 때문이다.

마차가 협곡 사이에 위치한 정원을 빠져나왔을 때 그들의 앞을 가로막는 이들이 있었다.

검은색 옷에 검은 라이트 레더를 걸치고 있는 청년들은 모두 30여 명에 달했는데 비록 무기를 뽑아 들지는 않았지만 그저 마차 앞을 가로막은 것만으로도 충분한 위협이 되었다.

재빨리 마차를 멈춘 엘로가 마차 앞을 가로막은 청년들에게 인상을 쓰며 입을 열었다.

"그대들은 누군가?"

"저희는 다크 루미니언 본부 소속 제7경비대 대원들입니다. 실례지만 누군지 신분을 밝혀주시겠습니까?"

"우리는 다크 스파이더 소속 단원들이다."

엘로의 거만한 대답에 청년들은 찔끔하는 표정을 지었다.

"그럼 마차 안에 타고 계신 분들도 다크 스파이더의 단원들이십니까? 저희들의 임무상 확인을 해봐야……."

"무엄하다. 지금 마차엔 카오스님께서 타고 계시다. 무례를 저지르지 마라."

"예? 카, 카오스님께서 지금 마차에……?"

경비대원들은 그야말로 영혼이 달아날 정도로 놀라며 근엄한 표정을 짓고 있는 엘로의 얼굴만 쳐다보고 있었다. 그때 마차의 창에 드리워져 있던 장막이 걷히며 플로렌스의 얼굴이 약간 보였다.

"카오스시여!"

"카오스님을 배알하나이다!"

경비대원들은 일제히 지면에 머리를 조아리며 플로렌스에게 경배를 올렸다.

"일어나거라."

플로렌스의 말에 경비대원들은 일제히 몸을 일으켰다.

"잠시 외출을 할 것이니 대교황에게는 알리지 않도록 해라. 알겠느냐?"

"명심하겠사옵니다, 카오스시여!"

경비대원들은 마치 신탁을 받는 프리스트처럼 무릎을 꿇고 경건한 표정으로 대답했다.

마차는 고개를 숙인 경비대원들 사이를 미끄러지듯이 빠져나갔고, 경비대원들은 마차가 시야에서 완전히 사라지기 전까지 무릎을 꿇은 자세로 꼼짝도 하지 않았다.

마차로 여행을 시작한 지도 벌써 3일이 지났다.

플로렌스에게는 매일매일이 새로운 경험이었고, 경이로운 신기함의 연속이었다. 비록 잠자리도 편하지 않았고, 음식도 풍족한 것은 아니었지만 카렌과 세 사람은 모든 정성을 다해 플로렌스를 보살폈기에 플로렌스는 별다른 불편을 느끼지 않았다.

특별히 목적지를 정해놓고 시작한 여행이 아니었기 때문에 여행 속도도 그리 빠르지 않았다.

플로렌스와 일행들은 4일째 되던 날 드디어 기다리고 기다리던 도시를 만날 수 있었다.

산자락 아래 위치한 길틱 시는 전원적인 분위기를 가지고 있었고, 그래서인지 도시를 오가는 행인들의 얼굴도 순박하고 더할 나위 없이 착하게만 보였다. 특이할 것도, 또 사람들의 관심을 끌 만한 것도 없음에도 불구하고 플로렌스는 그런 행인들을 정신없이 바라보고 있었다.

그런 플로렌스의 행동을 말없이 지켜보던 카렌은 조용한 음성으로 말을 건넸다.

"카오스님, 식사 시간이 다 되었습니다. 일단 식사부터 하심이……."

"식사?"

카렌의 말에 주위를 둘러보던 플로렌스는 고개를 끄덕였다.

"카오스님께서 식사를 하셔야 하니 먼저 식당으로 가도록 하세요."

"알겠사옵니다, 카렌님."

엘로는 대답을 하고는 깨끗한 식당을 찾아 마차를 몰았다. 얼마 지나지 않아 엘로는 곧 깨끗한 외관을 가진 식당 하나를 찾았고, 조심스럽게 마차를 멈췄다.

마차에서 내린 플로렌스는 카렌의 안내를 받으며 식당 안으로 들어섰다. 하지만 식당 안은 밖에서 보는 것만큼 깨끗해 보이지는 않았다.

자리에 앉은 플로렌스는 식당 안을 둘러보았다.

점심 시간이 되었음에도 식당 안은 절반 정도밖에 차 있지 않았다. 또 테이블을 메우고 있는 사람도 대부분 부유해 보이는 상인들과 용병으로 보이는 사람들뿐이었다.

검은 머리, 검은 로브처럼 생긴 긴 의복, 상대적으로 창백한 안색을 한 플로렌스의 얼굴을 바라보던 용병들은 코웃음을 치며 고개를 돌렸다. 병자처럼 보이는 안색이나 호리호리한 몸매를 가진 플로렌스의 모습은 그들이 보는 관점에서는 도저히 남자라고 볼 수 없었기 때문이다.

그 모습을 발견할 엘로와 칼라의 눈에서는 새파란 살기가 번뜩였다. 하지만 카렌이 눈빛으로 두 사람을 제지했다.

주문을 받으러 온 점원에게 카렌이 일행들의 식사 주문을 마치자 플로렌스가 그녀를 불렀다.

"카렌, 잠시 이리 와 앉아보거라."

"부르셨습니까, 카오스님?"

카렌이 조심스럽게 앉자 플로렌스는 자신이 궁금하게 생각했던 것을 물었다.

"경치가 아름다운 곳이나 사람들이 많이 모이는 곳 가운데 아는 곳이 있느냐?"

"죄송하옵니다. 워낙 어린 시절에 본 것이라 기억나는 곳이 없사옵니다."

"그래?"

카렌의 대답에 플로렌스는 아쉬운 표정을 지었다. 그러는 사이 주문한 음식이 나왔고, 카렌은 자신의 자리로 돌아가려고 했다.

“같이 식사를 하자꾸나.”

“아, 아니옵니다. 제가 감히 어떻게 카오스님과 함께……. 그것은 절대 안 될 말씀이옵니다.”

“이렇게 밖에 나와서까지 혼자 먹고 싶지는 않구나. 다른 사람들도 모두 함께 식사를 하지 않느냐?”

플로렌스의 말에 카렌은 당황한 표정을 감추지 못했다. 하지만 곰곰이 생각해 보니 플로렌스가 일행과 떨어져 혼자 식사를 하는 모습이 오히려 다른 사람의 이목을 끌 수도 있겠다는 생각이 들었다.

“카오스님의 명이시라면 따르겠사옵니다.”

“식사후 근처를 구경하고 싶으니 어서 식사를 마치자꾸나.”

“명을 따르겠사옵니다.”

서둘러 식사를 마친 플로렌스 일행은 마차를 잠시 식당에 맡겨놓고 시내 곳곳을 구경했다.

정오의 햇살이 쏟아지는 중앙 광장에는 많은 사람들이 모여 있었다.

재주를 부리는 피에로의 모습도 보였고, 작은 손수레에 과일을 쌓아 놓고 손님들을 부르는 상인들의 모습도 보였다. 또 열변을 토해내는 웅변가의 모습도 보였고, 꽃을 파는 소녀들의 모습도 보였다.

손님들의 앞날을 점쳐 주는 점쟁이, 장신구들을 파는 행상, 연인들의 모습을 실물처럼 그려주는 화가, 아름다운 노래로 사람들의 발길을 붙잡는 음유 시인 등등 그 모든 것이 플로렌스에게는 너무나 신기하고 흥미로워 보였다.

“아저씨, 아름다운 애인께 드릴 꽃이 필요하지 않나요?”

옆에서 들린 가녀린 음성에 고개를 돌리고 보니 이제 겨우 열 살 정도로 보이는 소녀 한 명이 커다란 꽃바구니를 든 채 자신을 바라보고 있는 것을 발견했다.

"지금 나에게 한 말이냐?"

"예, 여러 가지 꽃들이 있어요. 비싸지 않으니까 꽃 좀 사주세요."

커다란 눈망울을 깜빡이는 소녀의 모습을 잠시 바라보던 플로렌스의 입가에는 부드러운 미소가 떠올랐다.

"네 나이가 몇 살이냐?"

"열한 살이에요."

"그래? 난 꽃에 대해 잘 모른단다. 그래서 네가 골라주었으면 하는데…… 넌 나에게 어떤 꽃을 권하고 싶으냐?"

플로렌스의 말에 잠시 망설이던 소녀는 곧 결정했는지 붉은 장미 한 송이를 뽑아 들었다.

"사랑하는 연인에게 선물하는 것이라면 장미를 빼놓을 수 없지요. 이 꽃을 선물하신다면 틀림없이 저 여자 분이 기뻐하실 거예요."

눈을 찡긋거리며 소녀가 장미를 내밀자 플로렌스는 잠시 어리둥절한 표정을 지었다. 그리고는 소녀가 뭔가를 착각하고 있다는 것을 곧 깨달았다.

"하하하, 네가 보기엔 카렌이 내 애인처럼 보였던 모양이구나. 그런데 이걸 어쩌지? 카렌과 난 그런 사이가 아니란다. 하지만 네가 권한 그 꽃을 선물하고 싶구나."

플로렌스가 말과 함께 소녀에게서 장미를 받아 카렌에게 내미는 그 짧은 시간 동안 믿을 수 없게도 장미는 급격하게 시들어 버렸고, 카렌이 받아 들자마자 완전히 시들어 꽃잎이 모두 떨어져 버리고 말았다.

그 광경에 플로렌스는 자신의 손을, 카렌은 장미를, 소녀는 플로렌스의 얼굴을 멍하니 바라보았다. 가장 먼저 정신을 차린 사람은 카렌이었다.

"장미가 조금 상했던 모양이구나. 다른 꽃을 주겠니?"

"하, 하지만 그 장미는 나오기 전에 딴 것인데……."

"차라리 내가 고르는 것이 좋겠구나. 이 꽃으로 주겠니?"

소녀는 비록 어린 나이였지만 꽃 장사를 처음으로 시작한 것은 아니었다. 누구의 말을 듣는 것이 자신에게 유리한지 너무나 분명하게 알고 있었다.

"죄송해요, 손님. 제가 상한 꽃을 권한 모양이에요. 원래는 50코펀데 서비스로 30코퍼에 드릴게요."

"그렇게 싸게 주면 손해를 보잖니. 정말 착한 아이구나. 여기 1실버를 받고, 잔돈은 모두 네가 갖도록 하거라."

"감사합니다, 레이디. 자르츠의 가호가 언제나 함께하시길 진심으로 빌겠어요."

소녀는 몇 번이나 카렌에게 인사를 하고는 곧 다시 주위 사람들에게 꽃을 권하기 시작했다. 모두 그 모습을 흐뭇한 표정으로 바라보고 있었지만 단 한 사람 얼굴에 주근깨가 가득한 20대 중반의 여자만은 싸늘한 표정을 짓고 있었다.

"왜 그래, 텔시?"

"인간들은 모두 추악해."

"응? 무슨 소리야?"

"조금 전 그 꼬마, 겉으론 고맙다고 했지만 내가 마음을 읽어보니까 속으론 카렌님의 호의를 비웃고 있었어."

텔시의 말에 엘로의 얼굴은 금세 굳어졌고, 그의 눈은 조금 떨어진 곳에서 꽃을 팔고 있는 소녀의 모습을 매섭게 노려보았다. 가늘게 뜬 그의 눈에서 쏟아지는 눈빛은 보는 사람이 오싹해질 정도로 살기에 젖어 있었다.

곁에 있던 칼라가 엘로를 다독거리기에 여념이 없는 사이 플로렌스는 굳은 얼굴로 걸음을 옮기고 있었고, 그 곁을 카렌이 죄송하다는 표정을 지으며 따르고 있었다.

그러던 플로렌스의 발걸음이 멈춘 곳은 사람들에게 구걸을 하고 있는 추레한 모습을 한 중년 사내 앞이었다.

사고를 당한 것인지, 아니면 선천적인 것인지 알 수는 없었지만 한쪽 다리가 기이한 각도로 뒤틀려 있었다. 그 앞에는 다 떨어진 모자가 놓여 있었는데 모자 안에는 색이 바랜 몇 개의 동전이 담겨져 있었다.

사내는 지나가는 사람들에게 구걸을 하고 있었다. 하지만 대부분의 사람들은 그런 사내를 그냥 보고 지나칠 뿐 동전 한 닢 던져 주는 사람 없었다.

그 모습을 유심히 바라보던 플로렌스는 갑자기 중년 사내에게 말을 건넸다.

"걷고 싶으냐?"

갑자기 들린 음성에 중년 사내는 고개를 돌려 상대를 확인했다. 검은 머리와 사제복처럼 생긴 검은 옷, 상대적으로 창백해 보이는 안색. 얼굴만 봐서는 20대 초반으로 보이는 잘생긴 청년이었지만 그에게는 다른 사람과는 전혀 다른 이상한 분위기가 있었다.

"예? 방금… 뭐라고 했습니까?"

"걷고 싶냐고 물었다."

플로렌스의 담담한 말에 사내는 다시 한 번 플로렌스의 아래위를 훑어보았다.

"호, 혹시 프리스트십니까? 하지만 다른 프리스트들께서는 절대 나을 수 없다고들 하셨는데……."

그리고 보니 플로렌스에게서 풍기는 분위기는 각 교단의 프리스트들에게서만 느낄 수 있던 바로 그 분위기였다.

"내가 너의 다리를 낫게 할 것이라는 절대적인 믿음만 있다면 너의 다리는 나을 것이다."

"저, 정말이십니까? 정말 제 다리가… 나을 수 있단… 말씀이십니까?"

"지엄하신 카오스님의 말씀을 의심하지 마세요. 카오스님께서 하지 못하실 일은 지상에 존재하지 않아요."

곁에 있던 카렌이 근엄한 표정으로 말한 것을 들은 사내의 얼굴은 당장 간절하게 변했다. 한쪽 무릎을 꿇은 두 손을 맞잡고는 금세라도 눈물을 흘릴 듯 보였다.

"평생… 평생을 이 다리 때문에 남에게 조롱과 멸시를 당하며 살아왔습니다. 만약… 만약에 이 다리를 고쳐 주신다면 나으리를 위해 뭐든지 하겠습니다."

사내의 뺨은 벌써 눈물로 흥건했다.

잠시 그런 사내의 모습을 바라보던 플로렌스는 허공을 향해 손을 번쩍 들고는 지그시 눈을 감았다. 그리고는 주문을 외듯 낮은 음성으로 중얼거리기 시작했다.

플로렌스의 독특한 자세 때문인지 주위를 지나던 사람들이 하나둘씩 발걸음을 멈추고 모여들기 시작했다.

중얼거림이 끝나고 팔을 내린 플로렌스의 손에는 엄지손가락 한 마디쯤 되어 보이는 새알처럼 생긴 둥근 물체 하나가 들려 있었다. 플로렌스는 그것을 중년 사내에게 내밀었고, 사내는 영문도 모르면서 그것을 받아 들었다.

"그것을 복용하고 내 눈을 보거라. 그리고 네 다리가 틀림없이 나을 수 있다는 것을 믿어라."

플로렌스의 말에 잠시 망설이던 사내는 곧 새알처럼 생긴 것을 복용하고 플로렌스의 눈을 바라보았다.

눈이 마주치는 순간 중년 사내는 지금껏 단 한 번도 느껴본 적이 없는 지극한 마음의 평온함과 함께 전신의 근육이 천천히 이완되며 자신의 몸이 지극히 편안해짐을 느낄 수 있었다.

자신도 모르게 지그시 눈을 감은 중년 사내가 미처 깨닫지 못하고 있는 사이 그의 귀와 코에서 검은 연기 같은 것이 흘러나와 두 다리를 감싸기 시작했다.

주위에서 그 모습을 지켜보던 구경꾼들은 난생처음 보는 광경에 눈조차 깜빡이지 않고 두 사람을 바라보고 있었다.

플로렌스의 눈이 반짝인다고 느껴지는 순간 그의 입에서는 근엄하기 이를 데 없는 음성이 흘러나왔다.

"너는 아모데우스께서 너의 다리를 낫게 해주실 것이란 것을 믿느냐?"

"믿사옵니다."

"그럼 나 카오스가 그분의 아들임을 인정하겠느냐?"

"인정하옵니다."

"네 다리에 드리워진 운명의 그림자에게 아버지이신 아모데우스님의 이름으로 소멸할 것을 명한다. 다크 큐어—"

플로렌스의 짧고 힘찬 음성을 듣는 순간 중년 사내는 부르르 몸을 떨었고, 그의 다리를 감싸고 있던 검은 연기는 순식간에 피부 속으로 스며들었다.

"너의 간절한 소망을 아버지께서 들으셨다면 네 다리는 이미 나았을 것이다. 일어서라!"

플로렌스의 단호한 말에 몸을 떨던 중년 사내는 천천히 지팡이에 몸을 의지해 일어섰지만 지난 세월 신체의 일부분이었던 지팡이를 쉽게 버리지는 못했다.

담담한 표정으로 자신을 바라보는 플로렌스의 태도에 용기를 얻은 중년 사내는 중심을 잡으며 지팡이를 버렸고, 지금껏 아무것도 느낄 수 없었던 다리에 조금씩 힘을 주었다. 이전 같으면 힘을 주었는지 아닌지 전혀 느낄 수 없었지만 지금은 달랐다.

믿을 수 없게도 둔하게 저린 듯한 감각과 함께 근육에 서서히 힘이 들어가는 것을 분명하게 느낄 수 있었다. 떨리던 다리에 힘을 주니 흔들리던 몸에 서서히 균형이 잡히는 것을 스스로 분명히 확인할 수 있었다.

"이럴 수가……? 이럴 수가……?!"

사내는 지금 자신에게 일어난 일을 믿을 수 없어 끊임없이 불신에 가득 찬 말을 중얼거리고 있었다.

"걸어보아라."

플로렌스의 말에 사내는 그에게 홀리기라도 하듯 한쪽 발을 내디뎠고, 곧 이어 다시 다른 쪽 발을 내디뎠다. 마치 이제 걸음마를 시작한 아기처럼 그의 몸은 사정없이 흔들려 보는 사람의 마음을 조마조마하게 만들었지만 어렵게 중심을 잡아가며 계속해 걸음을 옮겼다.

위태위태하던 중년 사내의 자세는 시간이 지날수록 바로잡혀 갔고,

3분 정도가 지나자 그의 발걸음은 보통 사람과 다른 점을 전혀 찾아볼 수 없었다.

자신이 걷고 있는 사실을 믿을 수 없다는 표정으로 바라보던 중년 사내는 곧 플로렌스 앞에 무너지듯 쓰러지며 그의 발에 사정없이 입을 맞추었다.

"감사하옵니다! 정말 감사하옵니다!"

그가 흘린 눈물 때문에 자신의 신발이 더러워지는 것을 알면서도 플로렌스는 그를 제지할 생각을 하지 않았다. 그저 담담한 시선으로 그를 바라볼 뿐이었다.

주위에서 그 모습을 지켜보던 사람들은 자신의 눈앞에서 벌어진 기적과도 같은 일을 도저히 믿을 수 없어 몇 번이나 자신의 눈을 비볐지만, 중년 사내가 걷는다는 것만은 틀림없는 사실이었다.

구경꾼들 대부분은 이 도시에 사는 사람들이었기에 어린 시절부터 구걸을 했던 중년 사내의 모습을 분명히 기억하고 있었다. 그리고 중년 사내가 구걸하는 이유가 그의 한쪽 다리가 정상이 아니기 때문이라는 것 역시 똑똑히 알고 있었다.

아이들에게는 놀림감이었고, 어른들에게는 조롱과 멸시의 대상이었다. 그랬던 그가 지금 자신들의 눈앞에서 일어나 걸음을 옮기는 모습은 그야말로 자신의 눈을 의심하게 만드는 광경이 아닐 수 없었다.

"아버지이신 아모데우스님에 대한 믿음이 사라지지 않는 한 너는 누구보다 빠르고, 강한 다리를 가지게 될 것이다. 내 말을 믿느냐?"

"예, 믿사옵니다. 아모데우스님께 영원한 찬양을, 카오스님께 영원한 충성을 맹세하옵니다."

중년 사내의 말에 플로렌스는 당연하다는 듯 조금은 거만한 표정으로 고개를 끄덕였다.

"귀여운 얼굴을 하고는 사람들의 눈을 감쪽같이 속이다니…… 호흐흐, 정말 깜찍한 녀석이군."

걸걸한 음성이 들린 곳으로 고개를 돌려보니 어디선가 본 적이 있는 얼굴들이었다. 갑자기 용병들이 나타나자 구경꾼들은 황급히 주위로 흩어지며 길을 터주었다.

가만히 그들의 얼굴을 살펴보니 조금 전 식당에서 마주쳤던 용병들이라는 것이 기억났다.

"지금 나에게 한 소리냐?"

"소리냐? 하는 짓만큼이나 싸가지가 없는 말투로군. 하지만 함부로 말을 하다간 혀가 뽑히는 수가 있다는 것도 알아둬야 할 거야."

텁석부리 용병의 말에 플로렌스의 얼굴이 싸늘하게 굳어졌다. 상대의 얼굴을 노려보던 플로렌스의 눈이 찌푸려진다고 느껴지는 동시에 텁석부리 용병의 얼굴이 순간적으로 몽롱하게 변했다.

"감히 나를 능멸한 네 혀를…… 스스로 뽑아라."

"예… 주… 인… 님……."

멍한 표정으로 대답을 한 텁석부리 용병은 플로렌스의 말에 홀린 듯 갑자기 입을 크게 벌리고는 양손으로 자신의 혀를 잡더니 당기기 시작했다. 갑작스런 그의 행동에 곁에 있던 그의 동료들은 영혼이 달아날 정도로 깜짝 놀랐다.

"뭐, 뭔 짓을 하는 거야?!"

"이봐, 이반! 정신 차려, 정신 차리란 말이야!!"

동료들의 고함 소리에도 텁석부리 용병은 계속해서 자신의 혀를 잡아 뽑을 뿐이었다. 한 뼘 이상 뽑혀 나온 혀는 이미 피로 물들어 있었지만 텁석부리 용병은 멈출 기미를 보이지 않았다.

"꺄악~!"

"어, 어떻게 저럴 수가……!"

사람들의 비명에도 불구하고 결국 텁석부리 용병의 손에는 방금 뽑아낸 혀가 들려 꿈틀대고 있었고, 그의 입에서는 상당한 양의 피가 흘러내리고 있었다. 핏기를 잃어버린 얼굴은 시체처럼 창백했지만 플로렌스를 바라보는 그의 표정은 여전히 정신 나간 사람처럼 멍하기 이를 데 없었다.

"이 악마 같은 놈!"

"사람을 홀려 이 지경을 만들다니…….""

챙~

두 용병이 동시에 검을 뽑아 들자마자 엘로와 칼라가 플로렌스의 앞을 가로막았다. 카렌이 눈을 감고 중얼거리자 헤아릴 수 없이 많은 새들이 날아와 주위 나무와 가게의 지붕에 내려앉았지만 그것을 눈치 챈 사람은 한 명도 없었다.

구경하던 사람들이 황급히 뒤로 물러서며 그들이 싸울 만한 공간을 만들어주자 네 사람은 본격적으로 대결할 자세를 잡았다. 칼라는 쇼트 소드를, 엘로는 재질을 알 수 없는 검고 긴 채찍을 들고 있었다.

뚱뚱한 체격의 용병은 롱 소드를 들고 칼라와 대치하고 있었고, 큰 키의 용병은 바스타드 소드를 든 채 엘로를 노려보고 있었다. 팽팽하게 긴장하고 있는 용병들과는 달리 칼라와 엘로는 태연한 표정을 짓고 있었다.

최초의 공격은 칼라와 대치하고 있던 뚱뚱한 용병이었다.

남보다 월등히 강한 힘을 소유하고 있기 때문인지는 모르지만 그의 공격은 단순했다. 그는 칼라의 머리를 향해 힘껏 롱 소드를 내려쳤다. 아니, 내려치려 했다. 하지만 그는 더 이상 롱 소드를 내려치지 못하고 급하게 멈춰야만 했다.

믿을 수 없게도 칼라의 얼굴이 어느새인가 텁석부리 용병의 얼굴로 변해 있었기 때문이다. 얼굴뿐만이 아니었다. 목소리도 그의 음성이 분명했다.

"자네, 날 죽일 셈인가?"

"이, 이반?"

"그래, 나 이반이야. 날 몰라보겠어?"

"그럴 리가? 자, 자네는 조금 전…… 큭!"

자신도 모르게 고개를 돌려 그때까지도 멍하니 서 있는 이반의 모습을 확인하려던 뚱뚱한 용병은 갑자기 뜨거운 느낌과 함께 자신의 배에서 격렬한 통증이 이는 것을 깨달았다. 천천히 고개를 숙여 확인하니 쇼트 소드가 복부 중앙에 손잡이까지 박혀 있었고, 또 그 쇼트 소드의 손잡이를 잡고 있는 손을 발견할 수 있었다.

서서히 고개를 드는 뚱뚱한 용병의 눈에 부드러운 미소를 짓고 있는 자신의 얼굴이 보였다. 어느 틈엔가 칼라의 얼굴이 자신의 얼굴로 바뀌어 있었던 것이었다.

"어, 어떻게 이런 일이……?"

"카오스님께 불경(不敬)을 저지른 놈들은 내가 절대 용서할 수 없지. 죽진 않겠지만 평생 이 상처를 보며 카오스님께 용서를 빌도록 해라."

"크윽!"

옆구리를 찔린 뚱뚱한 용병이 그 자리에 주저앉아 버리자 곁에 있던 키 큰 용병은 깜짝 놀라며 곁눈질로 그를 바라봤다. 대치하고 있던 엘로의 채찍이 움직인 것은 바로 그때였다.

휘익~

날카로운 소리를 들은 키 큰 용병은 거의 본능적으로 바스타드 소드를 휘둘렀고, 엘로가 휘두른 채찍은 키 큰 용병의 바스타드 소드에 휘감겨 버렸다. 자신의 공격이 실패로 돌아갔음에도 웬일인지 엘로는 회심의 미소를 지었다.

모든 사람들이 궁금해할 때 채찍을 쥐고 있던 엘로의 손에서 빛이 번쩍하는 순간 새파란색의 뭔가가 순식간에 채찍을 타고 키 큰 용병의 바스타드 소드로 번져 갔다. 그리고.

"크아악!"

소름 끼치는 비명과 동시에 키 큰 용병은 마치 번개라도 맞은 양 펄쩍 뛰어오르더니 그 자리에 쓰러졌다. 그런 그의 의복은 불에 탄 것처럼 시커멓게 그슬려 있었고, 검게 탄 피부에선 희미하지만 분명하게 연기가 피어오르고 있었다.

"흥! 건방지게 어디서 한눈을 팔고 있는 거야? 실력도 없는 자식이 말이야."

그저 평범한 음성이었지만 엘로의 말에 사람들은 찔끔하며 일제히 뒤로 물러섰다.

"카오스님, 이만 돌아가시는 것이 좋을 것 같습니다."

"그래? 알았다."

카렌의 말에 플로렌스는 순순히 고개를 끄덕이고는 곧 마차를 맡겼던 식당을 향해 걸음을 옮겼다.

깜짝 놀란 사람들은 일제히 움직여 길을 터주었고, 플로렌스와 카렌들은 여유있는 발걸음으로 그 자리를 떠났다. 하지만 어느 누구도 감히 그들을 막을 생각을 하지 못했다.

식당으로 돌아온 플로렌스와 카렌들은 즉시 떠날 준비를 했다. 하지만 천천히 움직이는 마차 앞을 가로막고 선 사람이 있었다. 조금 전 플로렌스에게서 다리를 고쳤던 바로 그 중년 사내였다.

"무슨 일이오?"

조금은 굳은 엘로의 말에 중년 사내는 굽실거리며 조심스럽게 입을 열었다.

"카오스님을 뵙고 싶습니다."

"무슨 일로 카오스님을 뵙겠다는 거요? 이미 당신의 다리는 낫지 않았소? 아직도 불편한 곳이 있단 말이오?"

"아, 아닙니다. 그런 것이 아니라 제 다리를 낫게 해주신 카오스님의 은혜에 어떻게든 보답을 하고 싶습니다. 하지만 가진 것이 없으니 그분의 노예가 되어서라도 그분의 은혜에 보답할까 해서 이렇게 찾아왔습니다."

연신 굽실거리는 중년 사내의 대답을 들은 엘로는 그러면 그렇지 하는 표정을 짓더니 곧 공손한 음성으로 입을 열었다.

"카오스님, 이자를 어떻게 하는 것이 좋을지요?"

"아버지이신 아모데우스님의 품을 찾아온 사람이다. 반갑게 동료로 받아들이도록 하거라."

"명심하겠사옵니다."

공손하게 대답한 엘로는 몸을 조금 움직여 마부석에 자리를 만들어 주었다.

"일단은 이곳에 함께 타도록 하시오."

“고맙습니다.”

손을 내밀어 중년 사내가 마차에 오르는 것을 도와준 엘로는 다시 마차를 몰며 말을 이었다.

“난 엘로라고 하고, 이 친구는 칼라라고 하오. 만나서 반갑소이다.”

“전 엑슬이라고 합니다. 앞으로 잘 부탁드리겠습니다.”

“우리는 다크 스파이더라는 카오스님의 직속 경호 부대요. 귀하도 이제 다크 스파이더 소속이라는 것을 잊지 마시오.”

“부대요?”

엘로의 말에 엑슬은 찔끔하는 표정을 지으며 몸을 움츠렸다. 그리곤 조심스럽게 입을 열었다.

“하지만 전 검도 쓸 줄 모르고, 할 줄 아는 것도…….”

“걱정하지 마시오. 기초적인 것은 나와 칼라가 가르칠 것이고, 또 곧 귀하에게도 귀하만이 할 수 있는 특수한 임무가 주어질 것이오.”

“카오스님의 은혜에 보답할 수 있는 일이 있다면 그것이 무엇이든 하겠습니다. 무엇이든…….”

엑슬의 말을 들으며 엘로는 더욱 빨리 마차를 몰았다.

제4장

추적

추적

"도시 분위기가 왜 이렇지?"

"그러게나 말이야. 블레이즈, 혹시 우리가 모르는 무슨 일이 있는 것 아니야?"

대답하는 머즐도 영문을 모르겠다는 표정을 지었다.

그도 그럴 것이 거리를 가득 메우고 서 있는 사람들은 눈에 보이는 사람마다 닥치는 대로 붙잡고는 가족의 행방을 묻는 모습이 너무나도 자주 목격되었기 때문이다.

얼마나 많은 사람들이 가족을 잃어버렸는지 거리는 가족들을 찾는 사람들로 북적거리고 있었다.

"아무래도 심상치 않은 일이 발생한 것 같군. 일단 대주교님을 먼저 찾아뵙자고."

"블레이즈, 식사부터 하고 대주교님께 가면 안 될까? 난 배가 너무

고픈데.”

한없이 가련해 보이는 머즐의 얼굴을 본 블레이즈는 한숨이 저절로 나왔다.

“어떻게 된 인간이 한 끼를 못 참나?”

“난 무슨 일이 있어도 끼니만은 절대 안 거른다는 것 잘 알잖아. 그 건 그렇고…….”

잠시 주위를 둘러보던 머즐은 아무도 자신들에게 관심을 두지 않는다는 것을 확인하고는 재빨리 입을 열었다.

“좀 이상한 점이 있어.”

“이상한 점이라니?”

“묘한 기름 냄새가 난단 말이야.”

“기름 냄새?”

머즐의 말에 블레이즈의 얼굴이 조금 일그러졌다.

“어디 식당에서 나는 음식 냄새를 잘못 맡고 헛소리하는 것 아니야?”

“야! 이 빌어먹을 자식아! 이 머즐 어르신께서 그래, 음식 냄새하고 다른 곳에 사용하는 기름 냄새도 구별을 못할 줄 알아? 그리고 이 기름은 음식을 조리할 때 사용하는 기름이 아니란 말이야. 으음…….”

다시 한 번 눈을 감고 한껏 숨을 들이킨 머즐은 천천히 숨을 내쉬면서 자신이 찾던 냄새를 확인했다.

“틀림없이…… 이 냄새는 기사들이 갑옷을 손질할 때 사용하는 기름이 틀림없어. 게다가 상당히 고급이야.”

“혹시 대주교님 성에서 흘러나온 냄새를 잘못 맡은 건 아니야?”

“대주교님의 성에서? 그럴 가능성이 전혀 없는 것은 아니지만……

이건 냄새가 너무 진해. 이 정도의 냄새를 풍기려면 거의 몇백 명이 동시에 갑옷이나 무기를 손질했다는 말이 된단 말이야. 게다가 더 이상한 것은 바람을 타고 사방에서 기름 냄새가 풍긴다는 사실이야.”

머즐의 말에 블레이즈는 신중해지지 않을 수 없었다.

이 냄새밖에 맡을 줄 모르는 녀석이 마음에 들지 않는 것은 사실이지만 그렇다고 자신에게 있지도 않은 일을 거짓말로 말할 인물은 아니었다. 그렇다면 그가 맡은 그 진한 기름 냄새는 무엇이고, 왜 갑자기 기사들이 무기를 손질할 때 사용하는 기름 냄새가 난 것이란 말인가?

갑자기 골치가 지끈거리는 것을 느끼고 블레이즈는 잔뜩 인상을 썼다.

“일단은 대교주님을 찾아뵙는 것이 먼저야. 나머지는 나중에 처리하는 것이 좋겠어. 어서 대교주님을 찾아뵙자고.”

말을 마친 블레이즈는 포이트의 성으로 걸음을 옮겼고, 머즐은 그런 동료의 뒤를 황급히 따라갔다.

높은 성벽으로 늘어선 티보스 백작의 성에 도착한 블레이즈와 머즐은 어리둥절함을 감출 수 없었다.

성문을 지키고 있는 병사들이나 경계를 서고 있는 병사의 모습에서 어딘가 모르게 어수선한 느낌이 드는 것을 확실하게 느낄 수 있었기 때문이다.

“대체 무슨 일인데 여기까지 이렇게 어수선한 거지?”

“뭔진 모르지만 확실히 일이 생기긴 생긴 모양인데?”

들으나마나 한 머즐의 말에 블레이즈의 눈초리가 치켜 올라갔다 한숨과 함께 다시 내려왔다. 그들이 잠시 생각에 빠져 있는 동안 병사 가운데 한 명이 다가와 두 사람을 불렀다.

"어이, 거기 두 명."

"예? 저희 말입니까?"

"그래, 너희 두 명. 너희들은 뭔데 성문 앞에서 알짱거리는 거지?"

젊은 병사의 거친 말투에 블레이즈의 눈썹이 다시 한 번 꿈틀거렸다. 하지만 곧 어색한 미소를 지으며 대답했다.

"저희들은 여행자들입니다. 조금 전 이곳에 도착을 했는데 이상하게도 도시 전체가 술렁대고 어수선한 것 같아서 대체 무슨 일이 있는지 궁금해 병사님들께 물어보려고 이렇게 온 겁니다."

블레이즈의 제법 공손한 말에 젊은 병사는 두 사람의 모습을 유심히 살피다가는 곧 긴 한숨을 내쉬었다.

"휴우~ 그럴 만도 하지. 갑자기 가족 중에 누군가가 느닷없이 사라졌는데 찾지 않을 가족이 어디 있겠나?"

"가족이 사라지다니? 그게 무슨 말입니까?"

"사라졌다는 말 몰라? 실종됐단 말이야. 식구들 가운데 누군가가 감쪽같이 말이야."

"그럼 대체… 얼마나 많은 사람들이 실종됐기에 거리 전체가 가족들을 찾는 사람들로 북적인단 말입니까?"

머즐의 질문에 젊은 병사는 다시 한 번 한숨을 내쉬고는 곧 대답했다.

"도저히 믿을 수 없는 일이지만 지금까지 확인된 것만 해도 거의 천 명에 가까운 사람이 하룻밤 사이에 실종되었단 말이야. 자그마치 천 명에 가까운 숫자가 몬스터에게 잡혀갔는지, 땅으로 꺼졌는지 흔적조차 찾지 못했으니. 어떻게 우리 리스몬테 시에 이런 일이 생긴 것인지……. 휴우~”

그제야 영문을 알게 된 머즐과 블레이즈는 뜻하지 않은 사태에 서로의 얼굴을 바라볼 뿐이었다. 자신들이 이곳을 찾았을 때 왜 이런 일이 생긴 것인지 이해가 가지 않았다. 하지만 두 사람에게 급한 것은 실종된 사람들에 관한 이야기가 아니라 대주교인 포이트를 만나는 일이었다.

“실례지만 티보스 백작님을 만나뵐 수 있겠습니까?”

“백작님을?”

블레이즈의 말에 젊은 병사는 의아해하는 얼굴로 블레이즈의 얼굴을 유심히 살폈다. 하지만 그의 얼굴만 봐서는 그가 무엇 때문에 포이트를 만나려 하는 것인지 그 이유를 전혀 알 수 없었다.

“무슨 이유 때문에… 백작님을 만나려는 것이지?”

“일전에 백작님께서 부탁하신 일 때문에 보고를 드리기 위해 왔습니다. 백작님을 만나뵐 수 있겠습니까?”

젊은 병사의 얼굴에 쓴웃음이 걸렸다.

“후후후, 안됐지만 당신은 백작님을 만날 수 없어. 왜냐하면 백작님 역시…… 실종이 되었기 때문이지.”

“실종? 티보스 백작님께서도 실종이 되셨단 말입니까?”

“그래. 어제 새벽 실종되셨는데 지금껏 수색을 했지만 아무런 흔적도 찾을 수 없었지. 그리고 아직까지는 짐작이지만 사라진 다른 사람들도 거의 비슷한 시간에 실종된 것 같다고 알려져 있지.”

두 사람은 다시 한 번 서로의 얼굴을 바라보며 의아함을 감추지 못했다.

포이트가 누군가?

검은 달 교단에서 대주교의 직위를 가진 거의 수뇌급 인사가 바로 그였다. 게다가 상당한 검술 실력을 가지고 있다 알고 있다. 그런데 그 런 그가 감쪽같이 실종되었다니……. 도저히 믿을 수 없는 일이었다.

"알겠습니다. 나중에 다시 오도록 하겠습니다."

인사를 한 블레이즈는 머뭇거리는 머즐의 팔을 잡아당겨 그 자리를 떠났다.

"왜 이래?"

"확인해 볼 것이 있어."

"뭘 확인해?"

"따라와 봐."

앞장서서 걸음을 옮기던 블레이즈는 품에서 작은 종이 뭉치를 꺼내 확인하기 시작했다. 그리고는 거리를 지나던 행인에게 무엇인가를 묻 고는 곧장 어딘가를 향해 걷기 시작했다.

갑작스런 블레이즈의 행동에 잠시 멍한 표정을 짓던 머즐은 곧 그의 뒤를 따라갔다.

몇 번이나 행인들에게 길을 묻던 블레이즈가 도착한 곳은 허름한 과 일 가게 앞이었다. 하지만 가게문은 대낮인데도 굳게 닫혀 있었다.

"여긴 왜 온 거야?"

"가만있어 봐."

머즐의 입을 막은 블레이즈는 무엇을 찾는지 닫힌 가게의 이곳저곳 을 살피고 있었다. 한동안 블레이즈의 행동을 지켜보던 머즐은 더 이 상 궁금증을 참지 못하고 입을 열었다.

"대체 뭘 찾는 거야?"

"가게 안으로 통하는 문."

“안에서 잠근 것 같은데?”

“가게 안으로 통하는 문이 틀림없이 어딘가에 있을 거야. 어서 찾아봐.”

두 사람은 한동안 통하는 문을 찾았지만 어디에도 문을 찾을 수 없었다. 그때였다. 갑자기 가게문이 열렸다. 그리고 음산한 음성이 들렸다.

“들어와.”

“고스트?”

“다른 사람이 볼지도 모르니까 빨리 들어와.”

고스트의 말에 머즐과 블레이즈는 주위를 둘러보고는 재빨리 가게 안으로 들어갔고, 가게문은 곧 닫혔다.

가게 안으로 들어선 블레이즈와 머즐은 어둠 속에 유령처럼 서 있는 고스트의 모습을 발견하고는 가볍게 몸을 떨었다. 비록 자신들과는 동료였지만 부옇게만 보이는 그의 모습은 볼 때마다 오싹 소름이 끼쳤다.

“어디서 비밀문을 찾았어?”

“비밀문? 창문을 통해 들어왔어.”

“창문? 그러면 될 걸 괜히 문 찾느라고 고생했잖아.”

머즐은 퉁퉁거리며 블레이즈에게 눈을 흘겼다. 하지만 블레이즈의 굳은 안색은 좀처럼 풀릴 줄 몰랐다.

“이럴 때가 아니야. 어서 밀실을 찾아봐.”

“밀실?”

“여긴 리스몬테 시를 담당하고 있는 슈피리어의 가게란 말이야. 슈피리어가 교단의 일을 처리하던 방이 있을 거야. 그곳만 찾으면 대주교님의 실종에 대한 단서를 찾을 수 있을지도 몰라.”

블레이즈의 말에 고개를 끄덕인 두 사람은 곧 이어 건물 곳곳을 꼼꼼하게 살폈다.

하지만 밀실은 좀처럼 발견되지 않았다. 세 사람이 서서히 지쳐 갈 때 머즐이 갑자기 냄새를 맡기 시작했다. 그러다 어디론가로 걸음을 옮겼다.

그를 따라가 보니 과일을 담아두었던 상자를 쌓아둔 곳이었다. 밀실을 발견한 줄 알았던 블레이즈는 실망을 금할 수 없었다. 그가 막 퉁명스러운 말을 하려는 순간 머즐이 눈빛을 반짝이며 입을 열었다.

"여기서 슈피리어의 냄새가 나. 여기 어딘가에 슈피리어의 집무실이 있을 거야."

머즐의 말에 블레이즈는 기가 막혔다.

"네가 이 도시의 슈피리어를 언제 봤다고 그의 냄새가 난다는 거야?"

블레이즈의 말에 머즐은 한심하다는 듯 그의 얼굴을 노려보았다.

"멍청하긴…… 슈피리어들이 교단에 와서 임명을 받을 때 언제나 내가 그 자리에 참가했다는 것을 몰라?"

머즐의 말에 블레이즈가 분통을 터뜨리려는 순간 상자들을 살피던 고스트가 쌓여 있던 상자 가운데 어느 것을 건드리자 곁에 있던 벽면이 소리도 없이 스르르 밀려나며 어두운 통로가 모습을 드러냈다.

갑자기 드러난 통로에 서로의 얼굴을 바라보던 세 사람은 조심스럽게 통로 안으로 들어섰고, 그들은 곧 작은 밀실을 만날 수 있었다.

마법등이 희미하게 어둠을 밝히고 있는 밀실에 들어선 세 사람은 밀실 중앙에 놓여 있는 책상을 발견하고는 거의 동시에 책상으로 다가갔다. 책상에는 몇 장의 서류가 놓여 있었는데 조금 전까지 서류를 작성

하다 나간 듯 잉크 병에 펜이 꽂혀 있었다.

책상 위에 놓여져 있던 서류 가운데 한 장을 든 블레이즈는 그 내용을 찬찬히 살피기 시작했다. 또 다른 비밀 장소가 없는가 머즐이나 고스트가 찾는 동안 서류를 살펴보던 블레이즈는 곰곰이 뭔가를 생각하다가 곧 머즐에게 질문을 던졌다.

"대주교님이 실종된 것이 어제 새벽이라고 했었지?"

"그래. 그런데 그건 왜 물어?"

"여기 슈피리어가 사라지기 전 아마 교단에 보고할 서류를 쓰고 있었던 것 같은데…… 이 서류에 의하면 새벽에 대주교님께서 갑자기 소집을 명령하셨던 것 같아."

"대주교님이?"

"그래, 이유는 알 수 없지만 슈피리어는 신도들에게 소집을 알리기 위해 밀실을 떠났던 것 같아."

"그럼 뭐야? 대주교님께서 신도들의 소집을 명령하셨고, 그들을 만나러 가셨다가 실종이 되었다는 거야?"

머즐의 말에 블레이즈는 왠지 고개를 저었다.

"이건 내 생각인데…… 대주교님만이 아니라 우리가 거리에서 만났던 실종된 가족을 찾는 사람들 있잖아. 혹시 그 가족들이 우리 교단의 신도들은 아닌지 모르겠어."

"뭐어?"

머즐은 돌아서 블레이즈의 얼굴을 노려보듯 쳐다봤다.

"그러니까 뭐야…… 네 말은 대주교님뿐만 아니라 리스몬테 시의 우리 교단 신도들까지 몽땅 사라졌다 이거야? 넌 그게 현실적으로 가능한 이야기라고 생각해?"

“교단에 올라온 보고서에 의하면 리스몬테 시에 있는 우리 교단의 신도들은 약 천백여 명. 어떤 방법으로 그들이 사라진 것인지는 모르지만 만약 그렇다고 보면 아까 병사가 말한 실종된 사람들의 수와 거의 비슷해지잖아.”

블레이즈의 말에 뭐라고 대꾸를 하려던 머즐은 입을 열려다가 곧 멈췄다. 그의 말에 반박을 하려고 했지만 반박할 정확한 근거가 없었다.

“게다가 아까 이상한 기름 냄새가 난다고 했지?”

“그래. 그런데 그건 왜?”

“아까 네가 한 말을 나름대로 생각해 봤는데…… 아마도 기사단이 개입한 것이 아닌가 하는 생각이 들어.”

“기사단? 하지만 네 말처럼 기사단이 이번 실종에 개입을 했다면 이 도시 사람들이 모를 이유가 없잖아. 더구나 이해가 안 되는 것은 네 말처럼 기사단이 출동한 것이라면 도시 경비대에서 그 사실을 모를 리 만무하잖아. 그리고 어떻게 소리도 없이 그 많은 사람들을 데리고 이 도시를 빠져나갔는지 설명할 수 있어?”

머즐의 말에 고스트도 고개를 끄덕였다.

“나도 머즐과 같은 생각이야. 뭔가 이상하기는 하지만 기사단이 출동을 했다면 머즐의 말대로 이렇게 아무도 모르게 흔적도 없이 끝날 수는 없는 일이야.”

“하지만 내 생각은 달라. 대주교님과 신도들이 사라진 것에 어떻게든 기사단이 연관된 것이 틀림없어. 난 그들의 뒤를 쫓겠어.”

말을 마친 블레이즈는 책상 위에 어지럽게 흩어져 있던 서류를 챙겨 품에 집어넣고는 그대로 밀실을 빠져나갔다.

그런 블레이즈의 행동에 머즐과 고스트는 어리둥절한 표정을 짓고는 멍하니 블레이즈가 빠져나간 문을 바라봤다.

“쟤 왜 저래?”

“몰라. 하지만 무슨 생각이 있으니까 저러는 것 아니겠어? 게다가 블레이즈의 말처럼 갑자기 나타난 기사단 말고는 다른 단서도 없잖아. 어서 따라가 보자고.”

고스트는 그 말만을 남기곤 블레이즈의 뒤를 따라갔고, 혼자 남아 있던 머즐은 뭔가를 곰곰이 생각하더니 곧 고개를 끄덕였다.

“블레이즈의 말대로 기사단 말고는 다른 단서는 없으니 일단 그들의 뒤를 따라가 조사해 보는 것이 좋을지도 모르겠군.”

*   *   *

“대교황 각하, 카오스님께서는 지금 길틱 시를 떠나 로즈스톤 시를 향해 가시는 중이라는 보고가 방금 들어왔습니다.”

“로즈스톤?”

“예, 장미를 닮은 돌들이 도시 전체를 장식하고 있어 얼마 전부터 알려지기 시작한 그리 크지 않은 관광 도시입니다.”

“그래?”

부하의 말에 대꾸를 하던 크리스토퍼는 여전히 정원에서 시선을 떼지 않았다.

“경호는?”

“다크 루미니언 소속 특급 어쎄신 30여 명이 비밀리에 뒤를 따르고 있습니다. 그리고…… 아르본 공작이 대교황 각하를 만나뵙기를 청하고 있습니다.”

"아르본이? 들어오라고 해라."

"알겠습니다. 소인은 이만 물러가겠습니다."

중년 사내가 서재를 빠져나갔지만 크리스토퍼는 여전히 정원만을 바라보고 있었다.

잠시 후 서재의 문이 열리고 누군가가 들어오는 소리가 들렸지만 크리스토퍼는 여전히 그 자세를 유지하고 있었다.

"대교황, 오랜만이오."

천천히 의자를 돌려 자신 앞에 선 레이너를 바라보는 크리스토퍼의 눈은 얼어붙은 호수처럼 싸늘하기만 했다.

"어서 오시오, 아르본 공작."

책상과 조금 떨어진 곳에 놓여 있던 소파에 마주 보고 앉은 두 사람은 한참 동안이나 서로의 얼굴을 바라볼 뿐 입을 꾹 다물고 있었다.

얼마나 시간이 흘렀을까? 먼저 입을 연 사람은 레이너였다.

"국왕은 조금 더 시간을 주기를 바라고 있소이다."

"시간을 달라니? 지난 10여 년 동안 기다렸으면 됐지 대체 얼마나 더 기다리라는 거요?"

"확실하게 시간을 명시하지는 않았지만 내가 보기에 어떤 식으로든 곧 결정을 내릴 것 같았소이다."

"흐흐흐, 과연 국왕이 우리 아모데우스 교단을 국교로 인정할까?"

크리스토퍼의 음성이 갑자기 음산해졌다. 그런 크리스토퍼를 바라보는 레이너의 눈길은 조금 전과 전혀 달라지지 않았지만 생각은 그렇지 않았다.

'빌어먹을, 저 웃음소리만 들으면 10년 전에 먹었던 음식이 곤두서는 것 같단 말이야. 정말 재수없는 늙은이야.'

그런 반면 크리스토퍼 역시 가늘게 눈을 뜨고 자신을 바라보는 레이너의 모습에 속으로 욕을 퍼붓고 있었다.

'썩은 고기만 찾아다니는 하이에나 같은 놈. 네 녀석의 속셈을 누가 모를 줄 아느냐? 국왕과 나 사이를 왕래하면서 네놈의 배만 채우려 한다는 것을 이미 오래전부터 알고 있었다. 알면서도 네놈을 그냥 두는 것은 누가 국왕이 되든 내가 알 바 아니지만 일단은 교단에 필요하기 때문이다. 그렇지만 우리 교단을 무시하는 자는 아모데우스님의 무시무시한 단죄의 칼을 받아야 할 것이다.'

"그건 그렇고…… 황태자는 왜 암살하려던 거요? 게다가 미수에 그치다니……. 그런 일이 있었으면 나에게 미리 귀띔을 했었어야 할 것 아니요?"

"흐흐흐, 공작이 알아봐야 소용이 없을 것 같기에 알리지 않은 거요. 그리고 공작의 말대로 황태자의 목숨을 빼앗으려고 했다면 그렇게 허술하게 계획을 세우지는 않았을 거요. 우리가 원했던 것은 혼란을 야기하는 것이었고, 그 목적은 훌륭하게 성공을 했소. 당시 현장에 있었던 각 교단의 교황들이나 귀족들은 우리의 존재와 우리가 가지고 있는 힘을 자신의 눈으로 분명히 확인했을 것이오. 비록 일반 국민들은 모르고 있지만 그것도 잠시뿐, 곧 왕국 내에서 그 일을 모르는 사람은 단 한 사람도 없을 것이오."

크리스토퍼의 자신만만한 말에 레이너는 가슴 한구석이 서늘해지는 것을 느꼈다.

물론 당시 현장에 있었던 로열 기사단의 단원들에게 사건 전반에 대해 이야기를 듣긴 했지만 설마 아모데우스 교단의 스파이가 로열 기사단의 단원들 사이에 숨어 있을 줄은 상상도 못했었다.

처음 그 보고를 듣고 얼마나 가슴이 철렁했는지는 지금 생각해도 소름이 오싹 끼쳤다. 그런 연후 비밀리에 단원들을 조사했지만 아모데우스 교단의 스파이는 찾을 수 없었다. 정말 없기 때문에 찾을 수 없었던 것인지, 아니면 감쪽같이 위장을 하고 있기 때문에 찾지 못한 것인지 알 수 없어 레이너는 잠시도 마음을 놓을 수 없었다.

"앞으로도 이런 일이 있으면 먼저 통보해 줄 것을 정중히 요청하는 바이오."

"알겠소, 아르본 공작에게는 분명히 통보해 주겠소."

"국왕에게 할 말은 없소?"

"우리가 가진 힘을 무시하면 어떻게 된다는 것을 똑똑히 보았을 것이오. 더 이상 우리의 요구를 거절한다면 이번에는 단순한 시위로 끝나지 않을 것임을 분명히 전하시오. 어느 누구도 아모데우스님의 혼돈과 파멸의 손아귀에서 벗어날 수 없다는 것을 말이오. 흐흐흐. 으하하하!"

미친 듯이 웃음을 터뜨리는 크리스토퍼의 모습을 레이너는 오랫동안, 아주 오랫동안 지켜봐야만 했다.

*　　　*　　　*

"그들이 정말 여기로 향한 것이 맞아?"

"맞다니까 그러네. 여태껏 내 코를 벗어난 상대는 없었다는 것을 너도 잘 알잖아."

"그거야 알지만…… 그들이 왜 수도인 포얀으로 향했다는 거지?"

"그걸 내가 어떻게 알아? 하지만 냄새가 그쪽으로 향한 것만은 사실이야. 내 코가 마비될 정도로 강한 기름 냄새가 포얀 시 쪽에서 풍기고 있단 말이야. 냄새가 점점 진해지는 것을 봐서는 반나절 정도 떨어진 것 같아. 부지런히 뒤쫓는다면 오늘 저녁에는 따라잡을 수 있을 것 같아.”

머즐의 말에 블레이즈는 연신 고개를 갸웃거리면서도 채찍을 휘둘러 더욱 말을 달리게 했다.

그들이 리스몬테 시를 떠나 말을 달린 지도 벌써 이틀이 됐지만 그들은 리스몬테 시에 나타났었을 것으로 예상되는 기사단의 모습은 그림자도 보지 못한 상태였다.

말들도 극도로 지친 상태였고, 그들 역시 익숙하지 않은 말 타기에 기절하고 싶을 정도로 지쳐 있었다. 하지만 실종된 대주교와 신도들에 대한 단서를 찾아야 한다는 생각에 잠시도 말을 멈출 수 없었다.

여름이라 유난히 길기만 했던 태양도 벌써 서산으로 지고 있었다.

온몸이 부서지는 듯한 통증에 잔뜩 인상 쓰던 블레이즈는 엉덩이가 아파 더 이상은 말을 탈 수 없었다.

“이봐, 머즐. 잠시만… 잠시만 쉬어 가자. 엉덩이가 아파서 도저히 더는…….”

“얼마 전부터 음식 냄새가 나기 시작했어. 아마도 저녁을 만들어 먹으려는 것 같아. 그렇다면 그들이 야영을 한다는 이야긴데…… 아마 오늘 더 이상의 이동은 없을 거야.”

“그거 정말 반가운 이야기네. 우리도 이만 쉬어야지.”

말을 마친 블레이즈는 말에서 떨어지듯 내려와서는 근처 나무에 말고삐를 묶고는 그대로 풀밭 위에 누워버렸다. 그 모습을 흘깃 쳐다본 머즐도 말에서 내려 조심스럽게 풀밭에 앉았다.

"으음~"

부드러운 풀밭에 앉았음에도 불구하고 저절로 신음이 흘러나올 정도로 엉덩이에서 통증이 밀려들었다.

"빌어먹을… 대주교님의 성을 탈출했다는 포로 녀석의 행방을 찾기 위해서 왔다가 이게 뭐야? 아이고~ 다리야~ 이거 무릎이 뼛속까지 저려 죽겠구먼."

"난 골반 뼈가 다 부서진 것 같아. 그보다 고스트는 우릴 따라오기는 따라온 거야?"

"난 여기 있다."

"으악! 깜짝이야!"

"고스트, 제발 인기척 좀 내라."

갑자기 들린 고스트의 음성에 머즐과 블레이즈는 심장이 튀어나올 것 같은 충격과 함께 소스라치게 놀랐다. 안색마저 창백해진 것이 꽤나 놀란 모양이었다.

"저 언덕 너머 약 1킬로미터쯤 떨어진 곳에 약 500여 명쯤 되는 기사들이 휴식을 취하고 있는데 보아하니 오늘은 그곳에서 야영을 할 것처럼 보였어. 어떻게 할 거야?"

"일단은 좀 쉬자. 지금은 꼼짝도 하지 못하겠어."

폭 퍼져 버린 두 사람의 모습을 바라보던 고스트는 말들을 한곳에 모아서 나뭇가지에 묶고는 곧 저녁 식사를 준비했다. 저녁 식사 준비라고 해봐야 햇볕에 바싹 말린 양념된 양고기와 한 컵의 물을 준비하는 것이 전부였다.

두 사람이 자리에서 일어난 것은 한참 후의 일이었다.

죽은 사람처럼 쓰러져 있던 두 사람이 일어난 것은 초승달이 어두운 밤하늘에서 걸려 빛을 뿌릴 때쯤이었다.

"정신이 들어?"

"아이고, 골반이야."

"난 무릎이 쑤셔서 도저히 일어나지 못하겠어."

두 사람의 앓는 소리에 고스트가 자신이 확인한 것을 두 사람에게 알려주었다.

"내가 확인하니 앞쪽에 야영을 하고 있는 기사들은 하이얀 브로넨스 교단의 성기사들이야. 무슨 이유로 이곳까지 출동한 것인지는 모르겠지만 그들 가운데 민간인은 단 한 명도 없었어."

"뭐야? 민간인이 없다는 건 리스몬테 시에서 사라졌던 우리 교단의 신도들과 저들이 아무런 관계도 없다는 말이야?"

"아니야, 저들이 다가 아니야."

블레이즈의 말에 대답을 한 것은 머즐이었다.

"내가 맡은 냄새로만 판단해 보면 리스몬테 시 외각에서 풍겨지던 냄새는 500명 정도가 아니야. 훨씬 더 많은 수의 기사들이 있었어. 고스트의 말대로 야영을 하는 기사들이 500명밖에 안 된다면 아마 그들 외에 다른 기사들이 어딘가에 더 있을 거야."

머즐의 말에는 확신이 들어 있었다.

잠시 서로의 얼굴을 바라보던 블레이즈와 고스트는 다시 머즐을 바라보며 질문을 던졌다.

"그래서 어떻게 하자는 거야?"

"앞쪽에 있는 기사들 때문인지는 모르지만 대부분의 기름 냄새는 저들에게서 풍기지만 희미하게 저들보다 훨씬 앞쪽에서도 같은 기름 냄새가 풍겨."

머즐의 말에 두 사람의 얼굴에는 불신의 기색이 완연했다.

물론 머즐의 냄새 맡는 능력이나 그것을 분석하는 능력이 얼마나 뛰어난지 의심하는 것은 아니다. 그렇다고 해서 단지 냄새만 맡아서 상대의 숫자까지 파악한다는 것은 불가능한 일이었다. 하지만 확신에 가득 찬 머즐의 말에 두 사람은 한마디도 반박할 수 없었다.

"정말 저들 앞쪽에도 기사들이 있단 말이야?"

"내 목을 걸지."

머즐의 대답에 뿌연 안개처럼 보이는 고스트가 자리에서 벌떡 일어섰다. 그리고는 한쪽에 묶어두었던 말을 향해 다가갔다.

"내가 확인하고 올 테니까 그동안 쉬고 있어."

히히히—힝~!

두두두두~

말은 울음소리와 함께 힘차게 지면을 박차고 앞으로 달려나갔지만 말에 탄 사람은 그저 희미하게만 보일 뿐이었다. 그 모습을 지켜보던 블레이즈는 혼잣말처럼 중얼거렸다.

"그런데 머즐, 흔적도 없이 천여 명에 달하는 사람을 사라지게 하는 것이 현실적으로 가능한 일일까?"

머즐은 대답 대신 블레이즈의 얼굴을 바라봤다. 하지만 블레이즈는 여전히 어둠에 쌓인 나무를 노려보고 있었다.

"만약 현실적으로 가능한 일이라면 과연 누군가가 그런 일을 했다는 것이지? 레트로니아 왕국에는 그만한 능력을 가진 사람, 아니, 마법사는 없어. 그럼에도 불구하고 그런 일이 일어났다는 것은 현실적으로 그럴 만한 능력을 가진 자가 있다는 것 아니야? 그게 누구지? 누가 대체 우리 교단을 적대시하는 거야?"

머즐은 블레이즈의 말에 자신이 의심스럽게 느꼈던 것에 대해 말하려다가 그만두었다. 자신이 생각해 봐도 도저히 현실적으로 불가능한 일이었기 때문이다.

사람들은 아마 냄새라는 것이 전해주는 정보가 얼마나 많은지 도저히 짐작도 못하고 있다. 하지만 사냥개보다 더욱 정밀하게 냄새를 맡을 수 있는 머즐의 입장에서는 그런 냄새를 맡고도 그냥 지나치는 사람들이 너무나도 한심했다.

하지만 머즐이 하고 싶은 이야기는 리스몬테 시에서 느꼈던 어떤 '특이한 냄새' 때문이었다.

살아 있는 모든 생물은 냄새를 가지고 있다. 특히 맹수나 사나운 몬스터일수록 더욱 진한 냄새를 풍긴다. 그것은 인간도 예외일 수 없는 것이다. 강한 인간—육체적이든 정신적인 면이든—은 보통 사람들보다 훨씬 진한 냄새를 풍긴다는 사실을 머즐은 예전부터 알고 있었다. 그런데 머즐이 느꼈던 그 '특이한 냄새'는 도저히 인간이 풍기는 냄새라고는 볼 수 없을 정도로 너무나 강렬했다.

그 냄새를 느끼는 순간 머즐은 순간적이나마 온몸이 저리는 듯한 느낌을 받았다. 만약 그 냄새를 가진 존재가 자신 앞에 있다면 아마도 변변히 반항도 못하고 그 존재에게 자신의 생명을 내맡겼을 것이 분명했다.

여태껏 자신이 알아왔던 어떤 몬스터도 이만큼 강렬한 냄새를 풍기는 존재는 만나본 적이 없었다. 용병들이 가장 상대하기 힘들다는 트롤도 냄새로만 따져 보면 자신이 느꼈던 존재에게는 비교도 되지 않았다.

머즐은 그 존재를 떠올리는 순간 떨리는 자신의 몸을 주체할 수 없었다. 만약 그 '존재'가 개입한 것이 사실이라면 자신들로서는 상대할 것은 물론 교단 전체가 위험할 것은 틀림없는 사실이었다. 하지만 그런 자신의 생각을 블레이즈에게 말할 수 없었다.

물론 확신이 없다는 점도 있었지만 그런 존재가 개입했다는 사실을 믿고 싶지 않았기 때문이다.

머즐이 그런 생각을 하는 동안 블레이즈는 자신 앞에 놓여 있던 육포(肉包)가 마치 자신의 적이라도 되는지 열심히 물어뜯고 있었다.

머즐이 자신의 생각을 말해야 할지 말지를 고심하는 동안 조금 전 사라졌던 고스트가 다가오고 있었다.

"확인해 보니 오늘 저들은 이곳에서 야영을 할 것 같아. 어떻게 할까? 저들 가운데 하나를 납치해 올까? 그러면 리스몬테 시에서 사라졌던 신도들이 어디에 있는지 알 수도 있을 것 같은데…… 너희들의 생각은 어때?"

"그러자."

"안 돼."

정반대되는 대답이 거의 동시에 튀어나왔다. 서로의 얼굴을 바라보던 두 사람은 자신의 의견에 반대를 표시한 상대에게 노골적인 불만을 드러냈다.

"왜 안 된다는 거야? 신도들도 찾아야 하지만 대주교님께서 어디에 계신지도 찾아야 할 것 아니야?"

"이 멍청한 자식아! 아까 고스트가 한 말 못 들었어? 저들 가운데 민간인은 한 명도 없다고 했잖아. 그렇다면 당연히 대주교님이나 신도들은 다른 곳에 계시다는 거잖아."

머즐의 이마에는 핏줄마저 드러나 있었다.

'이 자식이 왜 이렇게 흥분을 하는 거지?

"그래서 어떻게 하자는 거야?"

"일단은 저들 말고 앞서 간 기사들을 찾아야 해."

"어디서 그들을 찾을 거야?"

"그건 내가 알아서 할 테니까 잔소리 말고 내 뒤를 따라오거나 해. 끄응~ 아이고 골반이야~ 나 죽네."

말을 마친 머즐은 허리에 손을 얹고는 조심스럽게 드러누웠다. 그 모습을 지켜보던 두 사람은 평소와는 달리 자신의 의견을 강력하게 주장하는 머즐의 행동을 그저 멍하니 바라보고 있었다.

다음날 자리에서 일어나 세 사람은 간단하게 아침 식사를 마치고는 레트로니아 왕국의 수도인 포안 시를 향해 말을 달렸다. 30분 정도 말을 달리자 한쪽 숲에서 아침 식사를 하고 있는 기사들의 모습을 발견할 수 있었다.

두 사람과 세 마리의 말.

일반적인 모습은 아니었지만 그렇다고 특별한 모습도 아니기에 블레이즈와 머즐을 발견하고도 그들은 별다른 제지를 받지 않았다.

그들의 곁을 지나면서 머즐은 친근한 표정을 지으며 도로를 지키던 기사들에게 질문을 던졌다.

"아침부터 수고가 많으십니다. 훈련이 있는 모양이군요."

머즐의 말에 그를 바라보던 기사들은 머즐의 얼굴을 발견하고는 일제히 자신의 배를 잡고 폭소를 터뜨렸다.

"푸하하하, 저 자식 얼굴 생긴 것 봤어?"

"크흐흐흐, 그래그래. 완전히 개 대가리 아니야?"

"그래도 그렇지, 그렇게 말하면 되나 이 사람아. 개 머리라고 해야지. 푸하하하."

그러한 기사들의 모습을 바라보는 머즐의 눈은 한 점 흔들림도 없었다.

이런 일을 처음 겪는 것이 아니었기 때문이다. 무엇보다 중요한 것은 자신이 알고자 하는 정보를 과연 얻을 수 있느냐 하는 것이었다.

"훈련 중이셨나 봅니다?"

"아니, 리스몬테 시에 출동을 했다가 돌아오는 길이네."

"아하~ 그러셨군요. 제가 보기에 하이얀 브로넨스 교단의 성기사단 같은데 상당히 소규모시군요."

"무슨 소리를 하는 거야? 여기만 해도 500명의 성기사들이 있고, 조금 떨어진 곳에 우리 실버 소드 성기사단의 나머지 성기사들이 있단 말이야."

젊은 성기사의 말에 머즐은 그저 황송하다는 듯 고개를 숙이고 있었지만 속으로는 비웃음을 짓고 있었다.

"저희들이 갈 길이 바빠서 그러는데… 이만 가봐도 되겠습니까?"

머즐의 말에 성기사들은 말도 않고 그저 통과하라는 손짓만 할 뿐이었다. 머즐과 빈 말의 말고삐를 잡은 블레이즈는 고개를 숙인 채 성기사들 사이를 지나갔다.

혹시 성기사들이 자신들에게 시비를 걸지는 않을까 걱정을 했지만 그들은 그저 얼굴의 생김새를 보고 비웃을 뿐 자신들을 막을 생각은 하지도 않았다.

말을 달리던 두 사람은 얼마 지나지 않아 젊은 성기사의 말대로 야영을 하고 있는 일단의 기사들을 만날 수 있었다. 흘깃거리며 야영 장소를 바라봤지만 기사들을 제외한 다른 사람의 모습은 어디에도 보이지 않았다.

길을 따라가다 보니 그렇게 야영을 하고 있는 성기사들의 무리는 셋이나 더 만날 수 있었다. 한 무리가 거의 500명씩이었으니까 지금까지 거의 2,500명에 달하는 성기사들을 만난 것이었다.

"2,500명이나 되는 성기사들이 리스몬테 시까지 와서 대체 뭘 한 거지?"

"잠깐, 이들이 다가 아니야. 이 앞쪽에도 또 기사들이 있는 것 같아."

머즐의 말이 끝나기 무섭게 두 사람은 다시 일단의 기사들을 만날 수 있었다. 그들의 숫자 역시 약 500여 명 정도 되어 보였다. 하지만 그들의 틈에서도 역시 민간인의 흔적은 찾을 수 있었다.

두 사람이 천천히 말을 몰면서 기사들의 무리를 흘깃거렸다. 그런 그들의 눈에 무리를 떠나는 서너 명의 기사들이 보였다.

그들은 백마를 타고 있는 중년 기사와 10여 명의 젊은 기사들이었는데, 중년 기사는 꽤나 거만한 표정을 짓고 있었다.

"블레이즈, 네가 보기에 저 작자가 이 기사단에서 뭔가 한자리 할 것 같지 않아?"

"그럴 것 같군."

"그렇다면 일단 저 작자를 따라가 봐야겠군."

"그런데 저 작자를 따라가면 단서를 잡을 수 있을까?"

블레이즈의 말에 머즐은 자신이 리스몬테 시에서 느꼈던 그 강렬한 냄새가 희미하지만 중년 기사에게서 풍긴다는 사실을 아까부터 느끼고 있었다. 그리고 그 냄새가 실종과 틀림없이 관계가 있을 것이라고 생각하고 있었다.

"따라가 보면 알겠지."

말만 들어봐서는 확신이 없는 것 같았지만 블레이즈가 듣기엔 어떤 자신감이 실려 있는 것 같았다.

거리를 두고 그들을 쫓아간 두 사람은 얼마 지나지 않아 곧 포얀 시 외곽을 둘러싼 높고 거대한 성벽을 만날 수 있었다. 그리고 거대한 성문을 지키는 병사와 그들 사이를 오가는 행인들의 모습을 발견하고는 천천히 다가갔다.

자신들보다 먼저 도착한 중년 병사와 성기사들은 병사들의 제지는 커녕 오히려 극진한 예의를 받으며 성문을 통과했다. 자신의 예상대로 아마 하이얀 브로넨스 교단의 성기사단 단장이 분명한 모양이었다.

마침내 자신들의 차례가 되어 성문을 다가간 머즐은 검문을 하고 있던 병사에게 여행자 증명서를 내밀며 지나가는 말로 물어보았다.

"조금 전에 멋있는 갑옷을 입고 지나가셨던 분이 귀족이신가 보지요?"

"흥! 보는 눈은 있어가지고. 그래, 그분은 하이얀 브로넨스 교단의 성기사 단장이신 듀레스코 페르케인 자작이시다."

"아~ 그러시군요. 하지만 하이얀 브로넨스 교단은 레이노스 시에 있는데 교단의 기사단장께서 이곳에는 무슨 일로 계시는지 모르겠군요."

"높은 분들께서 하시는 일을 난들 알겠나? 그건 그렇고…… 너같이

124 5·1·R(단순·무식·과격)

천한 놈이 감히 귀족들께서 하시는 일에 관심을 갖다니 죽고 싶은 모양이구나."

"아, 아닙니다요. 소인은 그저 멋진 갑옷을 입으신 분이 무슨 일로 포얀 시로 오셨을까 궁금해서 여쭈어봤을 뿐입니다."

연신 허리를 굽실거리는 머즐의 행동에 병사는 그가 건넸던 여행자 증명서를 집어 던지며 나름대로는 서슬 퍼런 음성으로 머즐에게 외쳤다.

"미천하기 이를 데 없는 놈이 지놈의 주제도 모르면서 감히…… 목이 달아나고 싶지 않으면 당장 꺼져라."

"예, 예. 소인은 이만……."

머즐은 계속해 머리를 굽실거리며 성문을 통과했다. 성문에서 멀어지자 그의 눈빛은 다시 반짝거렸다. 그런 머즐의 모습에 블레이즈가 툴툴거렸다.

"그렇게까지 굽실거리지 않았어도 되잖아."

"만약 내 일이었다면 죽으면 죽었지 저런 놈들에게 고개를 숙이지 않아. 하지만 지금 우리는 카오스님의 명령을 받고 실종 사건의 단서를 찾기 위해서 온 거란 말이야. 저따위 자식과 말썽을 일으켜 단서를 잡을 수 있는 기회를 놓친다면 그거야말로 카오스님의 은총을 배신하는 길이잖아."

머즐의 생각지도 않았던 대답에 블레이즈는 자신도 모르게 입을 쩍 벌렸다. 끼니 때마다 식사가 적다면서 불평하는 머즐의 모습만 보아온 그로서는 갑자기 변한 머즐을 보며 혹시 자신이 그동안 그를 잘못 보아왔던 것은 아닌가 하는 생각이 들었다.

볼품없이 튀어나온 구강 구조나 유난히 커 보이는 코, 귀마저 뾰족한 얼굴은 예전과 조금도 달라진 곳이 없었지만 왠지 이전까지 알고 있던 머즐과는 다른 사람을 대하고 있는 것 같다는 생각을 지울 수 없었다.

그러는 동안 이미 중년 기사와 젊은 성기사들은 거리를 메운 수많은 군중들 사이로 사라졌지만 머즐은 조금도 망설이지 않고 말을 몰아 앞으로 나가고 있었다.

블레이즈는 난생처음 와본 포얀 시의 화려함과 복잡함에 혀를 내두르고 있었다. 거리는 사람들로 넘치고 있었고, 상점에는 각종 식품과 의류, 무기, 물건들이 산더미처럼 쌓여 있었다.

식당 앞에는 어김없이 어린 소년들이 손님들을 부르고 있었고, 상인들 역시 그에 질세라 호객 행위를 하고 있어 귀가 따가울 지경이었다. 하지만 사람들의 얼굴에는 여유가 있어 보였고, 생기가 넘치고 있었다.

머즐의 뒤를 따르던 블레이즈는 아무리 가도 중년 기사의 모습이 보이지 않자 불안한 생각이 들었다.

"이봐, 머즐. 지금 그들의 뒤를 따라가고 있는 것이 확실한 거야?"

"헷갈리니까 말시키지 마."

냉랭한 머즐의 대답에 블레이즈는 찔끔했지만 불안하기는 마찬가지였다. 그런 블레이즈의 심정을 이해한 것인지 머즐은 고개도 돌리지 않은 채 입을 열었다.

"걱정하지 마. 냄새가 사라지지만 않는다면 대륙 끝까지라도 추적할 수 있으니까. 네놈이 방해만 하지 않으면."

'빌어먹을 놈. 꼭 물고 늘어지네.'

뒤에 따라오던 블레이즈는 입을 삐죽였지만 모처럼 머즐이 큰일을 하고 있는데 자신이 초를 칠 수는 없는 일이었다.

그런 두 사람의 발걸음이 멈춘 곳은 대로에서 조금 떨어진 곳에 위치한 조금은 허름해 보이기는 하지만 상당한 규모를 가진 여관이었다.

〈산울림〉이라는 다소 특이한 이름을 가진 여관은 얼마나 오래되었는지 간판의 칠이 거의 벗겨져 있었다.

"이곳이야?"

"그래, 그자의 냄새가 여기서 나. 그리고 리스몬테 시에서 맡은 적이 있는 다른 사람들의 냄새도 함께 나."

머즐의 말에 블레이즈는 깊게 심호흡을 했다.

"그럼……."

눈짓을 교환한 두 사람은 여관 안으로 들어섰다.

제 5 장

레이시어스가 아닌 렉스

레이시어스가 아닌 렉스

여관의 1층은 여느 여관처럼 식당을 겸하고 있었다.

여관을 시작한 지 오래되었는지 고색창연한 테이블이나 벽들이 상당히 예스러워 보였다. 때마침 식사 시간이 된 탓인지 1층은 식사를 하려는 사람들로 한창 북적이고 있었다.

앞서 들어간 중년 기사를 찾던 두 사람의 시선은 식당의 구석에서 멈췄다. 그곳에서 식사를 하고 있는 한 무리의 사람들 가운데 있는 중년 기사의 모습을 곧 발견할 수 있었다.

일행들의 수가 많은 탓인지 그들은 두 개의 테이블로 나누어 식사를 하고 있었다.

근처의 테이블로 다가간 머즐과 블레이즈는 점원에게 간단한 식사 주문을 하고는 그들이 눈치 채지 못하도록 조심하면서 그들 일행을 훔쳐보았다.

　잔뜩 긴장한 눈으로 중년 기사의 일행을 바라보던 머즐과 블레이즈는 좀처럼 전혀 일반적이지 않은 그들의 모습에 조금은 어이가 없다는 표정으로 그들을 바라봤다.

　남의 시선을 끌 요지가 많다는 것은 그만큼 말썽이 일어날 소지가 많다는 이야기였다. 그럼에도 불구하고 그들은 너무나도 특이한 일행들이었다.

　근육질의 몸매를 가진 대머리사내, 싸늘해 보이지만 조각상처럼 아름다운 사내, 호쾌한 인상을 가진 금발 머리 청년, 한 번도 본 적 없는 아름다움을 가진 붉은 머리 여인, 초췌한 인상의 프리스트, 깨물어주고 싶을 정도로 귀엽게 생긴 소년, 애인이 열서넛은 될 것처럼 멋있게 생긴 청년, 염색을 했는지 파란색의 머릿결을 가진 귀여운 소녀 등등.

　보통 사람과는 너무나 다른 일행들.

　그럼에도 불구하고 주위에서 식사를 하는 사람들 등에서 그들에게 신경을 쓰는 사람들은 보이지 않았다. 그 점이 너무나도 특이해 보여 머즐과 블레이즈는 찬찬히 주위 사람들을 살폈는데 그들의 표정이 이상해 보였다. 중년 기사의 일행들에게 관심이 없어서가 아니라 그들에게서 풍기는 조금은 살벌한 분위기 때문에 애써 그들에게서 고개를 돌리고 있었던 것이다.

　고개를 갸웃거리다 흘낏거리며 그들의 얼굴을 바라봤지만 스스로 고개를 돌릴 만큼 흉악한 인상의 소유자는 단 한 명도 없었다. 한마디 말도 안 할 것 같은 대머리사내나 싸늘한 인상의 사내, 장난기가 가득해 보이는 금발청년, 도도해 보이는 붉은 머리 레이디.

　그 어느 누구도 흉악하거나 살벌하다는 느낌을 받을 수 없었다.

　이상한 생각이 들긴 했지만 대주교의 실종과 이들이 어떤 연관이 있는 것만은 사실이었다.

애써 귀를 기울여 그들이 나누는 대화를 엿들으려고 했지만 주위가 너무나 시끄러워 한마디도 알아들을 수 없었다. 답답한 생각이 들었지만 당장은 방법이 없었다.

잠시 후 대화를 나누던 그들 가운데 붉은 머리 여인과 파란 머리의 소녀, 그리고 몇 사람이 2층으로 올라가는 것을 본 블레이즈는 이들이 이곳 여관에 투숙하고 있다는 것을 짐작할 수 있었다.

뒤에 남은 몇 사내들은 목소리를 낮춰 뭔가에 대해 상의를 하고 있었는데 잔뜩 굳어진 얼굴을 보면 상당히 심각한 문제를 상의하는 것 같았다. 역시 음성이 낮은 탓에 그들이 어떤 대화를 나누는 것인지는 전혀 알아들을 수 없었다.

다만 그들의 대화 중에 누군가가 '…그는 내가 만나볼 테니까' 라는 말과 '그럼 나는 계속 그자를 감시하겠네' 라는 말이 들렸다. 하지만 누가 말한 것인지, 또 그들이 말한 상대가 누군지 전혀 알 수 없었다.

잠시 후 식사를 마친 그들은 일제히 그 자리를 떠났고, 남은 사람은 농부처럼 보이는 프리스트와 중년 기사뿐이었다.

머즐과 블레이즈는 식사를 하면서도 계속해 두 사람을 흘낏거리고 있었다.

"저들이 틀림없어?"

블레이즈의 질문에도 머즐은 대답을 하지 않았다.

지금 머즐은 자신의 머리 속을 온통 지배하고 있는 어떤 존재에 대해 심각하게 생각하고 있었다. 그리고 그 존재가 조금 전 자신이 보았던 중년 기사의 일행들 중 누구일까 알아내기에 여념이 없었다.

그때 짙은 회색의 로브를 걸치고 후드를 깊숙이 눌러쓴 사람 하나가 머즐들이 앉아 있는 테이블로 다가오더니 양해의 말을 구하지도 않은 채 그냥 앉았다.

"저들이 틀림없어?"

고개를 들어 상대를 확인하니 고스트였다.

"머즐의 말로는 틀림없다는데…… 난 모르겠어."

"그래?"

잠시 고개를 돌려 중년 기사와 프리스트의 모습을 바라보고는 다시 블레이즈에게 입을 열었다.

"그럼 앞으로 어떻게 할 거야? 저자를 사로잡을까?"

"사로잡을 수 있겠어?"

"으음~ 내가 보기에 소드 마스터 중급 정도가 되지 않을까 생각되지만 조심하면 사로잡을 수도 있을 것 같아."

"그래? 하지만 저자가 사라지면 동료들이 당장 눈치 챌 텐데 그 문제는 어떻게 처리하지?"

"후후후."

그때까지 침묵을 지키고 있던 머즐의 갑작스런 질문에 고스트는 나직한 웃음을 흘렸다.

"내 능력은 단순히 사람을 죽이는 것뿐만이 아니야. 자네들이 모르는 특이한 능력이 있지. 그 방법이라면 감쪽같이 원하는 정보를 알 수 있을 거야."

"그렇지만 말이야…… 만약의 경우를 대비해 일단은 상부에 보고를 하는 것이 좋을 것 같은데… 너희들 생각은 어때?"

"그래, 내가 생각하기에도 우리 힘만으로는 부족할 것 같아. 그런데 누구에게 부탁하지?"

"전투 조직은 다크 루미니언밖에 없잖아. 일단은 그들 조직에게서 지원을 받는 것이 좋을 것 같아."

"그럼 그곳엔 내가 다녀오지."

대답과 함께 블레이즈가 자리에서 일어서서는 곧 여관을 빠져나갔다. 골똘히 뭔가를 생각하는 머즐의 모습을 고스트는 이상하다는 듯 바라봤다.

"뭘 그렇게 생각하는 거야? 너답지 않은 것 같아."

"고스트, 지금부터 내가 하는 말을 잘 들어. 네가 봤는지 모르겠지만… 휴우~ 저 기사의 동료들은 정말 믿을 수 없을 정도로 강한 사람들뿐이야. 그런데 내가 정말로 우려하는 것은…… 저들 가운데 엄청나게 강한 존재가 있다는 거야."

"네가 말한 그 엄청나게 강한 존재가 대체 누구야?"

"휴우~ 그걸 모르겠어."

"뭐?"

맥없는 머즐의 대답에 고스트는 기가 막히다는 듯 동료의 얼굴을 노려보듯 쳐다봤다. 머즐은 자신의 능력에 회의가 드는 듯한 얼굴을 하고 있었다.

"이곳에 오기 전까지만 해도 분명히 느껴졌는데 조금 전 그들을 봤을 땐 그 존재가 누군지 정말 모르겠더라."

"엄청나게 강하다고 했는데 대체 얼마나 강하다는 거야? 혹시 저자를 착각한 것 아니야?"

"아니, 절대 아니야. 저자는 일행들 가운데 실력만으로 따지면 가장 떨어져."

"소드 마스터 중급이 가장 하수라고?"

고개를 끄덕이는 머즐을 바라보는 고스트의 얼굴에는 불신의 기색뿐이었다.

소드 마스터 중급 정도 되는 저 중년 기사만 해도 하이얀 브로넨스 교단의 기사단장을 맡고 있지 않은가? 그럼에도 불구하고 그보다 훨씬 강한 자들뿐이라니……. 검술도 익히지 못한 머즐이 중년 기사의 실력을 착각한 것은 아닌가 하는 생각이 들었다.

소드 마스터 중급이 되려면 적어도 열 살 이전부터 검술 수련을 해 최소 30년 이상 검술을 수련해야만 한다. 게다가 저 중년 기사처럼 기사단의 단장이 되려면 든든한 배경이 없으면 절대 불가능한 일이었다. 그런 중년 기사가 가장 하수라면 그럼 다른 사람들은 소드 마스터 상급이란 말인가?

"그래, 중년 기사보다 차라리 저기 있는 프리스트는 어때?"

"프리스트?"

반문하는 고스트의 태도는 왠지 내키지 않는다는 느낌이 강하게 들었다.

"왜? 무슨 문제라도 있어?"

"프리스트는 좀 곤란해. 프리스트들은 고유한 신성력을 가지고 있어 그들에게서 뭔가를 알아내기는 힘들거든. 차라리 일행들 가운데 다른 사람을 노리도록 하지."

"다른 사람? 누구?"

"블레이즈가 돌아올 때까지 아직 시간이 있으니 일단은 살펴봐야지."

＊　　　＊　　　＊

"바그리얀하고는 또 다른 아름다움을 가진 도시군."

"바그리얀이라면 투르멘시아 제국의 수도인 그 바그리얀을 말하는 거야? 거길 가봤단 말이야?"

주위를 둘러보던 제로스가 고개를 끄덕이며 말을 꺼내자 곁에 있던 렉스가 반문했다.

"한 100년 전쯤이었나? 인간들 세상을 여행하다 잠깐 들른 적이 있지. 참, 투르멘시아 제국이 인간들이 세운 나라 가운데 두 번째로 오래된 나라라는 걸 알고 있어?"

"두 번째? 그럼 첫 번째는 어떤 나라지?"

"뮤즈 반도와 붙어 있는 가이젤 대륙을 알고 있어?"

"그래, 들어본 적이 있어. 가본 적은 한 번도 없지만."

"그럼 뮤즈 반도를 세 개의 대륙이 둘러싸고 있다는 것은 알고 있어?"

"난 가이젤 대륙밖에 못 들어봤어."

렉스의 대답에 제로스는 하늘을 바라보며 대답했다.

"뮤즈 반도를 중심으로 보면 오른쪽에 가이젤 대륙이 있어. 그 가이젤 대륙에는 인간들이 세운 나라 가운데 가장 오래된 라모네시아 제국이 있고, 적대 관계에 있는 모노레가 제국도 있지. 또 호전적인 엔듀네 왕국이나 이코트 왕국 같은 작은 30여 개의 왕국이 있고 뮤즈 반도의 위쪽에는 얼음 대륙으로 불리는 화나그리 대륙이 있어. 대륙 전체가 얼음과 눈으로 덮여 있어 사람들이 살기에는 조금 척박한 곳이기는 하지만 그래도 40여 개의 크고 작은 왕국이 있지. 그리고 마지막으로 뮤즈 반도의 왼쪽에 위치한 열사의 대지 프란슈이마 대륙이 있지. 대륙의 삼 분의 일은 사막이지만 나머지는 '글로프' 라고 부르는 밀림 지역이 펼쳐져 있지. 대낮에도 햇볕을 볼 수 없을 정도로 나무들이 빽빽이 늘어서 있는 곳. 가히 엘프들의 천국이라고 부를 수 있는 곳이야. 물론 그곳에도 인간들은 살고 있어. 다른 대륙과는 달리 작은 도시 국가 같은 형태를 가지고 있는데 색다른 풍미를 느낄 수 있는 곳이야."

제로스의 설명을 들으면서 머리 속으로 상상해 보았지만 사전 지식이 없다 보니 그저 막연한 생각밖에 들지 않았다.

"그런 세상도 있었구나."

"렉스는 모르겠지만 뮤즈 반도는 가이젤 대륙의 십오 분의 일, 화나그리 대륙의 십구 분의 일, 프란슈이만 대륙의 십삼 분의 일밖에 되지 않아."

"뮤즈 반도가 그렇게 작았구나."

콩~

"아얏! 왜 때려?"

"건방지게 형 이름을 함부로 부르지 마."

감탄을 터뜨리면서도 할 짓은 다 하는 렉스의 행동에 제로스는 그저 기가 막힐 뿐이었다.

"그런데 지금 어딜 가는 거야?"

"누굴 만나러."

"누구?"

"건방지게 따지지 말고 따라오기나 해."

싱긋 미소 지으며 대답하는 렉스의 말에 제로스는 한숨밖에 나오지 않았다.

두 사람이 향한 곳은 왕궁이 있는 곳에서 그리 멀지 않은 곳에 있는 식당가(食堂街)였다. 식당이 줄지어 있어서 그런지 거리는 많은 사람들로 북적이고 있었다.

찬찬히 식당의 이름을 살피던 렉스는 〈흐르는 강물〉이라는 그럴싸한 이름을 가진 식당으로 들어섰다.

"어서 오십시오."

문 앞에 서 있던 큰 키의 점원은 렉스와 제로스를 보자마자 공손하게 인사하고는 안으로 안내했다.

"몇 층으로 안내해 드릴까요? 참고적으로 말씀을 드리자면 1층은 간단한 식사를, 그리고 2층과 3층은 다른 왕국의 음식을 드실 수 있습니다."

"그래? 그럼 4층으로 안내해 주게."

렉스의 말에 점원의 눈빛이 잠시 반짝였다가 곧 공손한 음성으로 다시 물었다.

"찾는 손님이 계십니까?"

"자르츠."

"알겠습니다. 저를 따라오시지요."

점원은 말과 함께 계단을 오르기 시작했고, 렉스와 제로스는 그의 뒤를 따라 걸음을 옮겼다.

계단을 오르던 제로스는 점원의 손에 굳은살이 박혀 있는 것을 발견하고는 그가 보통 점원이 아니라는 것을 눈치 챌 수 있었다. 자신이 발견한 것을 렉스에게 가르쳐 주려고 했지만 렉스는 그저 주위를 두리번거릴 뿐 점원에게는 신경도 쓰지 않았다.

4층으로 올라오자 점원은 방문 앞에 섰다.

"이 방에 계십니다. 그럼 전 이만……."

말을 마친 점원은 곧 내려갔고, 렉스는 지체없이 방문을 열려고 했다.

"잠깐."

"왜?"

"조심하는 것이 좋을 것 같아. 아까 그 점원 녀석의 손을 보니 상당한 기간 동안 검술을 익힌 손이었어. 누구를 만나는지 모르지만 긴장을 풀지는 마."

심각하게 말하는 제로스의 얼굴을 유심히 바라보던 렉스는 조금은 이상한 표정을 짓고 있었다.

"방금 그 말… 내가 걱정이 돼서 한 거야?"

"당연하지. 걱정도 안 되는데 뭐 하러 그런 말을 해?"

"아휴~ 이쁜 것. 쪽쪽쪽~"

"그만. 그만 해, 제발, 그만 하란 말이야."

갑자기 렉스가 자신을 껴안고 사정없이 뽀뽀를 해대자 제로스는 필사적으로 몸부림치며 거부하려 했지만 전혀 소용없는 짓이었다.

잠시 후 렉스가 제로스를 내려놨을 때 제로스는 치미는 화를 참지 못해 얼굴이 타오르는 횃불처럼 발갛게 달아올라 있었다.

삐이걱~

귓전을 자극하는 소리와 함께 방문이 열리자 포도주를 마시고 있는 금발청년의 모습이 보였다. 렉스와 제로스가 방으로 들어왔음에도 불구하고 금발청년은 여전히 그들을 볼 생각을 하지 않았다.

하이렌의 태도가 조금 이상하게 느껴지기는 했지만 렉스는 무시하고 자리에 털썩 앉았다.

"술 한잔도 권하지 않다니…… 인심이 야박하군."

렉스가 술을 따르며 말을 건넸지만 하이렌은 여전히 아무런 반응도 보이지 않았다. 그런 상대의 태도에 렉스 역시 천천히 술을 마실 뿐 별 다른 반응을 보이지 않았고, 두 사람의 태도에 심드렁해진 제로스는 포도주를 홀짝거렸다.

얼마나 시간이 지났을까?

천천히 고개를 돌려 렉스를 바라보는 하이렌의 얼굴은 왠지 어색하기 이를 데 없었다.

"레이시어스. 왜, 왜…… 나에게 정체를 숨긴 거지?"

"정체를 숨기다니? 누가? 내가? 무엇이 무서워 정체를 숨겼다는 거지?"

"그럼 처음 봤을 때 왜 정체를 밝히지 않은 거지?"

"내가 왜 그래야 하지? 난 아무것도 숨긴 것이 없어. 다만 말을 하지 않았을 뿐이지."

겉도는 두 사람의 대화에 제로스는 코웃음을 쳤다. 지금 두 사람이 무엇을 생각하는지는 알 수 없지만 느낌상 두 사람이 말하고자 하는 주제와는 달리 아무런 상관도 없는 대화를 나누고 있었기 때문이다.

"누구에게 들었어? 베노아 공작?"

"그래."

하이렌의 대답에 렉스는 그럴 줄 알았다는 표정을 지었다.

"얼마 전 할아버지께서 포얀 시에 오셔서 네 정체가 레이시어스라는 말씀을 하셨을 때 내가 얼마나 놀랐는지…… 그동안… 어떻게 지냈어?"

"무슨 대답을 원하는 거지? 너와 국왕에게 복수하기 위해 지금까지 이를 갈면서 살아왔다고 대답할까? 아니면 어떻게 살다 보니까 지금에 이르렀다고 할까?"

렉스의 음성은 담담했지만 하이렌이 듣기에는 그의 말속에 강렬한 적의가 숨어 있는 것처럼 느껴졌다.

처음 렉스의 정체를 할아버지인 베노아 공작에게서 들었을 때 하이렌은 도저히 그 말을 믿을 수 없었다. 10여 년 전에 사라졌던 렉스가 갑자기 나타났다는 말도 믿기 힘들었지만 그가 자신의 목숨을 구해주었다는 것을 믿을 수 없었기 때문이다.

어렸을 땐 어떻게 해서 자신의 아버지가 숙부 대신 왕위에 오른 것인지 궁금했고, 또 무슨 이유로 숙부와 그의 가족들을 볼 수 없는지 그 이유를 알 수 없었다. 주위에 있는 사람들에게 그 이유를 물었지만 어느 누구도 대답해 주는 사람이 없었다.

그 점을 늘 궁금하게 생각해 오다가 어느 날 국왕인 자신의 아버지가 누군가에게 감시받고 있다는 사실을 깨닫게 되면서부터 까맣게 잊고 있었던 사실이다.

물론 나이가 먹으면서 혹시 숙부 내외와 렉스를 살해했을지 모른다는 생각을 하면서도 그럴 리는 절대 없을 거라 애써 믿고 있었다. 하지만 얼마 전 베노아 공작이 들려준 말로는 숙부 내외가 자신의 아버지 때문에 목숨을 잃었고, 황태자였던 레이시어스 역시 몇몇의 기사들과 뮤기나 산맥으로 몸을 피했다가 불행하게 몬스터의 기습을 받아 전원 몰살했다는 것이다. 그런데 얼마 전 나타난 렉스의 말이나 행동을 살펴본 바에 따르면 이미 목숨을 잃은 줄 알았던 레이시어스가 분명하다는 것이다.

자신이 그를 처음 보았을 때 낯선 느낌이 들지 않았던 이유가 혹시 렉스가 레이시어스라는 것을 느꼈기 때문은 아닐까 하는 생각이 들었다.

　"나와 아버지이신 국왕 폐하께 원한을 갚고 싶으냐?"

　"나는 한없는 사랑을 가진 신이 아니야."

　"너에게 어떻게 용서를 빌어야 할지 모르겠다."

　침울한 하이렌의 질문에 렉스의 얼굴에는 진의를 알 수 없는 묘한 미소가 떠올랐다.

　"강제로 내 집을 빼앗더니 이제는 용서라는 말 몇 마디로 집을 꿰차겠다는 말인가?"

　"그, 그건……."

　"내가…… 내가 이곳에 온 이유는 그런 이야기나 듣기 위해서가 아니야."

　렉스의 말에 그를 바라보는 하이렌의 눈은 여전히 짙은 회한에 잠겨 있었다.

　"장소가 필요해. 그리고 경비 병력도."

　"그게 무슨 말이지? 장소나 경비 병력이라니?"

　"포로들을 감금할 곳이 필요해."

　"포로? 포로라니 누굴 말하는 거지?"

　"검은 달 교단의 신도들을 감금할 곳 말이야. 그들을 감금할 곳과 그들을 감시할 병력이 필요해."

　"얼마나 필요해? 그리고 포로들은 얼마나 되지?"

　"약 천 명 정도."

　"천 명?"

렉스의 대답에 하이렌은 깜짝 놀랐다.

"정말 천 명이나 된다는 말이야?"

"그래. 하지만 이제 시작이야. 얼마나 더 많은 검은 달 교단의 신도들을 사로잡을지 몰라. 충분히 넓은 장소가 있었으면 하는데…… 혹시 그런 장소 몰라?"

"자, 잠깐… 생각할 시간을 좀 줘."

렉스에게 하이렌이 양해를 구하는 동안 제로스는 혼자서 포도주 한 병을 몽땅 비우고도 아쉬운 듯 입맛을 다시고 있었다. 더 이상은 참기가 힘들었는지 제로스는 하이렌을 바라봤다.

"술맛이 상당히 좋은데…… 조금 더 마실 수 없어?"

그렇지 않아도 렉스와 같이 온 소년의 정체가 궁금했던 하이렌은 곧 제로스에게 말을 건넸다.

"자네는 누구지?"

"나? 난 제로스라고 해. 미리 경고하겠는데 함부로 반말하지 마. 난 네가 함부로 대할 수 있는 존재가 아니니까."

외모와는 어울리지 않게 어른의 흉내를 내는 듯한 제로스의 행동에 하이렌의 얼굴에는 저절로 미소가 지어졌다.

"이 녀석 말을 허투루 듣지 않는 것이 좋을 거야. 보기에는 이렇게 귀엽게 생겼지만 그래도 드래곤이니까."

렉스가 말과 함께 제로스의 머리를 쓰다듬자 제로스의 얼굴은 당장 찌푸려졌다. 도대체 무게를 잡으려고 해도 렉스의 이런 싸거지없는 행동 때문에 자신은 영락없이 철딱서니없는 어린아이로 보일 뿐이었다. 과연 자신을 어디까지 망가뜨려야 속이 시원할지, 그저 한숨만 나올 뿐이었다.

말과는 다른 렉스의 행동에 하이렌은 그의 말을 어떻게 받아들여야 좋을지 혼란스럽기만 했다.

"저, 정말…… 드래곤이십니까?"

"휴우~ 멋대로 생각해라."

제로스는 마치 렉스에게 당한 것을 하이렌에게 복수라도 하듯 맥 빠진 말과는 달리 강렬한 눈빛을 보냈다. 그 눈빛이 어찌나 강렬했는지 눈이 마주치는 순간 하이렌은 자신도 모르게 움찔했다. 영혼을 죄어오는 듯 느껴지는 제로스의 눈빛에 하이렌은 더 이상 견디지 못하곤 고개를 돌리고 말았다.

결국 포도주 한 병을 더 주문했고, 제로스가 포도주를 마시는 동안 생각에 잠겼던 하이렌이 입을 열었다.

"이건 내 생각인데…… 슈틸러 분지는 어떨까?"

"슈틸러 분지? 으음~ 거길 왜 생각 못했지?"

하이렌의 말에 렉스는 신경질적으로 머리를 긁으며 곰곰이 슈틸러 분지에 대해 떠올렸다.

슈틸러 분지는 포안 시에서 동북쪽으로 180엠파렌 정도 떨어진 곳에 위치한 분지로 암벽으로 둘러싸인 장소였다.

너비가 30엠파렌, 폭이 20엠파렌에 이를 정도로 광활한 곳이었지만 분지 내에는 작은 시내도 몇 군데나 있었고, 숲도 조성되어 있을 정도로 광활한 지역이었다. 하지만 숲은 너무 우거져 있었고, 수시로 출몰하는 몬스터 때문에 인간이 살 수 있는 곳이 아니었다.

게다가 분지로 올라가는 길이 날카로운 암석들로 뒤덮여 있어 사람들의 발길을 막고 있는 지역이기에 길을 찾으려 해도 찾을 수 없었다.

만약 사람들을 분지에 가두고 나오지 못하게 만들 수만 있다면 이보다 더 적합한 곳은 없을 거란 생각이 들었다.

"하지만 지역을 감시할 경비 병력을 뽑는 것에는 문제가 있을 것 같아."

"검은 달 교단의 스파이 때문이야?"

"감시 병력 속에 있을지도 모르는 스파이도 문제지만 병력을 움직이게 되면 검은 달 교단의 이목을 속일 수 없어. 게다가 그렇게 광활한 지역을 감시하려면 병력을 얼마나 파견해야 할지……."

하이렌의 말에 렉스는 고개를 끄덕였다.

"그렇겠지. 하지만 지금은 시간이 별로 없어. 포로로 잡아놓은 자들을 강제로 재워놓았기 때문에 당장이라도 옮길 장소가 필요하단 말이야. 알았어, 그럼 그 문제는 내가 알아서 하도록 하지. 만나서 반가웠어. 우린 이만……."

"잠깐, 레이시어스."

렉스가 말과 함께 자리에서 일어나자 하이렌은 황급히 렉스를 불렀다. 그때까지만 해도 담담한 표정을 짓던 렉스의 얼굴이 딱딱하게 굳어졌다.

"다시는 날 레이시어스라고 부르지 마. 떠올리기 싫은 과거를 다시 기억나게 만드는 것은 전혀 내키지 않는 일이야. 상대가 그 누구라 할지라도 결코 용서하지 않아. 부르려면 렉스라고 불러."

"레이시어… 렉스, 이대로 갈 거냐?"

"이대로 돌아가지 않으면…… 귀하신 황태자 나리와 이곳에서 부둥켜안고 살기라도 하란 말이야?"

가시가 잔뜩 돋친 렉스의 말에 하이렌은 한마디도 대꾸할 수 없었다.

"그, 그게 아니라……."

"지금은 바빠. 나중에 다시 봐. 그리고 할 이야기가 있으면 그때 해. 잘 가."

말을 마친 렉스는 반쯤 남은 포도주 병에 미련을 감추지 못하는 제로스의 볼을 잡아끌며 방을 빠져나갔다.

자신에게 보이는 렉스의 적대감이 이해가 가면서도 가슴 한구석이 아려오는 것을 하이렌은 감출 수 없었다.

"어린 시절 그 누구보다 가까운 사이였는데…… 정말 미안하다, 렉스. 아니, 레이시어스."

마치 인상을 다 산 노인이 과거를 회상하며 말하듯 힘이 하나도 없는 음성이었다.

"으음~ 문제는 슈틸러 분지를 외부와 차단하는 것인데…… 제길, 무슨 방법이 없을까?"

여관으로 돌아온 렉스는 열심히, 머리털이 빠지도록 고민을 해보았지만 별다른 방법이 있을 리 만무했다.

슈틸러 분지를 에워싸 외부와 완벽하게 차단시키려면 최소 20만 이상의 병력을 투입한다 해도 장담할 수 없는 일이다. 게다가 그 병력 가운데 검은 달 교단의 스파이가 숨어 있다면 자신들의 그런 노력은 완전히 물거품이 되는 것 아닌가? 렉스의 고민은 바로 거기에 있었다.

문제는 또 있었다.

검은 달 교단의 신도들을 그곳에 가두어두는 것으로 끝나는 것이 아니었다. 그들의 생존에 필요한 식량과 의복은 지속적으로 보급이 이루어져야만 하는데 그 일은 과연 누가 한단 말인가? 이 역시 비밀이 유지되어야만 하는 일이었다.

여관으로 돌아온 렉스는 계속 고심에 고심을 거듭했지만 묘안이 떠오르지 않았다. 한숨을 내쉬며 고개를 들던 렉스는 누군가 자신을 쳐다보고 있다는 느낌이 들어 천천히 고개를 돌려 눈치 채지 못하도록 상대를 확인했다.

턱 부분이 돌출한 데다가 유난히 커 보이는 코는 바라보는 것만으로도 웃음을 참지 못하게 만드는 얼굴이었다. 30대 중반쯤으로 보이는 사내가 곁눈질로 자신을 훔쳐보고 있었다.

현재 렉스가 앉은 테이블 주위의 테이블에는 아무도 없으니 자신을 바라보는 것이 분명하다고 판단한 렉스는 다시금 고개를 숙이고는 재빨리 주위를 둘러보았다.

식당 안은 식사 시간이 아니기 때문인지 대부분의 테이블이 비어 있었다.

자신이 어디서 그를 본 적이 있는가 기억을 되살려 보았지만 도무지 생각이 나지 않았다. 자신이 노인성 치매에 걸린 것이 아니라면 상대는 처음 보는 사람이 분명했다. 그럼에도 불구하고 자신을 훔쳐본다?

나름대로 생각을 정리하던 렉스는 혹시 하는 생각이 들었다. 다시 한 번 상대가 눈치 채지 못하도록 조심스럽게 그의 전신을 훑어보았다.

자신이 본 것이 확실하다면 상대는 검술을 익힌 사람이 아니었다. 그 흔한 대거 한 자루조차 차고 있지 않은 것이나 검술을 익힌 사람에게서 찾아볼 수 있는 손의 굳은살이 없는 것을 보면 자신의 판단이 틀림없는 것 같았다. 그럼에도 불구하고 자신을 감시한다는 사실을 어떻게 받아들여야 좋을지 쉽게 판단을 내릴 수 없었다.

적어도 자신의 실력이나 동료들의 실력을 들었으면 당연히 뛰어난 검술 실력을 가진 자들을 보낼 것이라고 생각했기 때문이다.

잠시 고심을 하던 렉스는 우선 그가 검은 달 교단에서 보낸 자인지를 먼저 확인하기로 결심했다. 자리에서 일어난 렉스는 곧 여관을 나가 골목을 빠져나갔다.

저녁 시간이 다 되었기 때문인지 거리를 오가는 사람들의 발길은 상당히 바빠 보였다.

잠시 주위를 둘러보던 렉스는 그곳에서 얼마 떨어지지 않은 곳에 있는 공원을 향해 발걸음을 옮겼다. 그러면서 혹시 상대가 따라오지 못할까 봐 일부러 천천히 걸음을 옮겼지만 그건 쓸데없는 배려였다.

렉스와는 조금 떨어진 곳에서 분명히 따라오고 있었다.

공원 안은 몇 사람의 연인들을 제외하고는 거의 비어 있었다. 분수대를 지나 숲으로 난 작은 길로 들어선 렉스는 재빨리 나무 위로 몸을 날렸다. 그리고는 식당에서 만난 자가 뒤쫓아오기만을 기다렸다.

한편 렉스의 뒤를 쫓아 공원 안으로 들어선 머즐은 갑자기 렉스의 냄새가 사라져 버려 당황하지 않을 수 없었다. 그가 자신의 미행을 눈치 챌 리 없다고 생각했기에 갑자기 사라져 버린 렉스가 어디 있는지 주위를 두리번거리지 않을 수 없었다.

그것은 렉스나 머즐 두 사람 모두 짐작조차 못하고 있는 것이 있었는데, 렉스가 모습을 감출 때 본능적으로 바람이 불어오는 반대 방향으로 이동을 했기 때문이다. 그런 행동은 과거 검술 훈련을 받을 때 몬스터와 싸우면서 그들에게 들키지 않기 위해 자연스럽게 몸으로 익힌 본능적인 몸놀림 같은 것이었다.

불어오는 바람의 방향이 바뀔 때마다 계속해 냄새를 맡았지만 렉스의 냄새는 바람 속에 없었다. 적어도 냄새를 맡는 데는 세상에 어떤 생물도 자신을 따를 수 없다고 생각해 왔던 그였기에 당연히 놀람도 더 클 수밖에 없었다.

다시 바람의 방향이 바뀌었다. 초조해하던 머즐의 코에 다시 렉스의 냄새가 느껴졌다. 고개를 돌리고 보니 나무가 빽빽이 들어선 숲이었다. 하지만 사람의 모습은 전혀 보이지 않았다.

냄새는 여전히 느껴졌지만 쉽게 다가갈 수는 없는 일이었다. 자신이 들었던 렉스들의 정보로는 상당한 검술 실력을 가지고 있는 실력자들이라는 것이었다.

훈련이라고는 숨 쉬기 운동밖에 해보지 않은 머즐로서는 머뭇거리지 않을 수 없었다. 잠시 생각을 하기 위해 벤치에 앉은 머즐은 계속해서 바람 속에 렉스의 냄새가 실려 있는 것을 확인하고 있었다.

나무 위에서 머즐의 모습을 살피고 있던 렉스는 머즐이 뜻밖에 갑자기 벤치에 앉아 여유를 부리자 의외라는 듯 고개를 갸웃거리지 않을 수 없었다. 훈련을 받지 않은 머즐이 자신의 행동을 눈치 챌 리 만무하다고 생각했기에 렉스는 그가 갑자기 벤치에 앉는 행동을 어떻게 받아들여야 좋을지 몰랐다.

주위를 둘러보았지만 벤치에 앉은 자 이외에 의심이 갈 만한 사람의 모습은 보이지 않았다. 아마도 혼자 온 것이 분명해 보였다.

그가 자신을 쫓아온 것이 확실하니 더 이상의 확인은 불필요할 것 같았다. 나무에서 내려온 렉스는 빠른 동작으로 공원을 우회해 여관으로 돌아왔다.

돌아와 보니 뜻밖에 모네스와 듀오네가 어색한 표정으로 앉아 있는 모습이 보였다.

"어? 여긴 어쩐 일이야?"

렉스를 발견한 두 사람은 황급히 자리에서 일어나 렉스를 반갑게 맞이했다.

"렉스님, 그동안 안녕하셨습니까?"

"안녕하셨습니까, 렉스님?"

"어쩐 일이냐니까?"

"실은……."

말을 하기 전 잠시 주위를 둘러본 모네스가 조심스럽게 입을 열었다.

"실은 얼마 전 베노아 공작께서 포얀 시로 오실 때 저희들도 따라왔습니다."

"그럼 다른 사람들도?"

"예, 로자린님이나 다른 분들도 함께 왔습니다."

"그랬어? 잘 왔어. 그렇지 않아도 손이 부족했는데 잘됐어. 그런데 다른 사람들은 지금 어디에 있어?"

"잠시 도네님께 인사를 드리러 갔습니다."

"그래."

"안드레이님이나 샤리프님은 어디에……?"

"잠시 확인할 일이 있어 나갔어. 잠시 후에 돌아올 거야."

자리에 앉은 세 사람은 술과 간단한 안주를 주문했고, 곧 이어 나온 술을 마시며 모네스와 듀오네는 그동안 있었던 일을 렉스에게 전해 들고 있었다.

포이트의 성에 잠입해 그를 납치해 온 일, 그를 고문해 정보를 수집하려고 했지만 별다른 정보를 입수하지 못한 일, 그를 종용해 신도들의 소집을 지시한 일, 도네의 마법을 이용해 그들을 삽시간에 잠재워 생포한 일, 그들을 모종의 장소로 옮긴 일들을 상세히 설명해 주었다.

두 청년은 렉스의 설명을 들으면서 만약 자신들 일행에 도네라는 존재가 없었다면 어찌 되었을까 하는 생각이 들었다. 물론 렉스나 안드레이, 샤리프의 능력이 얼마나 뛰어난지를 부정하는 것은 아니지만 인간의 능력이 결코 드래곤의 능력을 뛰어넘을 수 없다는 것만은 자명한 일이었다.

도네가 렉스를 좋아하는 것은 잘 알고 있었지만 이런 식으로 인간들의 일에 개입을 한 드래곤의 이야기는 결코 들어본 적이 없었기 때문에 뭐라고 말을 해야 좋을지 몰랐다.

그러는 사이 2층으로 올라갔던 사람들과 2층에 있던 사람들이 식당으로 내려왔다.

렉스들이 앉았던 테이블은 당장 사람들로 넘쳐 났다.

"갔던 일은 잘됐어?"

"그런대로. 그런데 도네, 슈틸러 분지를 알아?"

"슈틸러 분지? 노른스브르크에서 그리 멀지 않잖아."

"그래."

"당연히 알지. 그런데 왜?"

잠시 주위를 둘러본 렉스는 조용한 음성으로 입을 열었다.

"그곳을 천연의 감옥으로 만들 수는 없을까? 각 도시마다 있는 검은 달 교단의 신도들이 한두 명이 아니잖아. 그들을 감금할 곳도 없을 뿐

더러 설사 있다고 하더라도 그들을 감시하려면 감시 병력만 해도 엄청나잖아. 곰곰이 생각해 보니까 차라리 넓은 지역에 그들을 가두어놓는 것이 좋을 것 같아. 다만 감시할 수만 있다면 말이야. 그러다 보니 슈틸러 분지가 사람들의 발길도 끊어진 곳이고, 외부와 차단할 수 있는 방법만 있다면 그곳에 감금하는 것이 좋을 것 같다는 생각이 들었거든."

"그래? 내가 뭘 도와주면 되지?"

도네가 당연히 자신의 할 일이라는 듯 물어보자 렉스의 얼굴에는 미안함이 어려 있었다.

"미안해, 도네. 될 수 있으면 인간들의 일에 도네를 개입시키고 싶지 않았는데……."

"렉스, 그게 무슨 소리야?"

도네는 말이 이해가 가지 않는지 고개를 갸웃거렸다.

"뭐라고 말하기 힘들지만 도네에게는 인간들의 더럽고 추악한 욕망을 보이고 싶지 않았어. 수천 년을 사는 존재에게 100년도 못 사는 주제에 탐욕스러운 모습을 보이기 싫다는 것이 솔직한 내 마음이야."

렉스의 말에 주위에 있던 동료들의 얼굴에 희미하게 수치스러워하는 기색이 떠올랐다. 하지만 도네나 제로스, 샤이베리아는 여전히 렉스의 말을 이해하지 못하고 있었다.

"정작 부끄러워해야 할 녀석들은 따로 있는데 왜 너희들이 수치스러워하는 거지? 너희들이 인간들의 대표는 아니잖아? 난 너희들의 그런 행동이 도저히 이해가 안 가."

"그러게나 말입니다, 도네님. 하여간 인간들은 이해할 수 없는 생물이에요."

도네의 말에 샤이베리아도 동조를 나타냈다.

"하여튼 인간이란 신기한 생물이야."

메디안 역시 주위 사람들을 바라보며 입을 삐죽거렸다.

"이유야 어떻든 슈틸러 분지를 외부와 차단할 수 있는 방법이 있긴 있어. 쉬운 일은 아니지만 말이야. 하지만 인간들의 능력으로는 어림도 없어."

"도네님, 그렇게 광활한 지역을 외부와 차단하는 것이 정말 가능한 일입니까?"

제로스마저 궁금한 듯 호기심을 드러냈다.

"쉬운 일은 아니지만 그렇다고 불가능한 일도 아니지. 하지만 에인션트 급 드래곤의 도움이 있어야만 해."

예상치 않았던 도네의 대답에 사람들의 시선은 일제히 그녀에게 쏠렸다.

"일정 지역을 외부와 차단하는 일은 그렇게 간단한 일이 아니야. 엄청난 마나가 소비되는 것은 물론이고 마법진에 대한 지식이 있어야만 가능한 일이야."

"그럼 도네를 도와줄 드래곤이 있어?"

"후후후."

렉스의 질문에 도네는 의미심장한 미소를 지으며 샤이베리아를 바라봤다. 갑작스런 도네의 행동에 샤이베리아는 당혹감을 감출 수 없었다. 그녀는 왜 자신을 바라보는 것일까?

"혹시 크리샨튼가 뭔가 하는 늙은이를 끌어들이려고 그러는 것 아니야?"

"너, 말조심 안 해? 감히 그분이 누군데 건방지게 함부로 늙은이라고 부르는 거야?"

샤이베리아가 얼굴을 새빨갛게 붉힌 채 자리에서 발딱 일어나 외쳤다. 주위에 앉아 있던 다른 손님들의 시선이 일제히 그녀에게 쏠렸지만 그것은 오히려 그녀의 화를 북돋우는 것밖에 되지 않았다.

"눈깔 다른 데로 안 돌려?"

귀여운 소녀의 모습과는 어울리지 않는 험악스런 그녀의 말투에 주위에 앉아 있던 사람들은 어이가 없었다. 그들 가운데 몇몇은 치미는 화를 참지 못해 자리에서 일어나려고 했다. 하지만 때마침 샤이베리아가 있는 테이블로 다가오는 두 사람의 모습을 발견하고는 황급히 자리에 앉아 고개를 돌렸다. 얼음장처럼 차가운 사내와 엄청난 근육질의 몸매를 가진 대머리사내의 모습을 발견했기 때문이다.

테이블로 다가온 두 사람은 먼저 도네와 제로스에게 인사를 하고는 다시 샤이베리아에게도 인사했다.

"샤이베리아님, 그동안 안녕하셨습니까?"

"말시키지 마."

샤이베리아의 냉랭한 말에 두 사람의 얼굴에는 잠시 의문스런 기색이 떠올랐지만 곧 말없이 자리에 앉았다.

"뭘 그렇게 화를 내는 거지? 드래곤은 친자식이라고 하더라도 성년식만 지나면 생사 여부에 그렇게 신경 쓰지 않는다고 들었는데…… 내가 그에게 예의를 지키든 말든 네가 왜 신경 쓰는 거지?"

"감히 인간에 불과한 녀석이 우리 블루 족의 가장 연장자이신 크리샨트님을 건방지게 늙은이라고 부르는데 그럼 블루 족의 일원인 내가 그 말을 듣고 참아야 된단 말이야?"

"쯧쯧쯧, 애들은 할 수 없어. 진짜 화를 낼 일은 신경도 쓰지 않으면서 어째서 엉뚱한 일에 신경을 쓰는 거지?"

여전히 태연한 표정으로 입을 여는 렉스의 태도에 샤이베리아는 여전히 화가 치밀었지만 그가 말한 진짜 화를 낼 일이라는 것이 무엇인지 궁금했다.

"그게 무슨 소리야? 진짜 화를 낼 일이라니?"

"너 포이트의 성에 들어갔을 때 죽을 뻔했었다면서. 그럼 검은 달 교단 녀석들에게 복수할 생각이나 하지 왜 남의 말꼬투리는 잡고 늘어지는 거야? 벌써 그 나이에 치매라도 걸려 잊어버리기라도 한 거야?"

렉스의 말에 샤이베리아는 그동안 정신없이 진행되는 상황 때문에 그 일을 까맣게 잊고 있었다는 것이 기억났다.

"잠깐!"

갑작스런 말에 사람들의 시선이 일제히 그에게 쏠렸다.

"감시자가 있으니 일단은 다른 이야기를 하도록 해. 괜히 누군지 보려고 고개 돌리다가 들키지 말고 말이야."

작은 음성으로 이야기하는 렉스의 얼굴이 심각한 것을 보고 고개를 돌리려고 했던 사람들은 찔끔하며 앞을 바라봤다.

렉스와 같은 방향으로 앉아 있던 안드레이는 눈 깜짝할 사이에 식당 안을 훑어보았다. 그런 그의 눈에 의심이 갈 만한 사람이나 신경을 자극할 만큼 검술 실력이 뛰어난 자는 보이지 않았다. 하지만 이미 렉스가 상대를 파악하고 있는 상태이니 굳이 다시 주위를 살피지는 않았다.

테이블의 구석에 앉아 있던 로니는 렉스의 말을 듣는 순간 검은 달 교단의 어쎄신들이 생각났다. 일단은 일행들의 대화를 상대들이 듣지 못하게 해야겠다는 생각에 자신의 펜던트를 잡고는 조용히 기도를 드리기 시작했다.

얼마 지나지 않아 일행들 주위에는 보이지 않는 투명한 막이 생기며 일행들의 대화를 차단시켰다.

"지금 테이블 주위에는 음성을 차단하는 실드가 쳐 있습니다. 그러니 마음대로 대화하셔도 주위에 있는 사람들은 들을 수 없을 겁니다."

"로니 프리스트께서 빨리 대응해 주신 점 감사드리오."

"아닙니다, 렉스님."

"고개를 돌리지 말고 내 말을 잘 들어. 지금 내 앞에 있는 테이블 가운데 혼자 앉아 식사를 하고 있는 자가 보일 거야. 턱과 코 부분이 특이하게 생겼으니까 다른 사람과 구별하기는 쉬울 거야. 하지만 그자뿐만이 아니야. 내 기억이 틀림없다면 둘이 더 있어. 내 판단이 틀림없다면 검은 달 교단에서 보낸 자가 틀림없어. 다만 이상한 것은 어째서 저런 보통 사람을 보낸 것인지 그 이유가 뭔지 모르겠다는 거야. 어쨌든 조심하는 것이 좋을 것 같아."

"저들이 이곳에 있다는 것은 검은 달 교단에서 우리의 위치를 파악하고 있다는 것 아닐까? 그렇다면 그들의 기습이 있을 텐데……."

"일단은 조심하는 수밖에 없을 것 같아. 다행인지는 모르겠지만 이곳은 수도인 포얀이야. 아무리 검은 달 교단이라고 하더라도 함부로 어쎄신들을 보낼 수는 없을 거야."

습격

습격

겨우 부상에서 완쾌한 크레이는 여관의 후원에 마련된 벤치에 앉아 잠시 바람을 쐬고 있었다.

이미 렉스나 안드레이들을 만났을 때 느꼈던 것이지만 자신의 검술 실력이 얼마나 형편없는 것인지 다시 한 번 여실히 느끼고 있었다.

자신의 검술 실력이 조금만 뛰어났어도 일행들의 발목을 잡는 일은 없었을 것이란 생각이 들자 수치스러움과 함께 자신의 능력에 대한 회의가 느껴졌지만 그렇다고 하루아침에 검술 실력이 늘 수는 없는 일이기에 한숨밖에 나오지 않았다.

동시에 과거 검술 수련을 할 때 왜 그렇게도 게으름을 피웠던 것인지 후회스럽기만 했다. 얼마 전 일행으로 합류한 모네스나 듀오네만 하더라도 비슷한 나이에 자신보다는 월등히 뛰어난 실력을 가지고 있었다. 아니, 두 사람은 그만두고 여자인 로자린이나 메디안보다도 실력이 떨어지니 당연 크레이로서는 한숨밖에 나오지 않았다.

"휴우~"

땅이 꺼질 것 같은 긴 한숨이 흘러나왔다.

"고민이 많으신 모양이군요."

굵직하지만 낮은 음성이 갑자기 옆에서 들렸다.

재빨리 고개를 돌려 상대를 확인하니 검은색의 로브에 후드를 깊게 눌러쓴 사람이 자신 곁에 서 있는 것이 보였다.

"누구신지……?"

"아, 저는 이 여관에 투숙 중인 견습 프리스트입니다. 혹시 제가 방해한 것은 아닙니까?"

"아닙니다."

"그렇다면 제가 잠시 곁에 앉아도 되겠습니까?"

상대의 말에 주위를 잠시 둘러보던 크레이는 더 이상의 벤치가 없음을 깨닫고는 곧 고개를 끄덕였다.

견습 프리스트란 자가 곁에 앉자 묘하게도 서늘한 냉기가 느껴졌다. 하지만 단순히 자신의 착각이라고 생각한 크레이는 견습 프리스트는 신경도 쓰지 않은 채 자신과 앞으로의 일에 대해 심각하게 고민했다.

"하늘이 참 아름답지 않습니까?"

"예? 뭐라고 하셨습니까?"

"밤하늘에서 빛나는 별빛을 보다 보면 인간의 욕망이라는 것이 참으로 덧없다는 것이 느껴집니다. 왜 그리도 가지고 싶어하는 것도 많고, 또 자신의 욕심을 참지 못해 주위에 있는 사람들까지 괴롭히는 것인지……."

"그럼 프리스트께서는 아무런 욕심도 없단 말씀이십니까?"

자신도 모르게 밤하늘로 고개를 돌린 크레이의 말에 견습 프리스트
는 대답하기 싫은 것인지, 아니면 듣지 못한 것인지 아무런 대꾸도 없
었다. 상대의 무반응에 자신도 모르게 고개를 돌린 크레이는 뜻밖에
견습 프리스트의 키가 상당히 크다는 생각을 했다.

잠시의 시간이 지나서야 후드 안에서 상대의 음성이 흘러나왔다.

"저라고 왜 욕심이 없겠습니까? 지금만 하더라도 당신의 몸을 차지
하고 싶은 욕심에 시달리는데 말입니다."

"예?"

뜻밖의 대답이 황당하다는 생각에 고개를 돌린 크레이는 상대가 자
신을 쳐다보고 있는 것을 발견했다. 하지만 후드를 깊게 눌러쓴 탓인
지 상대의 얼굴은 전혀 알아볼 수 없었다.

순간 이상한 냄새가 코를 찔렀다. 그리고 그 냄새는 분명 언젠가 맡
아본 적이 있었다. 희미해지는 정신을 억지로 바로잡으려던 크레이는
그제야 그 냄새가 케이비라는 것을 깨달을 수 있었다.

"케이비? 그럼… 넌… 검은 달……."

끝까지 말을 마치지 못하고 쓰러지는 크레이의 오른손은 검의 손잡
이를 움켜쥐고 있었다. 쓰러지는 크레이의 몸을 부축하던 고스트는 그
의 몸을 벤치에 앉히고는 의외라는 표정을 지었다.

"이자가 어떻게 케이비를 알고 있는 거지?"

정신을 잃고 있는 크레이를 쳐다봤지만 기절한 그가 대답할 리 만무
했다.

잠시 주위를 살피던 고스트는 주위에 아무도 없는 것을 확인하고는
곧 온몸을 가리고 있던 로브를 벗었다. 로브가 흘러내리고 다시 몇 개
의 옷가지가 지면에 떨어졌다. 걸치고 있던 옷을 모두 벗은 고스트는

눈을 감고 온몸에 힘을 주었다.

그러자 그의 손이 뿌연 안개 같은 것에 가려지더니 곧 팔을 타고 어깨까지 번져 갔다. 동시에 다리 역시 안개처럼 보이는 것에 휘감기더니 순식간에 온몸을 감쌌다. 잠시 몸을 부르르 떨던 고스트의 모습은 눈 깜빡할 사이에 어디론가로 사라졌다.

동시에 쓰러져 있던 크레이가 눈을 떴다. 눈을 뜬 크레이는 자신이 왜 벤치에 쓰러져 있었던 것인지 전혀 기억이 나지 않았다. 분명 저녁 식사를 마치고 바람을 쐬기 위해 여관의 후원으로 나온 것까지는 분명 기억나지만 그 후의 일은 전혀 기억나지 않았다.

자신이 갑자기 정신을 잃었다는 것이 왠지 석연치 않았지만 크레이는 자기 위해 자신의 방으로 향했다.

자신의 방에서 제로스와 함께 잠을 자기 위해 누워 있던 렉스는 좀처럼 잠을 이루지 못하고 있었다.

낮에 본 특이한 용모의 사내, 그리고 그의 동료들이 자신들 곁에 있다는 것은 검은 달 교단의 이목이 자신들에게 쏠리고 있다는 것을 증명하는 것이었다. 자신들은 밝은 곳에 드러나 있는 상태고, 저들은 여전히 어둠 속에서 자신들을 지켜보고 있는 상황이니 어떻게든 상황을 역전시켜야 하는데 현재로써는 뾰족한 방법이 없었다.

가장 좋은 방법은 인원을 분산해 감쪽같이 사라져 버리는 것인데 적들의 위치를 모르는 상황이니 그 방법도 그리 마음에 드는 계획은 아니었다. 이리저리 뒤척거렸지만 잠은 전혀 올 생각을 하지 않았다.

아무런 걱정 없이 해맑은(?) 표정으로 잠들어 있는 제로스를 본 렉스는 엉뚱하게도 '애들은 잘 자야 쑥쑥 크지' 하는 생각을 하고 있었다.

칙~

질 나쁜 초에서 낮은 소음과 함께 시커먼 연기가 피어올랐다. 이런 저런 생각에 골몰하던 렉스는 누군가가 발코니에 내려서는 기척을 느꼈다.

커튼이 쳐져 있었기 때문에 누군지는 알 수 없었지만 결코 좋은 뜻으로 방문한 것이 아님은 쉽게 짐작할 수 있었다. 그리고 이런 방법으로 자신을 찾을 사람은 검은 달 교단의 어쎄신밖에 없다는 생각도 들었다.

조용히 곁에 놓여 있던 클레이모어의 손잡이를 움켜쥔 렉스는 발소리를 죽여 제로스의 침대로 다가갔다. 그리고는 조용히 그의 입을 막았다.

제로스는 깜짝 놀라 비명과 함께 침대에서 일어나려고 했지만 렉스의 무지막지한 완력 때문에 어림도 없었다. 자신의 입 앞에 손가락을 세운 렉스는 조용히 하란 몸짓을 했다.

제로스가 겨우 마음을 진정시킨 것을 눈치 챈 렉스는 조용히 발코니 쪽을 가리켰다.

재빨리 자신들 주위에 실드를 쳐 주위와 차단한 후 제로스가 입을 열었다.

"누구야?"

"몰라. 내 생각에는 검은 달 교단에서 보낸 어쎄신 같으니까 조심해."

발코니에서 여전히 눈을 떼지 않는 렉스의 말에 제로스는 자존심이 팍 상했다. 그러다 혹시 이 자식이 자신을 정말 어린아이로 착각하고 있는 것은 아닐까 하는 생각이 들었다.

당장 발코니를 날려 버리려던 제로스는 생각을 바꿔 렉스의 등 뒤로 몸을 피했다.

제로스의 눈에 비친 렉스의 등.

물론 렉스가 건장한 체격을 가지고 있기는 했지만 눈에 비치는 것보다 훨씬 크게 느껴졌다. 동시에 자신은 어떤 상황에서도 안전할 것이라는 믿음이 슬그머니 생기는 것을 느꼈다. 드래곤인 자신이 인간에게서 이런 감정을 느끼다니…….

애써 자신이 느낀 감정을 지우려던 제로스는 일단 그냥 느낌이 전해지는 대로 느끼기로 했다.

잠시 후 소리도 없이 발코니의 문이 열리더니 불이 붙은 뭔가가 실내에 떨어졌다. 떨어진 물건에서는 매캐한 연기가 쉴 새 없이 뿜어져 나왔고, 방 안은 금세 연기로 가득 찼다.

그 모습에 렉스는 자신이 제임스라는 소년의 납치 사건을 조사할 때 도네가 소환한 노옴이 일행들에게 보여주었던 당시가 떠올랐다.

재빨리 숨을 멈춘 렉스는 손수건을 꺼내 제로스의 코와 입을 막아주었다. 그리고는 몸짓으로 숨을 참으라고 알려주었다.

제로스는 고개를 끄덕였지만 이미 연기를 조금 들이킨 후였다. 냄새를 가만히 맡아보던 제로스는 그 연기의 정체가 케이비라는 것을 금세 알 수 있었다. 물론 자신이야 식물의 독 따위에 중독될 리 없었지만 무방비 상태로 있는 렉스가 신경 쓰였다.

순간 제로스는 자신이 렉스를 걱정하고 있다는 사실이 너무나 신기하기만 했다.

그 역시 드래곤이다 보니 자신과 관련된 일이 아니면 절대 참견이나 개입을 하지 않았다. 지난 3천여 년 동안 그렇게 살아온 습성이 렉스와 함께 지낸 불과 몇 달 만에 이렇게 변했다는 사실을 믿을 수 없었다. 그러면서 동시에 도네가 보였던 이해 못할 행동을 이해할 수 있을 것도 같았다.

케이비를 실내로 던진 자들은 조심성이 많은지 좀처럼 들어올 생각을 하지 않았다.

흘깃 렉스를 쳐다봤지만 그의 얼굴은 평소와 다를 것이 없었다. 제로스가 다시 고개를 돌리는 순간 미미하게 커튼이 흔들리더니 소리도 없이 발코니의 문이 열리는 게 보였다.

순간 렉스는 제로스의 허리를 잡고 소리없이 공중으로 뛰어올랐고, 두 사람은 천장과 벽이 만나는 곳 모퉁이에 몸을 밀착시켰다.

열린 문틈으로 케이비의 연기가 모두 빠져나가자 검은 옷에 검은 복면을 한 세 명의 괴한이 방 안으로 뛰어들어 왔다. 하지만 자신들의 예상과는 달리 실내에 아무도 없자 당혹감을 감추지 못했다.

"이게 어떻게 된 일이야?"

"분명히 이 방이 맞는데…… 너희들도 아까 이 방에 누군가가 있는 것을 확인했잖아."

"젠장, 혹시 눈치 채고 도망간 것 아니야?"

"우린 문소리도 듣지 못했잖아."

괴한들이 주위를 두리번거리며 낮은 음성으로 대화를 하는 동안 옆방에서 무기끼리 부딪치는 날카로운 금속음이 들리기 시작했다.

침대에 손을 대보던 괴한 중 하나가 재빨리 쇼트 소드와 대거의 중간 크기쯤 되는 검을 품에서 뽑아 들었다.

"침대에 온기가 사라지지 않은 걸 보면 조금 전까지 이 방에 있었던 것이 확실해. 다시 한 번 찾아보고 없으면 동료들을 돕는다."

그의 말에 두 괴한은 고개를 끄덕이고 침대 밑과 욕실들을 살폈지만 렉스와 제로스를 찾을 순 없었다. 다시 한 번 주위를 둘러보던 한 괴한의 눈에 천장에 붙어서 괴상한 미소를 짓고 있는 렉스와 제로스의 모습이 보였다.

그가 막 비명을 지르려는 순간 렉스는 천장에서 떨어져 내리며 검집째 클레이모어를 내려쳤다.

딱―

괴한은 무지막지한 충격과 함께 순식간에 기절해 버리고 말았다.

뒤에서 들리는 이상한 소음에 고개를 돌렸던 다른 두 괴한 중 한 명은 옆구리 깊숙이 파고드는 검집을 발견함과 동시에 정신을 잃었고, 또 다른 괴한은 명치에 틀어박힌 렉스의 주먹을 멍하니 바라보다 그 자리에 털썩 주저앉으며 기절했다.

최초 괴한의 이마에 클레이모어의 검집이 떨어질 때부터 마지막 사람이 기절할 때까지 걸린 시간은 그야말로 눈 깜짝할 시간밖에 걸리지 않았다.

"밖은 위험하니까 나오지 마."

감탄을 아끼지 않는 제로스에게 렉스는 그 말만을 남기곤 방을 뛰쳐나갔고, 몇 차례의 금속음이 들리고는 곧 조용해졌다. 쓰러진 자들의 상태를 보니 적어도 서너 시간 동안은 정신을 차리지 못할 것 같아 제로스는 방을 빠져나왔다.

이미 사태가 종결되었는지 복도에는 검은 복면을 한 괴한 30여 명이 정신을 잃은 채 쓰러져 있었고, 렉스들은 쓰러진 괴한들을 바라보고 있었다.

사람들의 얼굴을 살피던 제로스는 사람들 사이에서 도네와 샤이베리아의 모습이 보이지 않는 사실을 깨달았다.

"도네님과 샤이베리아의 모습은 왜 보이지 않는 거지?"

"잠시 다녀올 곳이 있다고 워프를 하셨는데 그곳에 어딘지는 모르겠어요."

"말도 없이 어딜 간 거야!"

메디안의 대답에 렉스는 퉁명스럽게 대꾸했다.

"그건 그렇고…… 침입한 녀석들은 모두 처리한 거야?"

"얼마나 침입했는지를 알아야 다 잡은 것인지 알지."

"제가 밖에 나가 확인해 봤지만 이들 이외에 다른 자들은 보이지 않았습니다."

샤리프의 대답에 고개를 끄덕인 렉스는 자신의 턱을 어루만지며 바닥에 쓰러져 있는 복면인들을 바라봤다.

"이것들을 어떻게든 처리를 해야 할 것 같은데…… 어쩐다?"

렉스가 고심하는 동안 일행들은 기절한 복면인들을 복도 벽에 일렬로 기대놓았다. 일행들의 작업이 막 끝났을 때 도네의 방문이 열리더니 도네와 샤이베리아, 그리고 친근한 미소를 가진 중년 사내가 걸어나왔다.

"이것들은 뭐야?"

"검은 달 교단에서 보낸 어쎄신 같아."

"그래?"

도네가 대꾸하는 동안 재빨리 앞으로 나선 제로스가 중년 사내에게 공손하게 인사를 했다.

"그린 일족의 지메로스가 블루 족의 원로이신 크리샨트님을 뵙게 되어 무한한 영광이옵니다."

"후후후, 그대가 그린 족 가운데 가장 학구열이 높다는 그 지메로스인가? 만나서 반갑군."

제로스의 인사에 중년 사내, 아니, 크리샨트는 부드러운 미소를 지으며 대꾸와 함께 묘한 눈으로 그의 위아래를 훑어보고 있었다.

"후후후, 인간들 세상을 여행할 때 어떤 모습으로 즐기든 상관없기는 하지만 자네는 좀 특이한 모습이군."

크리샨트의 말에 제로스의 얼굴은 치미는 수치심을 참지 못해 순식간에 새빨갛게 변했다.

"크리샨트님, 저 자식이에요. 저 자식이 건방지게 크리샨트님을 늙은이라고 불렀어요."

샤이베리아가 곁에 선 크리샨트에게 렉스를 가리키며 고자질이라도 하듯 말을 꺼냈다.

조금 전 제로스가 그에게 인사할 때부터 크리샨트의 정체를 눈치 챈 일행들은 바짝 긴장하고 있었다. 자신도 모르게 한곳으로 모인 그들은 크리샨트의 행동을 주시할 뿐 할 수 있는 것은 아무것도 없었다.

일행들의 예상과는 달리 크리샨트는 별다른 표정 변화를 보이지 않았다. 그저 담담한 얼굴로 렉스를 바라봤을 뿐이다. 그랬던 크리샨트의 얼굴은 곧 변화를 보였다.

"호오~ 이런 인간이 있었다니……."

"무슨 이야기를 하려는 거야?"

도네가 노골적으로 불편한 심기를 드러냈다.

"이곳은 이야기를 나누기에 별로 적당한 장소가 아니군. 워프!"

크리샨트의 나직한 시동어를 듣는 순간 일행들은 약한 현기증과 함께 주위의 풍경이 이상하게 변했다는 것을 깨닫고는 주위를 둘러보

있다.

별들이 총총히 떠 있는 밤하늘, 울창한 숲, 조용히 흘러내리는 시냇물, 서늘하게 느껴지는 밤 공기, 부드러운 모래.

아마도 깊은 산속 같았는데 어딘지는 도저히 짐작이 가지 않았다.

주위를 두리번거리는 일행들의 모습을 재미있다는 듯 바라보던 크리샨트는 숲을 향해 가볍게 손을 뻗었다. 그러자 몇 그루의 나무들이 뿌리째 뽑혀 날아와 일행들 근처에 떨어졌다. 그뿐만이 아니었다.

커다란 사슴과 멧돼지도 함께 날아왔는데 잠시 버둥거리던 두 마리의 짐승은 크리샨트를 발견하고는 부들부들 떨 뿐 감히 도망칠 생각조차 못하고 있었다.

크리샨트는 부드러운 미소를 지은 얼굴로 샤리프를 쳐다보며 사슴과 멧돼지를 가리켰다.

"자네가 적당할 것 같군. 우리를 위해 모닥불을 지피고, 요리를 만들어주지 않겠나?"

"알겠습니다."

자신의 능력으로는 어쩔 수 있는 상대가 아니기 때문인지 오히려 마음이 편해지는 것을 느끼는 샤리프였다. 샤리프가 사슴과 멧돼지를 잡아 가죽을 벗기고 내장을 긁어내는 동안 안드레이와 다른 사람들은 나무를 잘라 모닥불을 만들었다.

잠시 후 커다란 모닥불 위에 사슴과 멧돼지가 놓여졌고, 고기가 익는 동안 일행들은 그저 도네와 크리샨트 쪽을 바라보며 그들의 눈치를 살필 뿐이었다.

고기가 어느 정도 익어갈 때쯤 크리샨트가 다시 나직하게 시동어를 외쳤다.

"텔레포트!"

그러자 거의 1파렌은 됨 직한 오크통 세 개와 컵, 식기가 모습을 드러냈다.

"자네들에게 맞춰 준비해 봤는데 부족한 것은 없는가?"

"없습니다."

"다행이군. 그동안의 경험을 보면 인간들은 식사를 함께 할 때 상대에 대한 경계심이 풀어지더군. 난 자네들이 나 때문에 불편을 느끼지 않았으면 하네. 술과 음식이 준비됐으니 일단은 먹도록 하세."

"그보다 이곳이 어딘지나 압시다."

용감하게 입을 연 사람은 역시나 렉스였다.

"이곳? 아직 모르고 있었나? 이곳은 슈틸러 분지라네."

"슈틸러 분지?"

크리샨트의 말에 렉스는 주위를 둘러보았다. 하지만 울창한 숲 이외는 짙은 어둠밖에 보이는 것이 없었다.

"자네가 도르미네스에게 이곳을 외부와 차단시켜 달라고 부탁을 했다면서?"

"그런 말을 한 적은 있지만……."

"후후후, 설마 도르미네스가 나에게 부탁을 하러 올 줄은 상상도 못 했네. 덕분에 난 그녀의 부탁을 받는 최초의 드래곤이 되는 영광을 차지했다네. 하하하."

무엇이 그리 좋은지 크리샨트는 크게 웃음을 터뜨렸고, 그에 반해 도네는 자존심이 상하는지 잔뜩 인상을 쓰고 있었다. 그런 도네를 바라보던 렉스는 그녀의 심정을 이해할 수도 있을 것 같았다.

평소 그녀의 성격을 보면 인간은 말할 것도 없고, 동족인 드래곤들조차 무시하며 살았을 것이 뻔했다. 그런데 비록 렉스의 부탁이라고는 했지만 그것 때문에 크리샨트에게 부탁을 해야 했던 상황이 그녀의 자존심을 상하게 만들었을 것이 분명했다.

이전까지의 도네라면 절대 있을 수 없는 일이다.

렉스는 그런 그녀에게 고마움과 미안함을 동시에 느꼈다.

자리에서 일어난 렉스는 모닥불을 노려보고 있는 도네에게 다가가 곁에 앉았다. 그리고는 그녀의 뺨에 부드럽게 키스했다.

"도네, 고마워. 나 때문에 하고 싶지 않은 일을 했다는 걸 알아. 뭐라고……."

"됐어. 렉스에게는 그런 말 듣고 싶지 않아. 인간들은 사랑하는 상대에게 무엇이든, 설사 자신의 생명까지도 바치잖아. 인간들 흉내를 내는 것은 아니지만 그냥 렉스에게 해주고 싶어서 한 일이니까 그런 말은 할 필요 없어."

흔들리는 모닥불을 바라보는 도네의 모습은 눈을 떼지 못하게 만드는 신비스러움이 있었다.

"내가 도네를 만난 건 정말 내 일생 최대의 행운이었던 것 같아. 정말 사랑해, 도네."

그윽한 음성으로 사랑을 이야기하는 렉스의 말에 고개를 돌린 도네의 얼굴도 어느새 부드러운 미소를 짓고 있었다. 서로를 가볍게 안은 닭살스러운 두 사람의 모습을 부러운 시선으로 바라보는 사람이 여럿 있었다.

가장 대표적인 사람(?)은 샤이베리아였다.

처음 그런 두 사람의 모습을 보았을 때는 대체 저게 뭐 하는 짓거리인가 하고 궁금함을 느꼈었다. 그러나 두 사람과 함께 지내며 지켜보아 온 결과 그것이 인간식(?)으로 애정과 사랑을 상대에게 나타내는 행동이라는 것을 알게 되면서 두 사람에게 한없는 부러움을 느끼고 있었다.

둘을 지켜보면 그들은 종족(種族)을 뛰어넘어 끈끈한 무엇으로 연결되어 있다는 것을 충분히 느낄 수 있었다. 또한 서로 상대를 위하며 아끼는 모습이 너무나도 보기 좋았다.

그런 생각을 하면서 샤이베리아는 곁에 있는 크레이를 바라보았다. 그러다 크레이의 모습이 평소와는 조금 다른 것을 발견했다.

그의 눈에 잔뜩 두려움이 어려 있는 것이 보였던 것이다. 쉴 새 없이 두리번거리는 것이나, 무엇을 숨기듯 고개를 숙이고 있는 것이나 평소와는 전혀 다른 모습이었다.

"무슨 일 있어?"

"예? 아, 아닙니다. 위대한 존재시여."

소스라치게 놀라며 황급히 대답하는 크레이의 태도에 샤이베리아는 영문을 모르겠다는 듯 그의 얼굴을 쳐다봤다.

"새삼스럽기는…… 그냥 이름 불러."

"예, 그렇게 하겠습니다. 샤, 샤이베리아님."

"그런데 아까부터 뭘 그렇게 보고 있었던 거야?"

"예?"

다시 찔끔하며 놀란 표정을 짓던 크레이는 잠시 망설이다가 크리샨트를 가리키며 조심스럽게 입을 열었다.

"저기 계신 저분은 혹시…… 드래곤 아니십니까?"

"누구? 크리샨트님?"

"예."

"당연히 드래곤이시지. 그것도 지상에서 가장 오래 사신 분이란 말이야. 왜, 인사라도 드리고 싶어? 내가 저분 소개해 줄까?"

"아, 아닙니다."

황급히 대답하고는 얼른 고개를 숙이는 크레이였다.

샤이베리아는 고개를 갸우뚱거리고는 곧 고개를 돌려 부러움이 가득한 눈으로 렉스와 도네를 바라보고 있었다.

크레이는 샤이베리아의 이목이 도네와 렉스에게 쏠린 것을 확인하고는 조용히 일어나 조금씩 모닥불에서 멀어졌다.

모닥불에서 어느 정도 떨어질 때까지 일행들이 자신의 행동을 눈치채지 못하는 것 같자 크레이는 몸을 돌려 최대한 발자국 소리를 줄인 채 어둠을 향해 달리기 시작했다.

얼마나 달렸을까?

몇 번이나 넘어질 뻔하면서 달린 크레이가 숨을 헐떡이며 발걸음을 멈춘 곳은 커다란 바위들이 즐비하게 늘어서 있는 곳이었다.

그 자리에 털썩 주저앉아 바위에 기대어 숨을 몰아쉬던 크레이는 도저히 조금 전 자신의 눈으로 본 사실을 믿을 수 없었다.

일행들 가운데 소드 마스터가 아닌 자가 없었고, 또 믿을 수 없게도 이야기로만 전해 들었던 드래곤까지 일행 중에 포함되어 있었다. 그것도 한 마리도 아니고 네 마리씩이나.

"비, 빌어먹을. 이, 이게 대체 어, 어떻게, 어떻게 이런 일이 일어날 수 있는 거지?"

너무나 떨려 말조차 제대로 나오지 않았다.

크레이, 아니, 정확하게 말하자면 크레이의 몸속에 들어가 있던 고스트는 경악을 금할 수 없었다. 고스트는 태어나 이제까지 살아오면서 지금처럼 놀란 적은 단 한 번도 없었다.

드래곤이라니? 이게 무슨 토끼 머리에 뿔날 소린가?

게다가 그렇게 공포스러운 존재가 하나둘도 아니고 네 마리라니?

온몸에 돋은 소름이 한여름임에도 불구하고 좀처럼 사라지지 않았다.

어떻게 드래곤이 자신들 일에 개입하게 된 것일까? 고스트는 머리가 부서지도록 생각해 봤지만 도무지 그 이유를 알 수 없었다. 게다가 드래곤은 제외하고도 믿을 수 없는 것이 일행들이 풍기는 기운은 고스트가 지금껏 한 번도 느껴본 적이 없을 만큼 강렬한 것이었다.

기운만으로 판단해 보면 그들 전원은 소드 마스터 이상이었다. 특히 대머리사내와 날카로운 인상의 중년 사내는 얼굴을 마주 대는 순간 숨이 콱 막힐 것 같은 충격을 받았다. 어떻게 인간이 저렇게 강한 기운을 풍길 수 있는지 이해가 가지 않았지만 과연 자신의 실력으로 그들을 해치울 수 있을까 의문이 갈 정도로 강한 상대였다.

또 그들뿐만이 아니라 그들과 함께 있는 여자들까지 소드 마스터 수준의 검술 실력을 가지고 있다는 것도 도져히 믿어지지 않았다. 마치 세상에서 가장 강한 자들만을 모아 파티를 만든 것 같았다. 그럼에도 불구하고 왜 드래곤들이 이들과 함께 있는 것인지 전연 이해가 안 되었다.

고스트가 지금 가장 걱정하는 것은 이들이 자신의 교단을 적대시한다는 것이다. 이들의 동료가 더 있는지 알 수는 없지만 이들만 하더라도 교단의 입장에서는 거의 충격적인 일이었다.

"어떻게든 교단에 이 사실을 알려야 하는데……."

나직하게 중얼거리던 고스트는 어두운 밤하늘을 둘러보며 불안한 음성으로 다시 말을 이었다.

"그건 그렇고…… 여기가 슈틸러 분지라고?"

"그래, 여긴 틀림없는 슈틸러 분지야."

"헉!"

갑자기 들린 음성에 고스트는 심장이 입으로 튀어나오는 줄 알았다. 창백해진 얼굴로 자리에서 일어난 고스트의 눈에 바위에서 싱글거리고 있는 금발 머리 청년의 모습이 보였다. 그리고 자신을 포위하듯 주위에 늘어서 있는 대머리사내와 차가운 인상의 사내를 발견할 수 있었다.

"이봐, 왜 여기 있는 거지?"

"그, 그저 바람을 좀 쐬려고……."

"호오~ 그래, 그저 바람을 쐬려고 이 먼 곳까지 도망치듯 오셨단 말씀인가?"

묘한 미소를 지으며 말을 렉스의 모습을 본 고스트는 그가 지금 자신을 의심하고 있다는 느낌이 들었다. 재빨리 크레이의 기억을 더듬어 상대의 이름을 알아낸 고스트는 황급히 입을 열었다.

"그렇습니다, 레이시어스 전하."

고스트는 대답을 하면서도 의구심이 들었다. 현 레트로니아 왕국에서 전하라는 이름으로 불릴 수 있는 존재는 하이렌 단 한 사람뿐이기 때문이다.

"넌 누구지?"

"예? 그, 그게 무슨 말씀이지 전 이해가……."

"크레이는 날 절대 그 따위 이름으로 부르지 않아."

싸늘하게 굳어진 얼굴로 바위에서 뛰어내린 렉스는 고스트의 정면에 서서는 상대의 눈을 바라봤다. 확실히 자신이 알고 있던 크레이의 눈빛과는 미묘한 차이가 느껴졌다.

"다시 묻지. 넌 누구지?"

"정말 무슨 말씀이신지……."

"더 이상의 말은 필요없다? 어쩔 수 없군."

슉—

말이 끝나자마자 얼굴을 향해 주먹이 날아들었다.

뒤로 물러서려던 고스트는 등에 바위가 걸리자 황급히 고개를 숙이며 그대로 바위를 걷어차 생긴 반발력으로 렉스의 공격권에서 빠져나왔다.

"제법인데……."

재빨리 허리에 찬 레이피어를 뽑아 든 고스트는 그대로 렉스의 가슴을 향해 힘껏 찔렀다. 고스트의 공격을 한 발 옮긴 것으로 피한 렉스는 클레이모어를 뽑아 들었다. 그리고는 격식도 없고 형식도 알 수 없는 단순무식하기 이를 데 없는 장작 패기식의 공격을 시작했다.

물론 레이피어보다 렉스가 든 클레이모어가 훨씬 무겁고 긴 무기인 것은 사실이었지만 한번 부딪칠 때마다 고스트는 손목이 꺾이는 것을 느끼고는 당황하지 않을 수 없었다.

가벼운 무기로 무거운 무기를 상대하려면 동작이 민첩하고 방어에서 공격으로 전환하는 동작이 빨라야 되는 것이 필수 조건이었다. 하지만 렉스의 공격은 도저히 반격할 틈을 찾아볼 수 없을 정도로 빨랐다.

더욱 문제가 된 것은 자신이 차지한 이 크레이란 자의 몸 상태였다. 평소 어떻게 훈련한 것인지는 모르겠지만 공격과 방어에 필요한 상당부분의 근육이 전혀 단련되어 있지 않아 반격을 하려고 해도 몸이 말을 듣지 않았다.

이대로 계속 싸움을 계속했다가는 제대로 된 반격 한번 해보지 못하고 무릎을 꿇어야만 할 것 같다는 생각에 고스트는 결단을 내렸다.

렉스의 공격을 막으면서 생긴 충격을 이용해 뒤로 몸을 피한 고스트는 재빨리 크레이의 몸에서 빠져나왔다.

갑자기 멈춘 크레이의 몸이 격렬하게 경련을 일으키더니 곧 안개처럼 보이는 것이 그의 몸에서 빠져나와 허공에서 서서히 뭉쳐지는 것이었다. 예상치도 못한 광경에 렉스는 벌린 입을 다물지 못했다. 아니, 그뿐만이 아니었다.

근처에 있던 안드레이나 샤리프는 물론 지상에서 가장 오래 살았다는 크리샨트 역시 눈을 동그랗게 뜬 채 그 광경을 지켜보고 있었다. 지난 만여 년을 살면서 이런 일은 자신의 눈으로 직접 본 적도, 들은 적도 없었다.

잠시 후 마지막 한줄기 연기가 빠져나오자 지상으로 내려선 그 물체는 괴이하게도 깜빡거리며 보였다 사라졌다를 반복하고 있었다. 또 보인다 하더라도 모든 것이 뿌옇게만 보여 도저히 인간의 모습이라고 볼 수 없었다.

"넌 누구지?"

"고스트."

"누가 네 꼴이 유령 같은지 몰라서 묻는 거야? 진짜 이름이 뭐냔 말이야?"

"고스트다. 예전에도 사람들은 날 고스트라고 불렀고, 지금도 사람들은 날 고스트라 부른다.”

여전히 낮고 음산하게 들리는 음성이지만 렉스에게는 왠지 짙은 회한이 어려 있는 것처럼 들렸다.

“검은 달 교단의 신도인가?”

“신도? 본인은 다크 스파이더 소속이다.”

고스트의 대답에 렉스의 눈빛이 반짝였다.

“다크 스파이더?”

“그렇다.”

“다크 스파이더가 무슨 조직인지 알려면 그대를 생포해야만 하겠군.”

렉스의 말에 고스트는 바짝 긴장을 했다.

조금 전까지 전혀 깨닫지 못하고 있었지만 눈앞의 이 금발청년이야말로 자신이 두렵다고 생각했던 대머리사내나 얼음장 같은 사내보다 뛰어난 검술 실력을 가진 자라는 것을 비로소 깨달은 것이다.

눈앞의 상대가 평범한 자라면 코웃음을 쳤겠지만 상대는 자신의 능력으로 반드시 이긴다거나 충분히 도주할 수 있다고 장담할 수 있는 상대가 아니었다. 게다가 주위는 몇 사람이 자신을 지켜보고 있으니 탈출은 결코 용이한 일이 아니었다.

흥분한 가슴을 진정시킨 고스트는 낮은 음성으로 대답했다.

“쉽지는 않을 것이다.”

뿌연 몸 어디서 꺼낸 것인지 쇼트 소드 정도 되는 크기의 검을 뽑아든 고스트는 가슴 앞에 비스듬히 세우고는 렉스의 공격을 대비했다.

상대의 자세를 본 렉스는 그를 생포하는 것이 그리 쉽지 않을 것이란 생각이 들었다. 하지만 그를 상처 입히는 한이 있더라도 생포해야겠다고 결심한 렉스는 클레이모어를 뽑아 지면을 향해 늘어뜨렸다.

뜻밖에 렉스가 금세 공격을 하지 않자 고스트는 그가 무슨 수작을 부리는 것이 아닌가 하는 생각이 들었다. 그가 긴장을 풀지 못하고 있을 때 렉스의 공격이 시작되었다.

조금 전처럼 무지막지한 공격이라고 생각했던 고스트의 예상과는 달리 렉스의 클레이모어는 세 개로 나눠 보일 만큼 쾌속하게 움직이고 있었다. 머리와 어깨, 그리고 심장을 노리고 날아드는 세 개의 칼날.

조금 전의 무지막지했던 검술과는 판이하게 다른 검술이었다. 게다가 렉스의 모습은 검에 가려 보이지도 않았다. 황급히 수중의 검을 휘두르기는 했지만 렉스의 공격을 모두 막을 수는 없었다.

머리와 심장으로 향한 것은 검과 몸놀림으로 막고 피할 수 있었지만 어깨를 노리는 검의 궤적만큼은 도저히 피할 수 없었다.

렉스는 검을 든 쪽의 어깨를 공격했으니 만약 부상을 입게 된다면 고스트가 더 이상 저항할 수 없을 것이라고 생각했다. 오히려 그가 걱정을 했던 것은 그가 씨클루를 가지고 있어 생포하기 전 자살하지는 않을까 하는 점이었다.

슉!

날카로운 바람 소리와 함께 클레이모어는 고스트의 어깨를 스치고 지나갔다. 하지만 당연히 들려야만 할 비명 소리나 신음 소리는 전혀 들리지 않았다.

육안으로 식별하기에는 분명 클레이모어가 어깨를 스치고 지나갔지만 렉스는 손에 아무런 느낌도 느껴지지 않았다. 마치 허공을 스치고 지나가듯 말이다.

도저히 현실적으로 일어날 수 없는 일에 렉스가 잠시 멍해 있을 때 뭔가가 렉스의 심장을 노리고 빠르게 날아들었다.

깜짝 놀란 렉스는 황급히 몸을 뒤틀며 뒤로 물러섰다. 하지만 완전히 피하지는 못해 라이트 레더의 가슴 부분이 입을 쩍 벌리고 있었다. 부상을 입지 않고 무사할 수 있었던 것은 순전히 동물적인 렉스의 감각 덕분이었다.

놀란 가슴을 진정시키며 고스트의 어깨를 바라봤지만 그의 어깨는 아무런 이상도 없었다.

"흐흐흐, 내 경고를 우습게 여겼다가는 내일 뜨는 해를 보지 못할 것이다."

자신만만한 고스트의 말에 렉스는 인상을 썼다. 하지만 놀라기는 고스트 역시 마찬가지였다. 틀림없이 렉스에게 치명상을 입힐 수 있을 줄 알았다. 하지만 렉스는 동물적인 몸놀림으로 상처 하나 없이 자신의 공격을 피했기에 그의 놀라움도 상당한 것이었다.

고스트를 노려보던 렉스는 신중하게 클레이모어를 가슴 앞에 세웠다. 그리고는 천천히 마나를 끌어올렸다. 푸르스름한 빛을 뿌리는 클레이모어를 발견한 고스트는 황급히 마나를 끌어올려 검에 집어넣었다.

특이하게도 고스트가 든 쇼트 소드를 뿌연 연기 같은 것이 감싸는 순간 그의 검은 시야에서 감쪽같이 사라졌다.

그 모습에 렉스는 클레이모어를 잡은 손에 힘을 주었다. 그리고는 고스트를 향해 달려갔다.

고스트와의 거리가 2파렌으로 좁혀지자마자 그의 오른손이라고 짐작되는 곳을 향해 사정없이 클레이모어를 휘둘렀다.

날카로운 소리와 함께 자신의 어깨를 향해 떨어지는 클레이모어를 발견한 순간 거의 동시에 고스트는 몸을 뒤틀어 렉스의 공격을 피함과 동시에 오른손을 힘차게 뻗었다.

틀림없이 상대에게 큰 부상을 입힐 수 있을 것이라 생각했던 고스트의 예상은 이번에도 빗나갔다.

고스트의 어깨를 향해 내리꽂히던 클레이모어가 급격해 멈춰지더니 허공에 빙그르르 회전을 하더니 고스트의 손을 향해 휘둘러졌다. 하지만 클레이모어에 걸리는 것은 아무것도 없었다.

자신의 공격이 실패로 돌아갔다는 것을 느끼는 순간 살기를 띤 무엇인가가 다시 심장을 향해 날아든다는 것을 느낀 렉스는 황급히 뒤쪽을 향해 지면을 박찼다.

사악~

섬뜩한 소리와 함께 렉스의 라이트 레더는 다시 한 번 수난을 당해야만 했다.

재빨리 뒤로 물러선 렉스는 놀라움을 감추지 못하고 상대를 바라봤지만 역시 부상을 입은 것 같은 흔적은 전혀 발견할 수 없었다. 렉스는 대체 이 황당한 상황을 어떻게 받아들여야 좋을지 몰랐다.

말 그대로 상대는 유령이라도 되는 것처럼 자신의 두 차례 공격에도 멀쩡했고 오히려 자신이 큰 부상을 입을 뻔했다. 분명 클레이모어는 상대의 몸을 확실하게 통과했다. 하지만 믿을 수 없게도 상대는 너무나 멀쩡했다.

가슴을 보니 십자로 갈려진 라이트 레더의 모습이 보였다. 하지만 렉스는 고스트의 검을 구경도 하지 못했다. 검술을 익히기 시작한 이후로 이렇게 일방적으로 상대에게 공격을 허용하기는 처음이었다.

고스트 역시 황당하기는 마찬가지였다.

그야말로 털끝만한 차이로 상대는 자신의 공격을 모두 피한 것이었다. 도저히 자신의 공격을 피할 수 없을 것 같았는데 어떻게 그런 몸놀림을 보일 수 있는 것인지 눈을 의심하지 않을 수 없었다.

그 어느 누구도 피하지 못한 자신의 검을 한 번도 아니고 어떻게 두 번씩이나 피할 수 있는 것인지 눈앞에 벌어진 일을 믿기 힘들었다. 하지만 자신은 신체적인 특성상 상대의 공격에 타격을 입지 않으니 잘만 하면 이곳에서 몸을 피할 수도 있을 것 같았다.

두 사람의 생각이 잠시 교차하는 사이 나머지 일행들이 어느새 온 것인지 늘어서서 두 사람을 지켜보고 있었다.

"뭐 저런 자식이 다 있지?"

그리 크지 않은 음성이었지만 주위에서 그 음성을 듣지 못한 사람은 한 사람도 없었다. 아무도 자신의 말에 대꾸를 하지 않자 샤이베리아는 가장 만만(?)한 제로스에게 물었다.

"지메로스님, 저 자식은 뭐죠? 어떻게 인간이 저럴 수 있는 거죠?"

"글쎄다. 내가 보기엔…… 잠깐, 구경이나 마저 하고 설명해 주마."

제로스의 대답에 고개를 돌리고 보니 어느새 렉스와 고스트는 다시 서로를 향해 검을 휘두르고 있었다. 그러나 한참의 시간이 지났지만 두 사람은 서로에게 아무런 타격도 주지 못했다.

렉스의 클레이모어는 고스트의 몸을 그저 통과할 뿐 아무런 타격도 주지 못했고, 고스트는 쇼트 소드가 상대의 몸 근처에 가기도 전에 재빨리 몸을 피하는 렉스 때문에 번번이 허공을 갈라야만 했다.

시간이 지날수록 불리한 것은 자신이라는 판단을 내린 고스트는 몇 걸음 뒤로 물러섰다.

갑자기 상대가 뒤로 물러서자 계속해서 그를 공격하려던 렉스는 곧 생각을 바꿔 한두 걸음 뒤로 물러섰다. 상대에게 아무런 타격도 주지 못하는 지금 같은 공격은 오히려 상대에게 도주할 기회만 줄 것 같았기 때문이다.

몇 파렌 밖에 서 있는 고스트를 노려보다 그의 몸이 심하게 흔들린다고 느껴지는 순간 믿을 수 없게도 그의 몸이 두 배 이상 커지는 것을 목격했다. 고스트를 만난 후로는 계속 믿을 수 없는 광경만 목격하는 것 같았다.

거의 4파렌은 될 듯 보이는 고스트의 몸은 더욱 흐릿해져 여간 자세히 보지 않으면 어둠과 식별하기 힘들 정도였다. 물론 렉스는 충분히 식별할 수 있었지만 대체 어떻게 고스트를 상대해야 할지 결정을 내릴 수 없었다.

렉스가 잠시 망설이는 순간 고스트의 공격이 시작되었다.

체격이 커졌으니 동작은 당연히 더 늦어지리라는 예상과는 달리 고스트의 몸놀림은 더욱 빨라졌다.

날카로운 예기가 머리로 다가오는 것을 느낀 렉스는 미끄러지듯 옆으로 물러서며 힘껏 클레이모어를 휘둘렀다. 그러나 결과는 조금 전 상황과 변한 것이 없었다.

클레이모어는 맥없이 고스트의 몸을 통과해 버렸고, 렉스는 그 반동을 이용해 뒤로 물러섰다.

무슨 결심을 한 듯 이를 악문 렉스는 클레이모어에 마나를 한껏 집어넣었다. 클레이모어가 짙푸른 빛을 띠자 렉스는 고스트를 향해 힘껏 휘둘렀다.

"차앗! 스윙 샷!"

쾅쾅쾅―

초승달을 닮은 푸른빛 무리가 고스트에게 날아가자마자 폭음과 함께 지독한 흙먼지가 주위를 뒤덮었다.

안드레이나 샤리프는 수십 파렌 이상 치솟은 흙먼지를 보고 너무도 놀란 나머지벌어진 입을 다물지 못했다.

마나로 검이나 무기를 감싸는 것은 두 사람도, 아니, 소드 마스터 초급 이상만 되면 누구든 할 수 있는 일이었다. 하지만 그 마나를 유형화시켜 상대를 공격하는 수법이 있다는 말은 듣지도 보지도 못했다.

두 사람뿐만이 아니라 곁에 있던 크리샨트의 눈도 동그랗게 커졌다. 그 역시 이런 광경은 난생처음이었기 때문이다.

마법사도 아닌 검사가 원거리 공격을 할 수 있다니…… 정말 눈을 의심하지 않을 수 없었다.

한줄기 바람이 불어와 수십 파렌까지 치솟았던 흙먼지를 날려 버리자 두 사람이 싸우던 곳의 광경이 드러났다.

마치 거대한 도끼로 지면을 내려친 듯 길다란 웅덩이가 패여 있었고, 웅덩이에 비스듬히 쓰러져 있는 고스트의 모습이 보였다. 그리고 조금 떨어진 곳에 비스듬히 클레이모어를 늘어뜨리고 있는 렉스의 모습이 보였다. 무리를 했는지 그의 안색이 창백해 보였다.

반격

반격

가쁜 숨을 몰아쉬던 렉스는 호흡을 가다듬고 자신이 만들어낸 웅덩이에 쓰러져 있는 고스트를 바라봤다. 적어도 겉으로 보기에는 조금 전과 달라진 점은 전혀 보이지 않았다. 하지만 부상을 입은 것인지 고스트는 꼼짝도 못하고 있었다.

쓰러져 있는 고스트에게 다가가며 렉스는 긴장의 끈을 놓지 않았다. 누워 있는 고스트의 몸 주위에 검은 점들이 점점이 떨어져 있었는데 그것이 고스트가 흘린 피인지는 알 수 없었지만 고스트가 부상을 입은 것은 확실한 것 같았다.

"크윽!"

미약한 신음 소리가 흘러나왔지만 안개처럼 뿌옇게 보일 뿐 정확한 모습이 보이지 않았기에 얼마만한 부상을 입었는지 확인할 길이 없었다.

신음 소리가 계속 들리는 것으로 봐서는 부상이 상당히 심한 것 같았다. 그러나 확실한 모습이 보이지 않으니 치료할 어떤 방법도 없었다.

간헐적으로 들리던 신음 소리가 점점 잦아들더니 곧 아무런 소리도 들리지 않았다. 아마도 목숨이 끊어진 것 같았다. 그러나 고스트의 모습은 여전히 뿌옇게만 보였다.

렉스가 서 있는 곳으로 일행들이 다가왔다.

일행들은 어슴푸레하게 보이는 고스트의 모습에 놀라움을 감추지 못했다.

"세상에 어떻게 이런 인간이 있을 수 있는 거지?"

샤이베리아의 말에 대답하는 사람은 아무도 없었다.

"아무래도 흑마법이 개입된 것 같군."

"예? 흑마법이오?"

"그래. 이자에게서 제법 강한 마물(魔物)의 냄새가 나는구나. 누군가가 이자에게 마계(魔界)의 알을 먹인 것 같은데 인간들 중에 그럴 만한 능력을 가진 자가 있다니…… 정말 놀라운 일이구나."

크리샨트의 말에 일행들의 눈은 일제히 커졌다.

"마계의 알이라는 것이 뭐요? 이자가 이런 모습을 하고 있는 것과 연관이 있는 거요?"

질문을 하는 렉스의 말투에 샤이베리아의 눈살이 찌푸려졌지만 그녀 역시 마계의 알이라는 것이 뭔지 궁금했기에 크리샨트의 입만 바라봤다.

"마계의 알이란 휘투나투스라는 마계의 나무에서 열리는 열매를 가리키는 말이네. 마계의 알은 신비스러운 능력이 있는데 그것은 알을 복용한 자의 능력을 몇 배로 증폭시키는 힘이 있다는 것이네."

"그럼 그 마계의 알이란 것을 먹은 자들은 다 이런 모습을 하고 있는 겁니까?"

제로스의 질문에 크리샨트는 의미를 알 수 없는 미소를 지었다.

"자네가 저 인간을 한번 살펴보게."

크리샨트의 말에 제로스는 고개를 갸우뚱거리면서도 고스트를 향해 손을 뻗었다. 그의 손에서 뿜어져 나온 막대한 마나는 곧 고스트의 전신을 감쌌고, 찬찬히 그의 전신을 살피기 시작했다.

얼마 지나지 않아 제로스는 깜짝 놀라며 자신도 모르게 외쳤다.

"이럴 수가……? 어떻게 이런 인간이 있을 수 있는 거지?"

"뭐야?"

"뼈가 없어. 머리끝에서 발끝까지 뼈는 단 한 조각도 없단 말이야."

렉스의 질문에 제로스는 멍한 표정으로 대꾸했다. 그의 말을 들은 일행들의 얼굴에는 불신의 기색이 완연했다.

"이자가 만약 네 말처럼 뼈가 없는 인간이라면 어떻게 조금 전처럼 서 있을 수 있는 거지? 말도 안 되잖아."

"그러니까 내가 놀라는 거지. 믿을 수 없는 일이지만 이자의 몸에는 뼈가 한 조각도 없어. 근육과 내장 이런 것들뿐이란 말이야."

"지메로스의 말을 의심하지 말게. 그의 말은 사실이니까."

크리샨트의 말에 곰곰이 생각을 정리하던 렉스는 곧 한 가지 결론을 내릴 수 있었다.

"그러니까 이 작자가 이런 모습을 하고 있는 것이나 뼈가 없는데도 자유롭게 행동할 수 있는 것이 모두 그 마계의 알인가 뭔가가 가진 힘 때문이라는 거요?"

“단순해 보이는 친구가 제법 똑똑하군. 그렇네. 이 사람이 일반인과 비록 모습은 다르지만 자유롭게 행동할 수 있었던 것은 모두 마계의 알이 이 사람에게 자신이 가진 힘을 전해주었기 때문이네.”

일행들은 난생처음 듣는 이야기에 정신을 차릴 수 없었다.

“마계의 알을 복용하게 되면 마계의 알은 숙주의 심장에 기생하게 되는데 숙주의 능력을 증폭시키면서 대신 숙주의 혈액을 자신의 먹이로 삼는다네. 그리고 어떤 상처를 입는다 하더라도 마계의 알이 곧바로 회복과 재생을 해주기 때문에 설사 머리를 자른다 하더라도 곧바로 재생을 한다네.”

“하지만 이자는 내 검에 죽지 않았소?”

“그건 자네의 그 뭐라던가… 그 유형화된 마나가 심장을 짓이겨 완전히 박살을 내버렸기 때문이라네. 만약 조금 전 공격이 성공하지 못했다면 자네는 결코 이자에게 어떤 상처도 입히지 못했을 것이네.”

크리샨트의 말에 렉스는 조금 전 자신이 공격에 성공한 것이 운이 좋았던 것임을 깨달았다.

“그러니까 그 마계의 알이라는 것을 복용한 자들은 모두 이 작자처럼 어떤 공격을 해도 상처를 입힐 수 없다는 거요?”

“그렇지. 가르쳐 주지 않았는데 그런 것까지 알다니…… 이제 보니 상당히 똑똑하군.”

자신을 놀리는 듯한 크리샨트의 말에 렉스는 화를 낼 여유도 없었다.

“한 가지만 더 물어봅시다. 그 마계의 알이라는 것을 구하는 것이 어렵소?”

“글쎄? 지금까지 살아오면서 인간들, 특히 흑마법을 익혔다고 하는 자들이 흑마법 쓰는 것을 본 적은 여러 번 있었지만 마계의 알을 소환해 낼 정도의 흑마법을 쓸 줄 아는 흑마법사는 만난 적이 없네. 하지만 이자가 있는 것을 보면 분명 마계의 알을 소환해 낼 수 있는 능력을 가진 자가 있다는 말이 되겠지. 하지만 그가 아무리 뛰어난 흑마법사라고 하더라도 한 달에 하나 이상 마계의 알을 소환할 수는 없을 것이네. 인간의 체력으로는 한계가 있으니까."

크리샨트의 설명에 렉스의 얼굴은 더욱 어두워졌다.

생각을 정리한 렉스는 안드레이와 샤리프에게 뭔가를 이야기했고, 세 사람은 곧 그 자리를 떠났다.

"이제 다 끝났으니까 모두들 쉬도록 하는 것이 좋겠군."

크리샨트의 말에 제로스는 일행들에게 손짓을 하며 그 자리에서 쫓아버렸다.

"크리샨트님 말씀 못 들었어? 어서들 가서 자. 빨리 자란 말이야."

일행들이 뿔뿔이 흩어지는 모습을 지켜보던 크리샨트는 못마땅하단 표정을 짓고 있는 도네에게 말을 건넸다.

"렉스라는 인간과 지내는 것이 즐거운가?"

"그건 왜 묻는 거지?"

"자네의 시선이 렉스라는 인간에게서 떠나지 않는 것을 보았기 때문이라네. 다른 이도 아닌 자네가 그런 모습을 보인다는 것이 조금은 의외라서 말이네. 정말 저 렉스라는 인간을 사랑하는 것인가?"

"내가 렉스를 사랑하는 것이 그렇게 이상한 일인가?"

"그게 아니야. 물론 드래곤이라도 인간에게 사랑을 느낄 수는 있는 일이네. 그러나 내가 의외라고 생각하는 것은 한때 블러디 드래곤이라고 불렸던 자네가 인간을 사랑하리라고는 생각도 해보지 않았기 때문이라네.”

크리샨트가 블러디 드래곤이란 말을 꺼내는 순간 도네의 눈썹이 꿈틀했지만 아무런 대꾸도 하지 않았다. 그 모습에 제로스나 샤이베리아는 겨우 안도의 한숨을 쉬었다.

이미 멀어진 렉스의 뒷모습을 바라보는 도네의 표정은 어느새 부드럽게 풀어져 있었다.

“할 이야기가 있다니 무슨 이야긴가?”

“아까 죽은 작자가 한 이야기 들었지? 자기는 다크 스파이더 소속이라고 했잖아. 또 그 작자는 마계의 알이란 걸 먹어서 그 이상한 모습을 하게 된 것이고 말이야.”

렉스의 말에 안드레이와 샤리프는 고개를 끄덕였다.

“이건 내 생각인데 말이야. 다크 스파이더라는 조직에 속해 있는 인간이 얼마나 되는지는 모르지만 모두 마계의 알이란 걸 복용한 것은 아닐까 하는 생각이 드는데 안드레이의 생각은 어때?”

“나 역시 아까 크리샨트님의 말씀을 듣는 순간 그 생각을 했네. 게다가 능력을 증폭시킨다는 말을 듣긴 했지만 어떤 능력을 증폭시키는지, 또 어떤 능력들을 가지고 있는지 우리가 알고 있는 것이 아무것도 없다는 것이 걱정이군.”

“그것보다 먼저 처리해야 할 일이 있습니다.”

“그 일이 뭡니까?”

“렉스님의 손에 목숨을 잃은 그자에게는 동료들이 있지 않았습니까? 그자들을 빨리 처리해야만 합니다. 게다가 아까 여관에서 저희들을 공격했던 어쎄신들을 심문해 그들의 본거지를 알아내야만 하지 않습니까?"

"맞아, 얼굴이 이상하게 생긴 녀석이 있었지. 그 녀석도 빨리 생포해야 되는데……."

"일단 당장 처리해야 할 일은 두 가지야. 하나는 조금 전 렉스가 해치운 자의 동료들을 잡는 일, 또 한 가지는 우리가 생포한 검은 달 교단의 어쎄신들에게서 최소한의 정보를 알아내는 일이야."

"그럼 어떻게 한다?"

"일단 인원을 나누는 것이 어떻겠습니까? 한쪽은 생포를 맡고 또 한쪽은 검은 달 교단의 어쎄신들에게서 정보를 알아내고 말입니다."

"그럼 죽은 자의 동료들을 생포하는 것은 내가 맡지."

"아닙니다, 렉스님. 어떤 위험이 있을지 모르니 그쪽은 제가 맡고 싶습니다."

샤리프의 말에 반대하려던 렉스는 무슨 생각을 했는지 순순히 고개를 끄덕였다.

"그럼 생포한 어쎄신들은 내가 맡아야겠군. 이곳에는 특별한 일은 없으니 나머지 인원들을 데리고 가도록 하는 것이 좋을 것 같습니다. 혹시 손이 필요한 일이 생길지도 모르니까 말입니다."

"그렇게 하도록 하겠습니다."

샤리프의 대답을 들은 렉스는 크리샨트에게 여관으로 공간 이동을 부탁하기 위해 자리를 떠났고, 두 사람은 일행들에게 그 이야기를 해주기 위해 걸음을 옮겼다.

*　　　*　　　*

“몸의 중심을 확실하게 하도록 해야 됩니다, 레이디 바르미아. 이전보다 몸놀림이 빨라진 것은 사실이지만 상대적으로 자꾸 중심축이 흔들리는 것을 본인도 느낄 겁니다. 하체를 좀 더 단련해야겠습니다.”

“헉헉… 검을 휘두를 때나… 회전을 할 때… 헉헉… 몸이 특히 더 … 흔들리는 것 같아요… 헉헉…….”

“몸의 중심이 흔들리면 검끝이 흔들려 결코 정확한 공격을 할 수 없습니다. 공격을 하는 순간이나 방어를 하는 순간에도 절대 중심을 잃어서는 안 됩니다. 그 점을 항상 명심하셔야 합니다.”

조금은 딱딱하게 인상을 굳힌 모네스의 말에 바르미아는 상체를 숙인 채 가쁜 숨을 몰아쉬느라 대답조차 제때 할 수 없었다. 그런 바르미아를 바라보는 모네스의 얼굴에는 추호의 인정도 배어 있지 않았다.

조금 떨어진 곳에서 그 모습을 바라보던 듀오네의 얼굴에는 희미한 부러움과 함께 노른스브르크의 베노아 공작 저택에 있을 라그나의 모습이 떠올랐다. 그녀의 곁을 떠난 지 얼마 지나지 않았지만 벌써 그녀가 그리웠다.

샤리프가 말한 것을 나름대로 고심을 해봤지만 라그나에 대한 자신의 감정은 한결같았다.

단순히 그녀의 가련한 신세에 연민이 간다거나 그녀의 얼굴이 아름답기 때문은 절대 아니었다. 그녀만이 자신을 사랑할 수 있을 것 같았고, 자신 역시 그녀 이외의 다른 여인은 사랑할 수 없을 것 같았다.

밤하늘을 밝히는 별빛 사이로 환하게 웃는 라그나의 얼굴이 보이는 듯했다.

＊　　　＊　　　＊

"자아, 이제부터 슬슬 시작해 볼까?"

렉스가 말과 함께 라이트 레더를 벗고 소매를 걷자 근처에 서 있던 로니의 얼굴이 당장 어두워졌다. 그런 로니의 변화를 듀레스코는 어리둥절한 표정으로 바라볼 뿐이었다.

그들 앞에는 검은 복장에 복면을 한 채 기절한 30여 명의 사람들이 손발이 묶인 채로 쓰러져 있었다. 그들 가운데 가장 앞쪽에 있던 복면인의 복면을 벗기고 보니 30대 중반쯤으로 보이는 건장한 체격의 사내였다.

비록 묶여 있다고는 하지만 탄탄한 근육을 가졌다는 것을 옷 밖으로 드러난 것만 봐도 충분히 짐작할 수 있었다. 다시 한 번 입 안을 조사한 렉스는 입 안에 아무것도 없다는 것을 확인하고서야 사내의 뺨을 가볍게 몇 번 두들겼다.

"크응~"

사내는 신음과 함께 깨어났고, 정신을 제대로 차릴 수 없었는지 주위를 몇 번이나 두리번거렸다.

"이봐, 정신이 들어?"

"누구? 그리고 여긴?"

"난 너희들을 포로로 잡은 사람이고, 여긴 포안에서 한참 떨어진 곳이야."

눈을 감고 렉스의 음성만 들어보면 잘 아는 사람을 만난 것으로 착각할 만큼 부드럽고 상냥하게 들렸다. 근처에서 그 모습을 지켜보던 사람들은 지금 렉스가 무엇을 하려는지 전혀 짐작을 못하고 있었다. 하지만 렉스와 동행하며 그가 어떤 사람이라는 것을 알고 있는 로니나 크레이, 그리고 도네는 지금부터 어떤 일이 벌어질 것인지 충분히 짐작할 수 있었다.

특히 로니는 눈을 질끈 감은 채 들리지도 않은 목소리로 계속해 기도를 드리고 있었다.

몸을 일으키려던 사내는 그제야 자신이 포박된 상태라는 것을 알고는 지금 자신이 어떤 상황에 처해 있는지 충분히 깨달을 수 있었다. 게다가 혀를 움직여 보니 임무를 실패했을 때 사용해야 될 씨클루도 이미 제거가 된 상태였다.

잠시 생각을 정리한 사내는 부드럽고 상냥한 미소를 지은 채 자신을 바라보고 있는 금발청년에게 입을 열었다.

"자세가 불편해서 그런데…… 좀 일으켜 주겠소?"

담담한 사내의 말이 의외였는지 잠시 사내의 얼굴을 바라보던 렉스는 곧 사내를 일으켜 바위에 기대어주었다.

"설마 귀하들이 이렇게 뛰어난 검술 솜씨를 가지고 있을 줄은 상상도 못했소."

사내는 말하면서 일행들의 모습을 재빠르게 살폈다.

몇몇 사람의 모습은 보이지 않았지만 현재 자신이 보고 있는 일행들만 하더라도 강하다는 느낌이 전해졌다.

한쪽에서 검술 수련을 하듯 열심히 검을 휘두르며 귀를 기울이고 있는 이는 여자 엘프였고, 커다란 배틀 엑스를 들고 있는 이는 드워프였다. 프리스트의 모습도 보였고, 장사꾼처럼 보이는 중년 사내나 휘황찬란한 플레이트 메일을 걸치고 있는 거만한 표정의 중년 기사도 보였다. 또 얇은 셔츠를 걸치고 있는 이 금발청년도 보였고, 자신과는 상관없는 일이라는 듯 뒷짐을 지고 있는 파란 머리의 중년인, 붉은 머리 레이디, 파란 머리 소녀, 녹색 머리의 귀여운 소년의 모습도 보였다.

사내는 지금껏 단 한 번도 부여받은 임무를 실패해 본 적이 없었기 때문에 자신이 임무에 실패한 것은 고사하고 이들의 포로가 되었다는 사실을 좀처럼 받아들일 수 없었다.

"난 우리가 뛰어난 검술 실력을 가지고 있다는 것보다 자네가 다크 루미니언 소속 어쎄신이 확실한지 그것이 더 궁금하네. 어때, 내게 말해 주겠는가?"

여전히 부드러운 미소를 지으며 자연스럽게 하대를 하는 렉스의 행동은 지극히 자연스러워 보였다. 자신을 협박하는 어떤 말도 하지 않았지만 본능적으로 상대의 손아귀에서 절대 빠져나갈 수 없을 거라는 생각이 갑자기 들었다.

"귀하가 궁금한 것이 그거요?"

"아니. 정말 궁금하게 생각하는 것은 헤아릴 수 없이 많지만 일단 그것부터 확인을 해야 할 것 같아서 말이야."

렉스가 여전히 부러운 표정으로 말을 건네자 뒤편에서 보고 있던 듀레스코는 속으로 코웃음을 쳤다.

비록 렉스가 뛰어난 검술을 가지고 있을지는 모르지만 이런 식으로 포로를 심문하다니…… 정말 가소롭기 그지없는 일이 아닐 수 없었다.

자신이 나선다면 당장 고문을 해서라도 모든 정보를 알아낼 자신이 있었다. 일단은 지켜보다가 나중에 나서서 처리를 한다면 얼마 전 렉스에게 당했던 수모를 어느 정도는 갚아줄 수 있을 것 같았다. 다만 한 가지 이해가 가지 않는 것은 왜 로니는 눈을 감고 기도만 할 뿐 이 모습을 보려고 하지 않는 것이냐는 것이었다.

"만약 내가 귀하의 질문에 대답을 하지 않는다면……?"

“당연히 서로에게 피곤한 사태가 발생하겠지. 나는 너를 고문해야 할 것이고, 너는 정보를 감추기 위해 내 고문을 견뎌야 할 테니까. 하지만 걱정은 하지 않아. 이곳에는 너를 제외하고도 30명이 넘는 포로들이 있으니까 언젠가는 네게서 듣지 못한 이야기를 누군가에게서는 들을 수 있지 않겠어?”

여전히 미소를 띠고 있는 렉스의 대답에 사내는 온몸에서 소름이 오싹 돋았다.

자신들은 분명 이들을 죽이기 위해 왔다. 그러니 그들이 고문을 하던 도중 자신의 생명이 끊어지든 말든 신경 쓸 리 만무했다. 그리고 렉스의 말처럼 다른 동료들이 이들이 원하는 정보를 발설하지 않는다고 장담할 수 없는 일이었다.

사내가 고심하는 빛이 역력하자 잠시 시간을 주었다.

“어떻게 하겠나?”

“귀하에게는 미안한 일이지만…… 절대 교단을 배신할 수는 없소.”

“아! 미안해할 필요 없어. 그냥 서로에게 조금 피곤한 사태가 발생한 것이 안타까울 뿐이지.”

고개까지 저으며 대답을 한 렉스는 품에서 20파레스 정도 되는 가늘고 긴 강철 대롱을 꺼내 들었다. 그리고는 주위 사람들이 미처 알아채지도 못할 정도로 빠르게 그의 가슴에 박아 넣었다.

주위에 있던 사람들은 대체 렉스가 무슨 짓을 한 것인지 영문을 몰라 했다.

“조금 힘들겠지만 잘 참으리라 믿겠네.”

렉스의 말에 조금 떨어진 곳에 있던 도네는 고개를 가만히 저었다. 비록 겉으로는 태연한 척하고 있지만 렉스가 속으로 얼마나 괴로워하고 있을지 충분히 짐작이 갔기 때문이다. 만약 적들과의 교전이 벌어진 상황이었다면 단칼에 상대의 목숨을 빼앗았을 것이다. 하지만 고문은 싸움과 전혀 다르다.

반항할 수 없는 상대에게 고통을 줘 자신이 필요로 하는 정보를 알아내는 일은 자신이 알고 있는 렉스의 성격과 전혀 맞지 않는 일이었다. 그럼에도 불구하고 고문을 해야만 하는 렉스의 심정을 도네가 왜 모르겠는가?

지금 이 순간에도 그런 렉스의 마음이 그대로 전해지는 것 같았다.

"후우~ 후우~"

사내의 호흡이 조금씩 가빠지는 것과 동시에 로니의 기도 소리가 조금씩 커지기 시작했다. 얼마 지나지 않아 사내의 호흡 소리는 금방이라도 끊어질 듯 급박하게 들렸고, 얼굴 역시 새빨갛게 물들었다.

어두운 얼굴로 그 광경을 지켜보던 크레이는 자신도 모르게 앞으로 나서며 입을 열었다.

"저어… 캡틴."

"왜?"

"이제 그만 해도……."

크레이의 말에 렉스는 고개를 돌려 눈을 마주쳤다.

순간 크레이는 심연에서 피어나는 괴로움과 죄책감을 분명히 볼 수 있었다. 물론 좋아서 하는 일이 아니라는 것을 모를 크레이는 아니었지만 설마 렉스가 죄책감마저 느끼고 있을 줄은 생각지도 못했다.

더 이상 렉스의 눈을 바라보고 있을 수 없어 크레이는 자신도 모르게 뒷걸음질쳤다.

피를 쏟을 듯 붉어진 사내의 얼굴엔 10여 개의 혈관이 솟아나 꿈틀

대고 있었는데 그저 손만 대도 퍽 하는 소리를 내며 터져 버릴 것 같았다. 고통을 견디지 못하고 격렬하게 몸을 뒤틀려 했지만 어깨를 누른 렉스의 손 때문에 꼼짝도 할 수 없었다.

"헉헉헉~"

"이제 내 질문에 대답을 하겠는가?"

렉스의 질문에 사내는 대답할 힘도 없는지 가쁜 숨을 몰아쉬며 황급히 고개를 끄덕였다.

사내의 가슴에서 강철 대롱을 뽑아 든 렉스는 상처가 난 곳에 힐링 포션을 한 방울 떨어뜨렸다. 눈에 보이지도 않을 만큼 작은 상처는 곧 아물었지만 사내의 호흡은 좀처럼 원래대로 돌아오지 않았다.

로니와 크레이를 제외하고는 사내가 왜 갑자기 숨을 몰아쉬었는지, 왜 대답할 힘도 없는 것인지 전혀 이해하지 못했다.

사내의 호흡이 어느 정도 정상을 찾자 렉스는 심문을 시작했다.

"소속은?"

"다크 루미니언… 소속이오."

"정확하게 말해. 다트 루미니언 어느 지부에서 무슨 일을 맡고 있는지 말이야."

사내는 렉스가 자신들 조직에 대해 상당히 여러 가지를 알고 있다고 직감했다.

그가 자신들 조직에 대해서 만약 아무것도 아는 것이 없다면 자신이 설사 거짓말을 한다고 하더라도 그 진위를 가릴 방법이 없을 것이다. 하지만 상대가 이미 어느 정도 정보를 가지고 있는 이상 거짓말할 용기는 더 이상 남아 있지 않았다. 조금 전 사내는 다시는 겪고 싶지 않은 극도의 고통을 경험했다. 또다시 그런 고통을 참아낼 자신이 없었다.

"다크 루미니언 포얀 지부 소속 제17암살조에 소속되어 있소. 하는 일은 말 그대로 교단의 적이 되는 자들을 암살하는 일이오."

"이름은?"

"켈러 더글러스."

"누구의 명령을 받고 우리를 암살하려 한 거지?"

렉스는 태연함을 가장했지만 그의 속마음은 초조하기 이를 데 없었다.

"그대들에 대한 암살은…… 추기경님이 내리신 거요."

켈러의 대답에 일행들은 아무런 말도 하지 않았다. 하지만 그들의 가슴은 흥분 때문에 두근거렸다.

"추기경은 우리를 본 적이 없을 텐데……."

"그건 그렇지만 다크 스파이더에 소속되어 있는 자가 추기경님께 건의했기 때문에 우리가 그대들을 찾은 것이오."

"그자가 누구지?"

"내 기억이 맞다면 블레이즈라고 했던 것 같소."

"정확하게 받은 명령은?"

"〈산울림〉이라는 여관에 가서 우리 교단을 적대시하는 자들을 모두 죽이라는 것이었소. 우리는 간단한 인상착의만 들은 후 그대들을 찾은 것이오. 만약 그대들의 검술 솜씨가 이렇게 뛰어날 줄 알았다면 특급 어쎄신들이 출동을 했을 것이오."

켈러의 표정을 보니 그 특급 어쎄신들이 출동했다면 틀림없이 임무에 성공했을 것이라고 믿는 듯했다. 하지만 렉스에게 중요한 것은 그것이 아니었다.

"추기경은 누구지?"

렉스의 질문에 켈러는 극심한 갈등을 일으키는 듯했다.

물론 렉스는 당장이라도 켈러를 추궁해 그 추기경이란 자가 누군지 알아내고 싶었지만 일단은 그가 털어놓기를 기다렸다.

"추기경님은 피어스 후작이오. 그린스노우 피어스 후작, 그분이 바로 추기경님이시오."

"그린스노우 피어스 후작?"

"그렇소."

이름을 확인한 렉스는 우선 검은 달 교단의 조직에 대해 질문했지만 켈러에게서는 별로 색다른 정보를 얻을 수 없었다. 다만 지금껏 모르고 지냈던 다크 스파이더라는 조직이 있다는 것, 그들은 다크 루미니언의 어쎄신들과 판이하게 다른 능력으로 검은 달 교단의 방해자들을 제거한다는 말을 들을 수 있었다.

다른 조직이나 수뇌급 인물들에 대해서도 질문해 보았지만 그가 아는 유일한 인물은 피어스 후작뿐이었다.

피어스 후작에 대해 곰곰이 생각해 보았지만 그가 어떤 인물인지 전혀 생각나지 않았다. 하지만 지금 당장 해야 할 일은 분명히 알고 있었다.

어차피 이들을 돌려보낼 수는 없는 일이니 얼마 지나지 않아 이들의 실종을 눈치 챌 것이고, 그렇게 된다면 도주할 가능성도 충분히 있는 일이었다.

일단은 서둘러 포얀으로 돌아가야만 했다.

"어이, 크라샨트 아저씨. 아무래도 포얀으로 되돌아가야 할 것 같은데…… 날 지금 포얀으로 돌려보내 주겠어?"

렉스의 말에 샤이베리아는 너무나 기가 막힌지 입만 쩍 벌릴 뿐 아무런 말도 하지 못했다. 기막혀하는 건 그녀뿐만이 아니었다.

근처에 서 있던 제로스나 도네마저 놀란 표정을 감추지 못하고 렉스를 쳐다보았다. 하지만 렉스는 여전히 태연한 표정을 지으며 크리샨트를 바라보고 있었다.

정작 당사자인 크리샨트는 오히려 렉스의 말에 빙그레 미소를 짓고 있었다.

"그래. 그럼 우리 돌아갈까?"

"우리? 아저씨도 갈 거요?"

"왜? 나는 가면 안 되나?"

"뭐 안 될 거야 없지만 인간들의 일에 이렇게 참견을 해도 되는 거요?"

"개입을 하다니? 누가? 자네가 뭔가 잘못 알고 있는 것은 아닌가? 난 그저 도네가 이곳을 주위와 격리시키는 것을 조금 도왔을 뿐 자네들을 돕거나 자네들 일에 개입한 것은 하나도 없다네."

"그럼 왜 나와 함께 가겠다는 거요?"

"무엇 때문인지 정확하게 알 수는 없지만 자네와 있으면 뭔가 특별한 일을 만날 수 있을 것 같다는 생각이 들기 때문이지. 아까만 해도 내가 지금껏 살아오면서 한 번도 만난 적이 없는 인간을 보지 않았던가? 자네와 함께 있으면 흥미있는 모습을 꽤 볼 수 있을 것 같다는 생각이 들기 때문에 함께 돌아가겠다고 한 것이라네. 그리고 분명히 말하지만 난 그저 자네들을 관찰할 뿐 개입할 생각은 전혀 없다는 것을 알아주기 바라네."

크리샨트의 대답에 렉스는 별일도 다 보겠다는 듯 어이없다는 표정을 지었다.

"그렇게 심심하쇼?"

"자네도 나처럼 오래 살다 보면 느끼게 될 걸세."

"휴우~ 할 수 없지. 좋소, 함께 포얀으로 돌아가지. 하지만 무슨 일이 있어도 절대 우리 일에 개입해서는 안 된다는 걸 명심해야만 할 거요."

"자네의 말 명심하도록 하지."

"내가 무슨 드래곤 스카우터도 아니고 어째서 난 드래곤들에게 이렇게 인기가 많은 거지? 남들은 평생 가봐야 한 번도 보기 힘들다는데 난 아예 붙어 살려고 하니…… 휴우~ 정말 피곤한 일이야."

주위에 있던 사람이나 드래곤들은 렉스의 말에 벌어진 입을 다물지 못하고 그의 얼굴을 멍하니 바라보는 수밖에 없었다.

"그거야 자네가 워낙 특이한 인물이기 때문 아닌가?"

"지금 그 말…… 칭찬이오?"

"당연하지. 그리고 난 좀처럼 남을 칭찬하지 않는다는 것만 알아두면 좋겠군."

"다른 사람도 아니고 나이를 먹을 만큼 먹은 크리샨트 아저씨의 말이니까 믿겠소. 빨리 갑시다. 빨리 처리해야 할 일이 있으니까."

"알았네. 워프."

크리샨트의 시동어와 함께 엄청나게 거대한 마법진이 모습을 드러냈다가는 곧 사라졌다. 동시에 일행들의 모습도 감쪽같이 사라졌다.

그 모습을 지켜보고 있던 켈러는 조금 전 렉스의 말에서 등장한 드래곤이라는 단어를 듣고는 그대로 얼어붙었다.

그럼 파란 머리를 가졌을 뿐 보통 사람과 전혀 다르지 않게 생긴 크리샨트의 정체가 드래곤이란 말인가? 본능적인 두려움이 몸을 떨던 켈러는 몸의 관절의 뼈 자신의 몸을 포박하고 있는 가죽 끈으로부터 빠져나오려고 몸을 뒤틀었다.

한시라도 빠르게 자신이 알아낸 사실을 교단에 알려야 하기 때문에 그의 마음은 급하기 이를 데 없었다. 하지만 어떻게 알겠는가? 지금 그가 있는 이곳 슈틸러 분지를 벗어나는 것이 절대 불가능한 일이라는 것을 말이다.

하여간 별빛이 점점 희미해지는 것이 날이 밝을 것 같았다.

*   *   *

"이자들은 어떻게 처리하죠?"

"잠시 후 일행들이 돌아오면 그때 처리하도록 하지."

듀오네의 말에 대답한 안드레이는 여관의 후원 바닥에 밧줄로 꽁꽁 묶여 쓰러져 있는 두 사람의 모습을 보며 고개를 흔들었다.

렉스가 상대했던 안개인간이나 자신들이 생포한 이 두 인간처럼 괴상한 인간은 난생처음 보았다.

코와 턱 부분이 이상하게 생긴 자를 사로잡는 것은 그가 검술을 전혀 익히지 못했기에 그리 어려운 일은 아니었다. 하지만 그의 동료는 전혀 달랐다.

평범하게 생긴 외모와는 달리 제법 날카로운 검술 솜씨를 가지고 있었지만 상대하지 못할 정도는 아니었다. 하지만 상대를 가볍게 보고 다가들던 모네스는 갑자기 상대에게서 쏟아진 불덩이에 머리를 스쳐 머리털이 홀랑 타버리는 불행한 일이 발생했다.

이에 놀란 바르미아와 듀오네가 사내에게 덤벼들었지만 간간이 사내의 손에서 쏟아지는 불덩이 때문에 제대로 된 공격을 할 수 없었다.

처음 마법 공격이라고 생각했던 안드레이는 곧 자신의 판단이 틀렸다는 것을 깨달았다.

사내는 일반적으로 마법을 펼칠 때 외치는 시동어가 없었음에도 불구하고 그의 손에서 끝없이 불덩이가 생기는 것을 발견했기 때문이다. 게다가 그의 손에서 쏟아져 나온 불덩이는 어찌 된 일인지 알 수 없지만 일반적인 불과는 전혀 달랐다.

일반적인 파이어 볼은 대상 물체에 맞는 순간 강력한 화기와 함께 폭발을 일으켜 충격을 전한다. 하지만 사내의 불덩이는 달랐다. 불덩이를 검으로 베면 두 조각이 난 채 계속 날아들었고, 한번 붙은 불은 좀처럼 꺼질 줄 몰랐던 것이다.

그를 상대하던 모네스나 듀오네, 그리고 바르미아는 자신들의 라이트 레더에 붙은 불을 끄려고 손으로 몇 번이나 쳤지만 오히려 불길은 더욱 거세게 타오를 뿐이었다. 자칫 잘못하면 화상을 입을 상황이라 황급히 자신의 라이트 레더를 벗을 수밖에 없었다.

이 황당한 사태에 세 사람은 어쩔 수 없이 뒤로 물러나야만 했다. 결국 나선 사람은 샤리프였다.

샤리프의 모습에서 뭔가를 느꼈는지 사내는 자신의 롱 소드를 문질렀고, 롱 소드가 붉은색으로 변한다고 느끼는 순간 그의 롱 소드는 불길에 휩싸였다.

배틀 엑스를 늘어뜨리고 있던 샤리프 역시 이런 상대와 싸워보기는 처음이었다. 하지만 상대의 검술 솜씨는 이제 소드 마스터 초급 정도. 그의 손에서 쏟아지는 불만 조심하면 특별히 어려운 상대는 아니라고 생각하며 그를 향해 천천히 걸음을 옮겼다.

그렇지만 천천히 움직이는 것 같았던 샤리프는 어느새 사내의 전면에 다가와 있었고, 그것을 느꼈을 때 샤리프는 이미 상대를 향해 배틀 엑스를 내려치고 있었다.

정말 눈부시게 빠른 공격이 아닐 수 없었다.

그렇게 육중한 덩치 어디에서 그런 스피드가 나올 수 있는 것인지 사내는 샤리프의 공격을 대비하고는 있었지만 그를 발견했을 때는 이미 자신의 머리를 향해 배틀 엑스가 날아들고 있었다.

챙~

황급히 롱 소드를 들어 올려 상대의 공격을 막았지만 그 충격을 견디지 못하고 사내는 몇 걸음이나 뒤로 물러서야만 했다. 시큰거리는 손목을 주무를 사이도 없이 사내는 재차 날아드는 배틀 엑스를 막아야만 했다.

채채채~챙~

날카로운 금속음이 쉴 새 없이 들렸다.

사내는 자신의 장기인 불꽃 공격을 할 새도 없이 정신없이 샤리프의 공격을 막아야만 했다. 배틀 엑스를 막아내는 동안에 불꽃 공격을 하려고 몇 번이나 틈을 노렸지만 상대는 그럴 시간을 주지 않았다.

가끔 두서없이 날아드는 건틀릿으로 감싼 주먹이 얼굴을 아슬아슬하게 스치고 지날 때마다 소름이 오싹오싹 끼쳤다.

정신없이 밀리기 시작한 지도 벌써 10여 분.

이대로 있다가는 반격 한번 해보지 못하고 상대의 손에 목숨을 잃을 것 같다는 생각에 사내는 자신의 롱 소드에 마나를 집어넣고는 상대의 공세에 힘껏 부딪쳤다. 하지만 그런 그의 생각을 읽은 것인지 옆으로 몸을 피한 샤리프는 상대의 턱을 향해 적당히 힘을 조절해서 건틀릿 긴 왼손을 내질렀다.

퍽—

사내의 얼굴이 휙 돌아간 순간 그는 정신을 잃고 쓰러졌다. 배틀 엑스를 늘어뜨리고 있던 샤리프는 사내의 롱 소드가 천천히 식어가는 모습을 지켜보고 있었다.

"수고하셨습니다."

"아닙니다. 다행히 이자의 검술 실력이 그리 높지 않았기 때문에 제압할 수 있었지 조금만 높았어도 힘들 뻔했습니다. 이자 역시 마계의 알을 복용했을까요?"

"제가 보기엔 그런 것 같습니다. 그렇지 않고서야 마법사도 아닌 사람이 불을 만들어낼 수는 없는 일 아닙니까?"

안드레이의 말에 고개를 끄덕인 샤리프는 불에 그슬린 머리를 잘라내고 있는 모네스를 쳐다봤다.

"다치지는 않았나?"

"괜찮습니다, 샤리프님."

"다크 루미니언의 어쎄신들과는 달리 다크 스파이더에 속한 자들은 어떤 능력을 가지고 있는지 모르니 조심해야만 하네."

"명심하겠습니다."

"일단 이들을 여관의 후원으로 데리고 가세."

"알겠습니다."

대답을 한 듀오네는 쓰러져 있는 두 사람의 손발을 묶고는 여관으로 끌고 갔다.

샤리프가 자신의 배틀 엑스를 손질하고 있을 때 근처의 공간이 왜곡되는 것을 발견했다. 그가 자리에서 일어나자마자 렉스와 일행들의 모습이 보였고, 공간은 순식간에 원래의 모습으로 돌아갔다.

"어서 오십시오. 그렇지 않아도 렉스님께서 오시길 기다리고 있었습니다."

샤리프가 건네는 인사를 들으며 렉스는 쓰러져 있는 머즐과 블레이즈를 바라봤다.

"저자들도 마계의 알을 복용했을 텐데 사로잡는 데 어려움은 없었습니까?"

"그렇지 않아도 고생을 좀 하긴 했습니다. 저 친구들 까딱하면 큰 부상을 입을 뻔했습니다."

샤리프가 쓴웃음을 지으며 가리킨 곳을 바라보던 렉스는 피식 웃음을 터뜨렸다. 마치 쥐가 파먹은 듯 보이는 머리 모양을 한 모네스가 어색한 표정을 지으며 자신을 바라보고 있는 것을 발견했기 때문이다.

"고생 많았네."

"아닙니다, 렉스님."

"저자들은 어떤 능력을 가지고 있었습니까?"

"한 명은 모르겠지만 저자는 불을 만들어내더군요."

"불? 그럼 마법을 썼단 말입니까?"

"글쎄요. 마법을 쓰는 것 같지는 않았지만 거의 4, 5클래스에 해당되는 화력을 가진 것 같았습니다."

샤리프의 말에 렉스가 고개를 끄덕였고, 그 순간 쓰러져 있던 블레이즈가 정신을 차리고 있었다.

여전히 눈을 감은 채 주위에서 들리는 대화를 듣던 블레이즈는 그제야 자신이 이들에게 사로잡혔다는 사실을 깨달았다. 가만히 샛눈을 뜨고 주위를 바라보니 가까운 곳에 머즐이 정신을 잃은 채 가죽 끈으로 꽁꽁 묶여 있는 모습이 보였다.

하긴 검술을 본격적으로 입힌 자신도 이런 신세가 되었는데 전혀 검술을 익히지도 못한 머즐이 도주에 성공했을 리 만무했다.

어떻게 되었든 이곳에서 벗어나는 것이 우선이란 생각에 블레이즈는 눈을 감고 모든 의식을 심장에 집중시켰다. 그리고 얼마 지나지 않아 그의 몸에서 갑자기 시뻘건 불길이 치솟아올랐다.

갑작스런 사태에 렉스 일행들이 놀라 동작을 멈추자 그 틈을 놓치지 않고 자신의 몸을 묶었던 가죽 끈을 태워 끊어버린 블레이즈는 고개를 돌리고 있던 어떤 여성을 향해 몸을 날렸다.

자신의 실력으로는 이들을 어쩔 수 없다는 것을 잘 알고 있었기에 정면 대결 할 생각은 추호도 없었다. 조금 비겁한 일이기는 하지만 이들 가운데 일행을 인질로 해서 이 자리를 벗어날 생각을 한 것이다.

블레이즈가 눈앞의 붉은 머리 여인을 인질로 삼을 생각을 한 것은 그녀가 홀로 서 있기 때문이기도 했지만 더 큰 이유는 어떤 무기도 가지고 있지 않았기 때문이다.

블레이즈의 몸에 불길이 치솟고 그가 붉은 머릿결을 가진 레이디를 인질로 삼기까지 걸린 시간은 그야말로 눈 깜빡할 사이였다. 블레이즈는 그가 의도했던 대로 그 여인을 인질로 삼을 수 있었다. 다만 한 가지 이상한 것은 자신이 여인을 인질로 잡고 있음에도 불구하고 어느 누구도 당황하지 않는다는 것이었다.

더 더욱 그를 황당하게 만든 것은 그들 가운데 일부는 자신을 아주 불쌍하다는 표정으로 바라보고 있다는 것이었다.

"꼼짝하지 마라. 만약 조금이라도 허튼짓을 한다면 이 레이디의 목숨은 보장할 수 없다."

그의 몸에서 치솟던 불길은 이미 사라졌지만 붉은 머리 여자의 머리를 겨누고 있는 손은 붉은 불길에 싸여 있었다.

"쯧쯧쯧, 도르미네스, 별로 보기 좋은 광경은 아니군."

"도네, 내가 보기에 도네는 완전히 인질 전문(?)이야. 검은 달 교단 애들(?)은 왜 인질로 도네만 선택하는 것인지 도무지 이해가 안 가."

크리샨트와 렉스의 말에 사람들은 고개를 끄덕이면서 도네가 어떻게 저자를 상대할 것인가 궁금해했다.

그런 사람들의 생각을 아는지 모르는지 도네는 천천히 돌아서 불길이 치솟고 있는 블레이즈의 손을 바라봤다.

"불을 만들어낼 줄 아느냐?"

겁을 먹기는커녕 오히려 질문을 던지는 도네의 행동에 어리둥절함을 감추지 못하던 블레이즈는 엉겁결에 대답했다.

"그, 그렇소이다만……."

"그게 네가 만들어낼 수 있는 최고 온도냐?"

"아니오. 좀 더……."

"그럼 온도를 올려봐라."

본인이 인질이라는 사실을 잊은 것인지 자신에게 명령하듯 지시하는 도네의 태도에 블레이즈는 어이가 없었다.

"레이디는 혹시 지금 본인이 인질이라는 사실을 잊은 것은 아니요?"

"인질? 그건 어쨌든 상관없으니까 최고의 불꽃을 만들어봐. 대체 어느 정도의 불꽃을 만들어낼 수 있는지 보고 싶으니까. 왜, 인질인 내가 무서워서 못 만드는 거야?"

"보고 싶다면 기꺼이 보여주지. 이게 내가 만들 수 있는 최고의 불꽃이다."

말과 함께 블레이즈의 손에서는 거센 불길이 숫구쳤다. 시간이 지날수록 그의 손에서 뿜어져 나오던 불길은 더욱 거세졌고, 순식간에 불꽃은 붉은색에서 노란색으로, 노란색에서 눈부시게 흰빛으로 바뀌었다.

조금 멀리 떨어져 있는 일행들도 분명히 열기를 느낄 수 있을 정도였다.

"어때? 이 정도면……."

말을 하던 블레이즈의 말이 뚝 끊겼다. 믿을 수 없는 일이 발생했기 때문이다.

자신의 손을 유심히 바라보던 도네의 온몸에서 거센 불의 폭풍이 일어나고, 또한 그 불길이 주위를 단번에 휩쓸어 버린 것은 순식간의 일이었다.

펑!

요란한 소리와 함께 불이 붙은 블레이즈의 몸은 사정없이 뒤로 날아갔다.

제 8 장

마계의 알

마계의 알

"쯧쯧쯧, 그러기에 인질을 고르려면 잘 골랐어야지."

렉스는 온몸이 시커멓게 탄 채 바닥에 쓰러져 있는 블레이즈를 쳐다보며 혀를 챘다. 다른 일행들도 블레이즈의 불운한 선택에 진심으로 애도의 뜻을 표했다.

경련을 일으키는 블레이즈를 바라보던 로니가 신성 주문으로 그를 치료하려 했지만 로니의 행동은 오히려 블레이즈에게 고통만 가중시켰을 뿐이다.

고개를 흔들며 로니가 물러서자 이번에는 제로스가 나서서 마법으로 블레이즈의 화상을 치료하려고 했다. 그러나 제로스가 뿜어낸 마나는 알 수 없는 이유로 블레이즈의 몸에 스며들지 못하고 주위를 맴돌 뿐이었다.

아마도 그가 복용했을 것으로 예상되는 마계의 알 때문인 것 같았다.

잠시 고민하던 제로스는 자신의 레어 연구실에 있는 화상약을 공간 이동시켰고, 성분을 알 수 없는 끈끈한 검은 액체를 그의 전신에 골고루 발라주었다.

"그게 뭐야?"

"이거? 화상약. 한 500년 전에 만들어두었던 건데 이렇게 쓰일 줄은 몰랐어."

"500년 전에 만들어진 것이 효과가 있겠어?"

"나 지메로스를 대체 뭘로 보는 거야? 이미 오래전에 약효를 완벽하게 테스트했단 말이야."

"아휴~ 귀여운 녀석. 뿌드득. 한 번만 더 인상 쓰면 그냥 안 둘 테니까 조심해."

이를 갈면서 협박 아닌 협박을 하는 렉스의 말에 제로스의 얼굴은 단숨에 일그러졌다.

그런 제로스에게는 아랑곳하지 않고 렉스는 일행들에게 입을 열었다.

"자아~ 지금부터 우리가 해야 할 일이 있으니까 내 말에 주목해 주기 바라오. 우리를 공격했던 어쎄신들이 포로로 잡혔다는 사실을 저들이 모르게 하려면 모든 일을 전격적으로 처리해야만 하오. 먼저 드래곤 여러분들은 이만 들어가서 쉬도록 해주시고 나머지 사람들은 두 패로 나눠 처리해야 할 일이 있소. 한쪽은 우리를 공격했던 어쎄신들이 모이기로 했다는 〈어두운 밤〉이라는 술집을 찾아 그들의 일당을 제압해야 하고, 나머지 한쪽은 그들에게 명령을 내린 검은 달 교단의 추기경일 것으로 예상되는 피어스 후작의 저택을 급습해 후작을 사로잡아야 하오. 위험한 일이니 모두 조심해야 하오. 그런데 피어스 후작에 대해서 누가 아는 사람이 없소?"

렉스의 질문에 사람들은 서로의 얼굴만 쳐다봤다.

"피어스 후작은 10여 년 전에 후작의 작위를 받은 인물이에요. 현 국왕의 쿠데타 때 그를 도운 공로를 인정받아 후작이 되었는데 대외적인 활동은 거의 없이 자신의 저택에서만 지내는 인물로 알려져 있어요. 하지만 소문에 의하면 상당히 뛰어난 검술 솜씨를 가졌다고 전해져요."

소리가 들린 쪽으로 고개를 돌리고 보니 설명을 한 사람은 로자린이었다.

"그가 저택을 떠나지 않는 이유가 그의 어린 아들 때문이라는데 확실한 것은 알려져 있지 않아요."

"아들 때문이라는 것이…… 무슨 말입니까?"

"제가 알고 있는 바로는 불치병을 가지고 태어난 그의 아들 때문이라는데 사실인지는 모르겠어요."

"그렇다면 그도 지금은 자신의 집에 있겠군요. 오히려 잘됐군. 피어스 후작은 내가 맡기로 하고… 안드레이, 어쎄신들이 집결하기로 했던 술집을 맡아주겠어?"

"그렇게 하지."

"필요한 인원들을 데려가도록 해. 나머진 내가 데리고 가도록 하지."

"사람이 부족하지 않겠나? 피어스 후작이 검은 달 교단의 추기경이 확실하다면 그의 저택에 상당한 숫자의 어쎄신들이 있을 텐데 말이야."

"그건 걱정 말게. 로제트 부단장."

"예, 부르셨습니까, 단장님?"

표정이 굳은 일행들과는 달리 로제트는 하품을 하며 대답했다.

"단원들은 지금 어디에 있지?"

"모두 근처에 있습니다. 5분 안에 집합할 수 있습니다."

"그래? 그럼 즉시 소집해 피어스 후작의 저택으로 가서 감시는 물론 철저히 외부와 차단시키도록 해."

"그럼 드디어 저희 기사단이 출동을 하는 겁니까?"

"그렇다. 절대 실수가 있어서는 안 된다는 것을 명심해."

"그렇지 않아도 너무 쉬어서 모두들 불만이 대단했는데 잘됐군요. 맡겨만 주시면 깔끔하게 처리하겠습니다."

"즉시 출발하도록 해."

"알겠습니다, 단장님."

로제트는 뭐가 그리도 신이 나는지 싱글벙글하면서 어쩔 줄 모르는 표정으로 여관을 빠져나갔다. 그리고 잠시 후 새 울음소리와 함께 웅성거리는 소리가 잠시 동안 들리더니 곧 잠잠해졌다.

"우리도 출발하도록 하지."

"피어스 후작은 내 거야. 손댈 생각은 꿈에도 하지 마."

갑작스런 메디안의 말에 렉스는 인심이라도 쓰듯 고개를 끄덕였다.

"알았으니까 피어스 후작이랑 춤을 추든 싸움을 하든 마음대로 해."

렉스의 대답에 메디안은 손가락을 꺾으며 전의를 가다듬었다. 안드레이가 로자린, 모네스, 바르미아들과 여관을 빠져나간 후에도 네 마리의 드래곤들은 꼼짝도 하지 않고 있었다.

"왜들 그러고 있지? 안 자?"

"난 싸움 구경만큼은 빠지지 않고 꼭 본다네. 자네 그거 아는가? 세상에서 가장 재미있는 것이 남의 싸움 구경이라는 것 말일세."

크리샹트의 대답에 렉스는 얼굴을 구겼다.

"알았으니까 아저씨는 알아서 하쇼. 하지만 도네는 이만 쉬는 것이 어때? 좀 피곤해 보이는데 말이야."

"렉스와 떨어져 있고 싶지 않아. 같이 갈래."

"그럼 그렇게 해. 제로스는?"

"크리샹트님과 도네님께서 가신다면 나도 가지 뭐."

"말이 짧다, 너?"

"나도 갈 거야, 혀엉~"

"샤이베리아는?"

"나 혼자 여관에 남아서 뭘 하라고. 나도 갈래."

대답과 함께 크레이를 흘깃 본 샤이베리아는 말을 이었다.

"크레이 녀석을 보호해야 하니까."

"알았어. 모두들 내키는 대로 해."

렉스는 고개를 절레절레 흔들고는 곧 걸음을 옮겨 여관을 벗어났다.

*   *   *

"헉!"

잠을 자던 플로렌스가 갑자기 신음을 터뜨리며 잠자리에서 벌떡 일어났다.

근처에서 잠자고 있던 카렌과 엘로들은 플로렌스의 신음 소리에 놀라 재빨리 눈을 뜨고는 그에게 다가갔다.

"카오스님, 괜찮으십니까?"

카렌의 질문에도 플로렌스는 아무런 대꾸도 하지 않았다. 하지만 그의 얼굴은 어두웠다. 또한 야영 장소를 밝히는 모닥불에 드러난 플로렌스의 얼굴은 유난히 창백해 보였다.

걱정스럽게 자신을 바라보는 일행들에게 고개를 든 플로렌스는 음울한 표정으로 말을 꺼냈다.

"방금 고스트가 죽었다."

"예?"

"고스트가 누군가에게 죽임을 당했단 말이다. 아모데우스님의 가호를 받는 고스트를 죽일 수 있는 능력을 가진 자가 있다니 믿을 수 없는 일이다. 지금 즉시 교단으로 돌아가 대책을 마련해야 할 것 같다."

감히 플로렌스의 말에 의심을 품지 못하고 길 떠날 준비를 하면서도 눈에 제대로 보이지도 않는 고스트를 어떻게 죽였다는 것인지 의문이 머리 속을 떠나지 않았다.

플로렌스와 일행들은 교단을 향해 아직 밝지 않은 새벽 길을 떠났다.

*　　　　*　　　　*

"저기가 피어스 후작의 집이야?"

"그런 모양이야."

도네의 질문에 대답을 한 렉스는 곳곳에 은밀하게 몸을 숨기고 있는 사람들의 기척을 눈치 챌 수 있었다.

정문을 지키고 있는 병사들은 따분함을 견디지 못하곤 하품을 하고 있었다. 그 모습을 지켜보던 렉스는 일행들에게 손짓을 했다.

"시작해 보자고."

"제가 앞장설 테니 천천히 오십쇼."

어디서 나타났는지 로제트가 갑자기 나타나 앞장서서 걸음을 옮겼다.

정문으로 다가간 로제트는 미처 병사들이 입을 열기도 전에 주먹을 휘둘러 그들을 모두 기절시켰다. 로제트의 무지막지한 행동에 뒤따라오던 듀오네의 눈이 휘둥그레졌다.

어떻게 된 것이 렉스 주위에 있는 인간들은 평범한 인물이 하나도 없었다.

당장 눈앞에 보이는 저 중년 사내만 하더라도 툭 튀어나온 아랫배가 출렁거리는 것이 도저히 그가 예전에 기사였다는 사실을 믿기 힘들었다. 하지만 그의 몸놀림만큼은 보는 사람의 눈을 의심하게 만들 정도로 눈부시게 빨랐다.

게다가 한마디 말 없이 병사들을 두들겨 패는 그의 행동은 렉스와 거의 복사판이었다.

기절한 병사들을 한쪽에 쌓아놓은 로제트는 정문을 열고 마치 손님을 맞이하는 식장의 점원처럼 허리를 숙이고는 저택 쪽을 향해 손짓했다.

저택 안으로 들어선 일행들은 빽빽하게 자란 나무들 사이에서 저택까지 이어진 길을 따라 걸음을 옮겼다.

일행들이 걸음을 옮긴 지 얼마 지나지 않아 양편에 늘어서 있는 나무들 사이에서 서늘하게 느껴지는 살기가 뿜어졌다.

미처 일행들이 대비를 하기도 전에 정체 불명의 인물들의 공격이 시작되었다.

가장 먼저 공격을 받은 사람은 크레이였다.

뭔가 이상함을 느끼는 순간 나무 뒤에서 롱 소드가 튀어나왔다. 거의 본능적으로 몸을 뒤로 젖혔지만 완전히 피할 수는 없었다. 라이트 레더의 앞가슴 부분이 베어지며 살갗을 벤 롱 소드는 아슬아슬하게 얼굴 위로 지나갔다.

크레이가 몸을 뒤틀며 뒤로 물러서는 순간 날카로운 금속음이 울렸다.

챙—

황급히 레이피어를 뽑아 든 크레이가 고개를 돌리고 보니 어느 틈엔가 다가온 샤리프가 배틀 엑스로 롱 소드를 막고 있는 모습이 보였다.

그에게 막 감사의 인사를 하려는 순간 다시 나무 위에서 누군가가 뛰어내리며 검을 내려치는 모습이 보였다. 재빨리 옆으로 피하며 레이피어를 힘껏 찔렀지만 상대의 반격도 만만치 않았다.

내려치던 검을 옆으로 틀어 크레이의 공격을 막은 사내는 지면에 내려서자마자 뒹굴 듯 자세를 낮추고는 크레이의 다리를 향해 검을 휘둘렀다.

크레이가 제자리에서 점프해 상대의 공격을 피하는 사이 샤리프는 자신들을 공격한 정체 불명의 괴한들에게 가차없이 죽음의 손길을 뻗었다.

배틀 엑스를 휘두를 때마다 상대의 무기와 몸이 동시에 잘려 나갔고, 건틀릿을 낀 주먹을 휘두를 때마다 상대의 신체가 산산조각났다.

자신들 주위에 실드를 만들고 태연하게 일행들의 싸움을 감상하던 크리샨트는 샤리프의 싸움을 지켜보면서 감탄을 금치 못했다.

“하~ 정말 대단한 싸움 실력이군. 이런 혼전 중에서도 동작이 간결하고 강력한 것을 보면 평소 이런 근접 전투를 대비해 상당히 단련을 한 모양이야. 오늘 확실히 좋은 구경을 하는 것 같군."

고개를 끄덕이던 크리샨트의 눈이 렉스를 향했을 때 표정이 조금은 이상하게 변해 있었다.

"저 친구는 왜 저렇게 싸우는 거지?"

그도 그럴 것이 렉스는 클레이모어를 검집에 꽂아둔 채로 휘두르고 있었기 때문이다.

일행들을 향해 달려드는 괴한들 사이를 파고든 렉스는 그들의 뒷덜미나 급소를 공격해 한 방에 그들을 기절시켰는데 그 몸놀림이 얼마나 빠른지 괴한들은 피할 생각은 고사하고 비명을 지를 새도 없이 지면을 뒹굴었다.

듀오네와 듀레스코, 그리고 로제트와 메디안도 괴한들을 맞이해 신중하게 대처하고 있었다.

끝도 없이 쏟아지는 것 같았던 괴한들의 공격도 어느새 그쳤고, 크레이와 마지막까지 목숨 건 혈투를 벌이던 괴한은 동료들이 모두 죽거나 기절해 버리자 지체없이 몸을 돌려 나무들 사이로 사라졌다. 아니, 사라지려고 했다. 하지만 샤리프가 던진 배틀 엑스를 피하지 못하고 목숨을 잃었다.

기습을 하던 괴한들의 절반가량은 기절한 채 바닥에 쓰러져 있었고, 나머지는 모두 샤리프의 배틀 엑스와 건틀릿에 목숨을 잃었다.

피에 젖은 건틀릿과 배틀 엑스를 바라보는 샤리프의 눈은 깊게 가라앉아 있었다.

샤리프는 검술 훈련을 시작했던 어린 시절에 받았던 하나의 의식이 있었다. '라 카프 레흐만'이라고 불리는 그 의식은 과거에 용맹했던 전사 가운데 하나를 택해 그의 용기와 용맹을 이어받는다는 의미에서 몸에 문신을 하고, 몇 가지 약초가 들어간 성수에 자신과 동료들의 피를 섞어 마시는 것이었다.

문신은 그 전사의 환생을, 피를 섞는 것은 동료애를, 전쟁의 신 타라카스의 손길이 닿은 일곱 가지 약초를 끓여 성수에 타서 마시는 것은 타라카스의 보살핌을 받는 것을 의미하는 것이었다.

문제는 성수에 들어간 약초인데 그것은 피를 보거나 그 냄새를 맡게 되면 그 순간 스스로를 제어하지 못하고 난폭하게 변하게 만드는 효능을 가지고 있었다.

어린 시절부터 복용한 그 성수 때문에 샤리프는 종종 스스로를 제어하지 못할 때가 많았다. 그의 검술 실력이 올라갈수록 발작은 점점 줄어들었지만 조금 전처럼 갑작스럽게 기습을 당하게 되면 금세 이성이 무너져 상대에게 무자비한 공격을 퍼붓곤 한다. 하지만 모든 싸움이 끝나고 나면 항상 자신이 저지른 행동에 회의감을 느끼곤 했다.

마치 자신 안에 무책임하고, 무자비한 또 한 사람의 자신이 있어 사건을 벌여놓고 사라져 버리면 뒤에 남은 또 하나의 자신이 그 모든 살인에 대한 책임을 떠맡게 되는 듯한 생각이 들었다.

"샤리프님, 일단은 가서 피어스 후작을 먼저 잡읍시다."

"예? 예, 알겠습니다."

고개를 끄덕이는 샤리프를 잠시 바라본 렉스는 다시 저택을 향해 걸음을 옮겼다.

조금 전 나타난 괴한들은 모두 50여 명.

복장을 보면 다크 루미니언의 어쎄신들이 분명해 보였는데 그들의 본거지라고 알려진 이곳에 왜 그것밖에 없는지 그것이 의문이었다.

조금 전의 싸움 소리는 상당히 먼 곳까지 들렸을 테니 그들이 못 들었을 리 만무했다. 그럼에도 불구하고 그들이 모습을 드러내지 않은 것은 다시 기습할 준비를 했거나 더 이상의 어쎄신들이 없는 것은 아닐까 하는 생각이 들었다.

렉스는 골치가 아파오는 것을 느끼고는 더 이상의 생각을 접었다. 그냥 닥치는 대로 대응하기로 결정을 내렸다.

차라리 안드레이가 이곳을 맡고 자신이 술집을 급습하는 것이 훨씬 편했을 것이란 생각이 들었다.

한때 하이렌의 근위대장이었던 토라노에게 머리까지 근육으로 가득 찼느냐고 핀잔을 준 적이 있었는데 지금은 자신이 그런 신세가 된 것 같았다. 계획이나 작전이니 이런 것을 세우기보다는 그냥 쳐들어가서 닥치는 대로 두들겨 부수는 것이 제일 속 편했다.

그런 생각을 하며 걸음을 옮기는 동안 어느새 저택의 현관에 도착한 것을 깨달은 렉스는 걸음을 멈추었다.

길게 늘어선 5층짜리 저택은 아직 어둠에 싸여 있었고, 잘 가꾸어진 정원의 중앙에는 수수한 모양의 분수대가 있었다.

저택과 분수대 사이에는 4, 50명의 병사들이 렉스와 일행들에게 창을 겨눈 채 불안한 얼굴로 서 있었다. 그리고 그들 앞쪽에 40대 초반으로 보이는 중년 사내가 무표정한 얼굴로 서 있는 것이 보였다.

그 모습을 본 로제트가 손가락을 이상하게 꼬아서 입에 대고 가만히 불자 부엉이 소리와 비슷한 소리가 주위에 울려 퍼졌다. 그리고 얼마 지나지 않아 형형색색의 복장을 한 사내들이 우르르 몰려들며 중년 사내와 병사들을 포위했다.

그런 사내들의 일부는 어깨에 시커먼 물체를 둘러메고 있다가 지면에 내려놓았다.

그 모습을 본 중년 사내의 표정이 약간 어두워졌다.

"그대들은 누군가 감히 본 후작의 집에 침입해……."

"아! 미안하게 됐소. 원래는 이렇게 무식한 방법으로 찾아올 생각은 없었는데 사정이 급해서 실례를 했으니 용서하기 바라오."

"그대는 누구인가?"

"난 렉스 레티나라는 용병이오."

"용병? 감히 용병 따위가 어떻게 이 레트로니아 왕국의 후작인 나 그린스노우 피어스에게 무례를 범한단 말인가?"

준엄한 그린스노우의 말에 렉스는 피식 웃음을 터뜨렸다.

"후후후, 그대가 만약 평범한 귀족이었다면 내가 귀하를 찾을 일도 없었겠지. 하지만 그대는 평범한 귀족이 아니잖아."

"그게…… 무슨 말인가?"

"이거 왜 이러시나? 검은 달 교단의 추기경나리."

렉스의 말에 그린스노우의 얼굴이 눈에 띄게 가라앉았다.

그린스노우가 렉스의 말에 아무런 대꾸도 하지 않자 그의 뒤편에서 불안한 얼굴로 늘어서 있던 병사들의 얼굴에 강한 의혹의 기색이 떠올랐다.

"검은 달 교단이 뭐야?"

"낸들 아나? 그보다 후작나리를 왜 추기경이라고 부르는 거지?"

"대체 이게 어떻게 된 일이야?"

"불안하니까 그만 떠들어."

병사들의 말을 듣고 침묵을 지키던 그린스노우는 한참이 지나서야 입을 열었다.

"이들은 아무것도 모르는 사람들이네. 그러니 이들을 의심하지는 말게. 내 집에 있는 검은 달 교단의 신도들은 다크 루미니언의 어쎄신들이 전부네. 내 말은……."

"여보."

뒤에서 울먹거리는 음성이 들리자 그린스노우는 반사적으로 뒤로 고개를 돌렸고, 그런 그의 눈에 두 용병 차림의 사내들에게 붙들려 있는 아내 안젤라의 모습이 보였다.

"어서 그 손을 놔라!"

말과 함께 몸을 날린 그린스노우는 즉시 검을 뽑아 휘둘렀다. 그가 다가오는 것을 보고 그의 아내 안젤라의 목에 대거를 대고 있던 그린 윙 기사단의 단원이 위협을 하려고 했다. 하지만 그린스노우의 몸놀림은 믿을 수 없을 정도로 빨랐다.

위협을 하려던 단원의 목이 막 잘리려는 순간 어디선가 배틀 엑스가 날아왔다.

챙—

금속음과 함께 충격을 받은 그린스노우는 몇 걸음이나 뒤로 물러서야만 했고, 그의 롱 소드와 부딪친 배틀 엑스는 허공으로 튕겨 올라갔다. 하지만 시커먼 물체 하나가 허공을 날아 배틀 엑스를 잡고는 그린스노우와 안젤라 사이에 내려섰다.

샤리프였다.

강적의 출현에 긴장한 그린스노우는 롱 소드를 치켜들어 가슴을 보호하면서 상대를 노려봤다. 샤리프 역시 방심하지 않고 건틀릿을 낀 손을 가슴 앞으로 내밀며 배틀 엑스를 잡은 손에 힘을 주었다.

두 사람이 대치하는 동안 건물 안을 수색하던 단원들이 나와 보고를 했다.

"건물 안에 있던 40여 명의 하인과 시녀들은 모두 한곳에 집합시켜 감시를 하고 있습니다. 그리고 2층에 웬 소년 하나가 침대에……"

"그 아이를 건드리지 마라. 만약 누구든 그 아이를 건드리는 놈이 있으면 너희 모두를 죽여 버릴 거야. 너희 모두를 말이야."

그 말을 하는 그린스노우의 눈은 미친 사람처럼 기괴한 광기로 번들거렸다. 조금 전 근엄한 표정을 짓고 있던 모습과는 판이하게 다른 모습이었다.

그런 그린스노우의 모습이 안젤라의 눈에도 이상하게 보였는지 울먹거리던 모습은 어딘가로 사라지고 희미하게 두려워하는 표정뿐이었다.

"일단은 동료 두 명이 지키고 있습니다. 그리고 더 이상의 사람들은 없습니다. 또한 외각을 지키고 있는 동료들에게서도 연락이 왔는데 더 이상 저택을 빠져나가려는 사람들의 모습은 보이지 않는다고 합니다."

"계속해서 감시하도록."

"알겠습니다, 단장님."

그린 윙 기사단의 단원은 물러서더니 조금 전 로제트와 마찬가지의 손 모양을 만들더니 곧 길고 짧은, 또 높고 낮은 소리를 냈다.

"피어스 후작, 더 이상의 반항은 소용없는 짓이오. 이만 포기하시오."

앞을 가로막은 대머리사내의 말에도 불구하고 그린스노우는 마나에 싸인 롱 소드를 내릴 생각을 하지 않았다. 하지만 그의 안색은 시간이 지날수록 점점 어두워졌다.

그도 알고 있었다. 자신의 힘으로는 집에 침입한 자들을 물리칠 수 없다는 것을 말이다. 당장 눈앞에 있는 대머리사내만 해도 자신의 능력으로서는 감당할 수 없을 정도로 강하다는 것을 뼈저리게 느끼고 있었다.

그렇지만 그린스노우는 도저히 포기할 수 없었다.

어떻게든 아내와 아들을 데리고 이곳을 벗어나야만 했다. 이들에 대한 복수는 나중 문제였다. 하지만 눈앞의 이 사내를 이기지 못하고는 아무것도 할 수 없다는 것을 깨달았다.

무리를 해서라도 아내를 구할 것이냐, 아니면 아내를 포기하고 아들만을 구할 것이냐 결단을 내려야만 했다.

잠시 망설이던 그린스노우는 안타까움이 가득한 눈으로 자신의 아내를 바라봤다. 그린스노우와 눈이 마주친 안젤라는 곧 남편의 생각을 깨달을 수 있었다. 그리고는 기꺼이 미소를 지으며 남편의 뜻에 동조했다.

잠시 아내에게 죄책감을 느낀 그린스노우는 마치 사죄라도 하는 듯 갑작스럽게 샤리프를 공격했다. 물론 방심하고 있었던 것은 아니지만 이때만큼은 샤리프도 깜짝 놀랄 만큼 기습적인 것이었다.

챙—

샤리프는 엉겁결 배틀 엑스를 휘둘러 상대의 공격을 막았고, 그린스노우는 반발력을 이용해 뒤로 몸을 날렸다. 그리고는 눈 깜빡할 사이에 저택 안으로 사라졌다.

너무나 갑작스런 사태에 모두들 어리둥절해하며 꼼짝도 못하고 있을 때 그린스노우의 뒤를 쫓은 이는 샤리프뿐이었다. 그제야 정신을 차린 렉스도 재빨리 샤리프의 뒤를 따라 저택 안으로 몸을 날렸다.

그린스노우의 뒤를 쫓아 2층을 달리던 샤리프는 그가 어느 방으로 들어가는 것을 보고 곧바로 방으로 뛰어들었다.

간발의 차이로 방에 들어선 샤리프의 눈에 두 명의 사내가 가슴을 끌어안고 쓰러지는 모습과 침대에 누워 있던 어린아이를 부둥켜안으려는 그린스노우의 모습이 보였다.

샤리프의 모습을 발견한 그린스노우는 재빨리 어린아이를 품에 안고는 반지를 낀 손을 머리 위로 뻗었다.

“워…….”

그린스노우의 음성이 들림과 샤리프의 손에서 배틀 엑스가 날아간 것은 거의 동시였다.

“큭!”

절반 이상 잘린 손목에서는 선혈이 솟구쳤고, 그린스노우가 잠시 움찔하는 사이 뒤이어 방으로 들어온 렉스는 지체없이 그린스노우를 향해 몸을 날렸다. 그리고는 상처 입은 상대의 손목을 잡고는 재빨리 뒤로 꺾어 손가락에 끼고 있던 워프의 반지를 뽑아내고는 뒤로 물러섰다.

그린스노우를 상대하는 샤리프와 렉스의 행동은 마치 사전에 약속이라도 한 듯 한 치의 오차도 없었다.

“미안하지만 그대를 그냥 보낼 수 없는 것이 우리 입장이라서 말이오. 이해를 바라진 않겠소이다만 우리에게 협조를 해주셔야겠소이다.”

렉스의 말에 잠시 망설이던 그린스노우는 자신의 품에 안겨 있는 아들의 얼굴을 바라보았다. 이런 소란 속에서도 정신없이 잠에 빠져 있는 아들이 정신을 차리는 시간은 태양이 뉘엿뉘엿 저무는 저녁 시간뿐이었다.

비록 걷지도 못하고 침대에서 생활하는 것이 전부였지만 그린스노우는 그것만으로도 감사히 생각하고 있었다. 맑은 미소를 보이는 아들의 얼굴을 보는 것, 그것이 요즘 그린스노우의 유일한 낙이었다.

그런 자신의 행복을 빼앗으려는 렉스들을 도저히 용서할 수 없었다. 하지만 자신에게는 이들을 물리칠 능력이 없었다.

자신 혼자라면 목숨을 잃는 한이 있어도 탈출을 시도해 보겠지만 자신의 품에는 아들이, 또 아내인 안젤라는 저들의 손에 잡혀 있다. 한 여인의 남편으로, 또 한 아이의 아버지로서 도저히 혼자만 살겠다고 도주할 수는 없는 일이었다.

그린스노우는 선혈이 솟구치는 손목을 지혈할 생각도 하지 않은 채 떨어지지 않는 입을 억지로 떼었다.

"내 아내와 아들을 해치지 않고 석방한다면 기꺼이 내 목숨이라도 내놓겠다. 그러나 만약 그럴 수 없다면 가족의 목숨을 내 손으로 끊고 그대들을 죽일 것이다. 만약 내가 그대들 손에 죽는다면 유령이 되어서라도 반드시 복수를 할 것이다. 어떻게 하겠는가?"

"이거야 원, 우리가 완전히 악당이 돼버렸군. 아무래도 좋소. 미안하지만 그 아이는 내려놓고 지금부터 우리의 지시에 따라주었으면 좋겠소."

렉스의 말에도 그린스노우는 좀처럼 아이를 내려놓지 못하고 있었다. 렉스는 그런 그린스노우의 심정이 이해가 되었기에 그를 재촉하지는 않았다. 대신 그에게 부상을 입은 그린 윙 기사단 단원들의 상처를 힐링 포션으로 치료해 주고는 방에서 나가도록 지시했다.

"무슨 일이 있어도 귀하의 부인과 아들만큼은 무사할 것이라는 것을 내 이름을 걸고 맹세하겠소."

　한참을 망설이던 그린스노우는 그제야 결심한 듯 조심스럽게 아이를 침대에 눕혔다. 렉스는 비로소 그린스노우의 아들을 확인할 수 있었다.

　앙상하게 말라 뼈밖에 남지 않은 몸에 병색이 완연해 보이는 얼굴은 보는 이로 하여금 연민의 정을 느끼게 했다. 게다가 눈을 감고 있는 모습이 잠이 든 것인지, 아니면 기절을 한 것인지 구별하기 어려울 정도였다.

　보들보들한 볼과 해맑은 미소를 가졌어야 할 아이의 얼굴에는 튀어나온 광대뼈와 움푹 들어간 눈, 축 늘어진 얼굴 가죽뿐이어서 나이가 몇 살인지 짐작도 되지 않았다.

　“일단 상처부터 치료를 하시오.”

　말과 함께 렉스가 내민 힐링 포션 병을 그린스노우는 아예 쳐다보지도 않고 그저 아들의 얼굴만을 바라보고 있었다. 렉스가 재차 권하자 그린스노우는 힐링 포션 병을 받아 들고는 그대로 손목에 들이부었다. 상처는 빠르게 아물었지만 이미 그동안 제대로 지혈을 하지 않았기 때문인지 그의 안색은 상당히 창백했다.

　“쯧쯧쯧, 평생 침대를 떠날 수 없겠군.”

　“아저씨, 그게 무슨 소리요?”

　“아마도 세상에 태어나자마자 마계의 알을 구해 복용시킨 모양이야.”

　“그, 그렇소이다. 그런데 그걸 어떻게……?”

　자신과 비슷한 연배로 보이는 중년 사내가 자신에게 반말을 했지만 지금 그린스노우에게 중요한 것은 그것이 아니었다.

　“내가 잠시 아이를 살펴봐도 되겠는가?”

“무, 물론이오.”

그린스노우는 얼른 크리샨트에게 자리를 비켜주었다.

침대로 다가간 크리샨트는 아이를 향해 손을 뻗었고, 그의 손에서는 신비스럽게 느껴지는 밝은 파란색의 마나가 뻗어 나와 아이의 몸을 휘감았다.

잠시 파란색의 마나는 아이의 몸속으로 스며들었고, 생각 탓인지는 모르지만 잠든 아이의 얼굴이 편안해 보였다. 다른 사람은 느낄 수 없는 미미함이었지만 그린스노우만큼은 분명히 느낄 수 있었다.

“물론 이 아이가 태어났을 때 마계의 알을 복용시켰기 때문에 지금껏 살아 있는지 모르지만 이 아이가 지금 이런 모습을 하고 있는 것도 마계의 알 때문이라는 것은 분명하네.”

“그, 그럼 제 아들이 나을 방법이 없다는 말입니까?”

“자네가 마계의 알에 대해서 얼마나 아는지 모르지만 마계의 알이 인간의 능력을 증폭시켜 주고 숨은 능력을 찾아주기도 하지만 커다란 문제가 있네. 그것은 복용하는 자의 나이가 최소 열다섯 살 이상이 되어야만 한다는 것이네. 이유는 마계의 알이 가진 힘이 너무 강하기 때문에 숙주가 마계의 알이 가진 힘을 견딜 수 없기 때문이지. 마계의 알은 숙주의 심장과 결합을 해서 능력을 발휘하는데 어린 나이에 마계의 알을 복용하게 된다면 육체가 성숙하기 전이기 때문에 숙주는 단지 그에게 피를 제공하는 제물에 불과하지. 게다가 지금 상태라면 조금씩 더 나빠질 가능성도 없지 않아.”

크리샨트의 설명에 그린스노우는 안타까운 눈길로 잠들어 있는 아들의 얼굴을 바라봤다.

“현재의 상태에서 조금 나아질 수는 있을지 모르겠지만 완치가 되는

것은 불가능한 일이야. 신께서 개입한다면 혹시 또 모르겠지만 말이
야."

크리샨트의 마지막 말은 현실적으로 아무런 희망도 없다는 말과 다
를 것이 없었다. 그린스노우는 크리샨트의 말에 가슴이 찢어지는 듯한
슬픔이 밀려들었지만 그의 말속에 담겨 있는 한 가닥 희망의 끈을 놓
치지 않았다.

"방금 지금 상태보다 조금 더 나아질 수 있는 방법이 있다고 했소?"

"그런 방법이 존재하기는 하지."

"무슨 방법이오? 저 아이가 지금보다 조금이라도 나아질 수 있는 방
법이 있다면 무슨 짓이든 하겠소. 그러니 그 방법을 제발 가르쳐 주시
오."

간절한 그린스노우의 모습을 흘낏 바라본 크리샨트는 다시 렉스의
얼굴을 쳐다봤다. 크리샨트와 눈이 마주친 렉스는 뭔가 찜찜한 생각이
드는 것을 피할 수 없었다.

'이 늙은이가 무슨 수작을 부리려고 이러는 거지?'

"이 아이가 지금보다 상태가 나아지려면 드래곤의 피를 구하는 수밖
에 없네. 드래곤의 피는 누가 뭐래도 지상에서 가장 왕성한 생명력을
가지고 있지. 만약 이 아이가 드래곤의 피를 마신다면 완전히 병이 낫
지는 않겠지만 최소 침대를 벗어날 수 있다는 것만은 내가 보장을 하
지."

"드래곤의 피……."

나직하게 중얼거리는 그린스노우의 얼굴에는 절망적인 기색이 가득
했다.

"방법이 없는 것도 아니니까 실망할 필요는 없네."

“무슨 말씀이오? 그럼 드래곤의 피를 구할 방법이 있단 말이오?”

“당연히 있지.”

“그렇다면 부디 말씀해 주시오. 이 은혜만큼은 절대 잊지 않겠소. 제발……..”

“앞에 있는 그 청년에게 부탁을 해보게. 아마 지상에서 그만이 유일하게 드래곤의 피를 구할 능력이 있지.”

크리샨트의 말에 그린스노우의 눈은 자연스럽게 렉스에게로 향했고, 렉스는 뜻하지 않은 크리샨트의 말에 당황하지 않을 수 없었다.

“아, 아저씨, 지금 무슨 말을 하고 있는 거요?”

“내가 없는 말을 했나? 자네가 도네에게 부탁을 하기만 하면 드래곤의 피쯤은 얼마든지 구할 수 있지 않은가? 왜, 내 말을 부정할 텐가?”

예상치 못한 크리샨트의 추궁에 렉스는 할 말을 잊었다. 하지만 그린스노우는 아니었다. 렉스에게 다가와서는 무너지듯 그 자리에 주저앉았다. 무릎을 꿇은 그린스노우는 렉스의 다리를 붙잡았다.

“제발 내 아들을 구해주시오. 그대가 원한다면 그대의 노예라도 되겠소. 그러니 제발 내 아들을……..”

“어, 어서 일어서시오, 피어스 후작.”

“그대가 내 부탁을 들어줄 때까지 이렇게 하고 있겠소. 그러니 부디 아들을 위해 드래곤의 피를 구해주시오. 이렇게 부탁을 하겠소.”

그린스노우는 아예 머리까지 숙여가며 렉스에게 부탁을 했다. 딴전을 피우고 있는 크리샨트를 무섭게 노려보고는 곧 입을 열었다.

“내가 어떻게든 구해볼 테니까 그만 일어나시오.”

“정말이오?”

“이런 일에 어찌 농담을 하겠소. 일단은 아드님과 함께 계시오. 곧 다시 돌아오겠소."

그린스노우를 일으켜 세운 렉스는 크리샨트 쪽으로 걸음을 옮겼다. 그리고는 이를 악물며 말을 했다.

"뿌드득, 잠깐 나 좀 봅시다."

"그렇게 하세나."

복도로 나온 렉스는 크리샨트가 방에서 나오자마자 따지듯 그에게 물었다.

"대체 무슨 수작을 부리는 거요? 내가 아까 분명히 인간들이 하는 일에 참견하지 말라고 하지 않았소. 그럼에도 불구하고 나한테 이렇게 이상한 상황을 떠넘긴 이유는 대체 뭐요? 크리샨트 아. 저. 씨!"

얼굴이 벌겋게 변한 렉스의 모습에 크리샨트는 렉스의 일을 도와주려다가 오히려 욕만 얻어먹을 상황이 될지도 모른다는 생각에 황급히 입을 열었다.

"이보게 렉스, 뭘 그리 흥분을 하고 그러나? 내가 그런 이야기를 꺼낸 이유는 그 피어스 후작이란 작자가 절대 고문 같은 것에 굴복할 인간이 아니라고 보았기 때문이네. 때마침 그에게는 병든 아들이 있고, 만약 그에게 도움을 준다면 감격해서 자네가 하고자 하는 일에 순순히 협조를 할 것 아닌가? 그리고 또 한 가지, 조금 전 자네들이 보여준 싸움 장면이 너무나 예술적이기에 구경한 값으로 내가 꾸민 일이란 말이네."

크리샨트의 장황한 설명에 렉스는 미심쩍다는 표정을 지으며 늙은 드래곤의 얼굴을 유심히 살폈다.

"정말… 내 일을 돕기 위해 이런 일을 꾸몄단 말이오?"

"당연하지. 난 자네라는 인간이 참 마음에 드네. 사내답고, 또 강하고, 멋있게 생기기도 했을 뿐더러 상대의 마음을 편하게 만드는 독특한 분위기가 있거든."

"하긴 나처럼 잘 나기도 힘들지."

'휴~ 겨우 진정이 된 것 같군. 그동안 지메로스가 이 단순, 무식한 인간에게 겪었을 고생이 눈에 선하구나.'

말 몇 마디에 금세 화를 풀고 자화자찬하는 렉스의 모습에 크리샨트는 안도의 한숨과 함께 그의 단순함에 혀를 내둘렀다.

"그런데 드래곤의 피는 어떻게 처리를 할 거요?"

"내가 헌혈(?)을 좀 하지."

"그건 그렇고 진짜 드래곤의 피가 저 아이에게 효과가 있기는 있는 거요?"

"내가 조금 전에 한 말은 모두 사실이라네. 저 아이의 병이 완치가 되지는 않겠지만 보통 사람처럼 살 수 있을 것이네."

"그럼 다행이오."

고개를 끄덕이는 렉스의 모습에 크리샨트는 확실히 인간들의 삶은 복잡하기 이를 데 없다는 생각을 했다.

조금 전까지 그린스노우의 목숨을 노리던 렉스가 지금은 그의 아들이 병세가 호전될 수 있다는 말에 안도하는 모습을 보이는 이유를 크리샨트는 좀처럼 이해할 수 없었다.

제 9 장

피어스 후작

피어스 후작

"자~ 모일 사람들은 다 모인 것 같으니 그럼 지금부터 심문을 하겠소. 먼저 묻고 싶은 것은… 지금으로부터 14년 전 왕실에 쿠데타가 있을 때 귀하도 참가했었소?"

"그렇소."

자신의 질문에 담담히 대꾸하는 그린스노우의 모습을 바라보던 렉스는 다음에 무엇을 질문해야 할지 망설여졌다.

"참가한 이유는 무엇이오?"

"국왕의 무능 때문이었소."

그린스노우의 대답은 단호했다.

"무능?"

"그렇소. 귀하가 전대 국왕이신 브랜든 국왕 폐하에 대해 얼마나 아는지는 모르지만 나이 마흔이 넘은 사람 누구에게나 물어보시오. 연일 계속되는 연회나 파티를 열어 국고를 낭비한 것은 물론 국민들이야 어떻게 살든 말든 정사를 돌볼 생각은 하지 않고 귀족들과 노는 것에만 빠져 있었소. 또…….”

그때 소리없이 문이 열렸고 하이렌과 세이버가 실내로 들어왔다. 그러나 사람들은 그린스노우의 말에 집중해 있느라 미처 그 사실을 깨닫지 못하고 있었다.

“브랜든 국왕은 간교한 자들의 말에 속아 세금을 높였고, 귀족들에게는 작위를 남발했소. 또 마음에 들지 않는 자들에겐 없는 일까지 만들어 숙청해 버렸단 말이오. 내가 쿠데타에 가담한 것은 레트로니아 왕국의 장래를 염려했기 때문이었소. 나는 쿠데타에 가담한 일을 부끄럽게 생각하거나 감출 생각은 조금도 없소.”

그린스노우의 음성은 그리 크지 않았지만 확고한 신념에 가득 차 있다는 것만큼은 분명히 느낄 수 있었다.

작은 회의실에 모여 있던 10여 명의 사람들과 드래곤들은 그런 그린스노우를 유심히 바라봤고, 그린스노우는 가슴을 편 채 담담한 모습을 보이고 있었다.

“그럼 쿠데타에는 어떻게 참석한 것인가, 피어스 후작?”

음성이 들린 쪽으로 고개를 돌린 그린스노우는 조금은 당황하며 서둘러 자리에서 일어나 허리를 숙였다.

“하이렌 황태자 전하, 이렇게 누추한 곳에 어쩐 일로……?”

인사하던 그린스노우는 하이렌과 그의 등 뒤에서 매서운 눈길을 보내고 있는 세이버의 모습을 발견하고는 두 사람이 왜 자신의 집에 찾아온 것인지 짐작이 가지 않았다.

다른 사람들이 분분히 자리에서 일어나 하이렌에게 인사할 때도 렉스나 네 마리 드래곤은 그냥 멀뚱히 황태자의 얼굴을 바라볼 뿐이었다.

"레이시어…… 아니, 렉스, 할아버지와 함께 오느라 조금 늦었다."

"알았으니까 자리에 앉기나 해."

퉁명스러운 렉스의 대답에 하이렌은 일부러 렉스 곁으로 다가가 앉았다. 잠시 어수선했던 실내 분위기는 곧 차분하게 가라앉았다.

"우리끼리의 이야기는 나중에 나누자. 피어스 후작, 대답해 주시오. 어떻게 해서 쿠데타에 참가하게 된 것이오?"

"제가 쿠데타에 참가하게 된 것은……."

잠시 망설이던 그린스노우는 곧 입을 열었다.

"제가 쿠데타에 참가한 이유는 절친한 친우가 나에게 쿠데타에 참가하기를 권했기 때문입니다."

"친우? 그 사람이 누구요?"

"마리노… 크리시나 후작입니다."

렉스는 고개를 갸우뚱거리며 그를 기억하려 했지만 아무리 생각해 봐도 전혀 기억이 나지 않았다.

"마리노 크리시나 후작은 40대 중반으로 사상가에 가까운 인물로 알려졌어요. 그가 후작에 봉해진 것은 13년 전, 그러니까 레트로니아 왕국에 쿠데타가 있은 다음 해지요. 유창한 달변으로 그와 대화를 나눈 사람은 그의 포로가 된다고 알려질 정도로 말을 잘했던 사람이에요. 현 국왕께서 즉위를 하시고 한동안 정력적으로 활동을 하다가 4년 전 갑자기 실종이 됐는데 그가 어디로 사라진 것인지 알려진 것이 거의 없어 현재까지 미스터리로 남아 있는 사건이에요."

로자린의 긴 설명에 일행들은 놀라움을 감추지 못했다.

대체 그녀의 머리 속에는 얼마만큼 많은 정보가 들어 있는 것일까?

"설명 감사합니다, 휘나가르트 부인."

"아니에요, 렉스님."

렉스의 인사에 로자린의 볼이 붉어졌다.

결혼을 했을 때나 납치를 당했을 때, 또 남편과 헤어져 있을 때 그녀의 정체를 아는 사람이 없었기에 그녀를 누구의 부인이라고 불러준 사람이 아무도 없었다. 그런데 지금 렉스에게 그 말을 듣고 자신이 안드레이의 아내이고, 또 곁에 남편이 있다는 사실을 깨달았기 때문이다.

"부인께서 어떻게 그 친구에 대해 자세히 알고 있는지는 모르겠지만 부인의 말은 대부분 사실이외다. 그러니까 쿠데타가 있기 약 6개월 전쯤 그 친구가 날 찾아왔었소이다. 오랜만에 찾아온 마리노 그 친구는 나에게 당시 국왕의 실정(失政)과 쿠데타의 당위성에 대해 장시간 설명을 했소. 그러면서 나에게 쿠데타에 참가해야 함을 강조했소이다."

그린스노우의 얼굴에는 당시의 모습을 회상하는 듯 아련한 그리움이 묻어 있었다.

"한 가지 이상한 것은 쿠데타에 참가한 사람들은 검은 달 교단이라는 처음 들어보는 단체에 가입을 해야만 한다는 것이었소. 아모데우스를 모시는 교단이라고 들었지만 당시에는 모든 관심이 쿠데타에 쏠려 있었기 때문에 어느 단체에 가입하느냐 하는 것은 그리 중요한 일이 아니었소. 결국 난 쿠데타에 참가했고, 쿠데타는 성공했소. 다만 아쉬운 점은 실정의 주인공인 국왕만 처단하고 왕비와 왕자는 유폐하는 것으로 끝났으면 좋았을 것을 두 사람의 목숨까지 빼앗았다는 것이오. 어쨌든 나는 쿠데타가 성공한 후 다시 가문으로 돌아왔고 정치에는 참가하지 않았소."

그린스노우의 설명을 들은 렉스는 머리 속으로 열심히 정리하면서 뭔가 석연치 않음을 느꼈다.

"오해가 없기를 바라겠소. 귀하의 친구인 크리시나 후작이 귀하를 찾아 쿠데타에 참가를 시켰다면 크리시나 후작도 검은 달 교단에 대해 잘 알고 있었을 것이오. 그렇지 않소?"

"내가 짐작하기에도 그런 것 같았소이다."

"그럼 혹시 그에게 검은 달 교단의 대교황이나 카오스에 대해 이야기를 듣거나 직접 그들을 만나본 적은 없었소?"

"내게 그런 자리를 마련하겠다는 소리를 하기는 했지만 내가 거절을 했소이다. 내 뜻은 순수하게 쿠데타에만 있었을 뿐 그것을 이용해 누군가에게 보상을 받는다는 생각은 없었기 때문이오. 그리고 그럴 시간도 없었던 것이 병약한 내 아들 때문에 집을 떠날 수 없었기에 그들을 만날 시간이 없었소."

그린스노우의 대답에 렉스는 아쉬운 생각이 들었다.

만약 그가 대교황이나 카오스란 자를 만났다면 그들에 대한 정보를 어느 정도를 입수할 수 있었을 것이라고 생각하니 더욱 아쉽다는 생각이 들었다.

"그럼 마계의 알은 언제 아드님에게 복용시킨 건가요?"

아무래도 출산의 경험이 있는 어머니이기 때문일까? 로자린은 그린스노우가 아들에게 언제 마계의 알을 복용시킨 것인지 그것이 더 궁금했다.

"그러니까 내가 쿠데타에 참가하고 4년 정도가 지난 때였을 것이오. 결혼 후 10여 년 동안 아이가 생기지 않아 거의 포기 상태였던 나는 아내에게 드디어 아이가 생겼다는 말을 듣고 뛸 듯이 기뻐했소. 그리고 아들이 태어나는 날 난 세상을 모두 얻은 것처럼 무척이나 기뻐했소."

얼굴 가득 기쁨에 차 있던 그린스노우의 얼굴이 삽시간에 다시 어두워졌다.

"하지만 아들이 태어나고 3일이 지난 후 아기의 자지러지는 듯한 울음소리에 나와 아내는 깜짝 놀라 아기의 방으로 달려갔소. 아기를 발견하는 순간 우리는 우리의 눈을 의심하지 않을 수 없었소. 마치 지독한 화상이라도 입은 듯 온몸에 물집이 가득 잡힌 채 울음을 터뜨리고 있었기 때문이오."

그린스노우의 말에 로자린의 얼굴에 안타까움이 스치고 지나갔다.

"급히 디안 켈트 교단의 프리스트를 불러 아이의 화상을 치료하기는 했지만 왜 아이가 화상을 입었는지 그 이유를 알 수 없었소. 그러다 우연치 않는 기회에 아이에게 화상을 입힌 범인을 밝힐 수 있었소."

"대체 아이에게 그런 몹쓸 짓을 한 사람은 누군가요?"

로자린의 질문에 그린스노우는 쓴웃음을 지었다.

"태양이었소."

"예?"

"이유는 알 수 없었지만 아이는 햇볕이 살에 닿을 때마다 지독한 화상을 입었던 것이오. 믿을 수 있겠소? 햇볕이 살갗에 닿을 때마다 화상을 입다니…… 여리디여린 아기의 피부에 화상으로 인한 물집이 잡힐 때마다 할 수만 있다면 태양을 박살 내고 싶은 심정이었소."

"태양의 신 엘라하께서 들으셨으면 기절할 소리군."

도네의 말에도 그린스노우는 아무런 대꾸도 하지 않았다.

"유일한 방법은 아이의 방을 어둡게 만드는 것뿐이었소. 시간이 지날수록 아이의 병은 더욱 심해졌고, 나중에는 촛불의 불빛에도 화상을 입을 정도였소. 칠흑처럼 어두운 방에서 살아야만 하는 아이를 보는 부모의 심정은 참혹하기 이를 데 없는 것이었소. 그 아이가 세상에 태어난 지 1년도 되지 않았을 때는 몸에서 발생하는 열 때문에 저절로 물집이 생길 정도였소. 연약한 아이의 살은 짓무를 대로 짓물렀고, 상처 없는 곳이 없었소. 우리 부부는 그 아이를 살리기 위해 모든 노력을 다했지만 모든 것이 수포로 돌아갔소."

그린스노우의 음성이 비록 담담하기는 했지만 그 음성 속에는 아들의 깊어가는 병세를 그저 지켜보아야만 했던 진한 부정이 가득 담겨 있어 듣는 이의 심금을 울렸다.

"어느 날 친구 마리노의 선물이라며 전달된 작은 상자 안에는 작은 새알처럼 생긴 물건이 들어 있었소. 함께 들어 있던 편지의 내용으로는 그것이 마계의 알이고 그 알만 먹이면 아들의 병이 나을 수 있다는 것이었소. 물론 의심이 가기는 했지만 다른 방법이 없었기에 우리 부부는 마계의 알을 아들에게 복용시키기로 결정했소. 그리고 그 마계의 알을 복용시킨 그날 밤 아이는 태어나서 처음으로 깊은 잠을 잘 수 있었소. 귀하들은 아마 모를 것이오. 편안하게 잠든 아이를 바라보며 감격의 눈물을 흘렸던 우리 부부의 심정이 얼마나 기뻤는지 말이오."

그린스노우의 음성은 애써 담담함을 유지하려고 했지만 조금 전과는 달리 분명히 기쁨이 배어 있었다.

"그렇지만 검은 달 교단에서 아무런 조건 없이 마계의 알을 아드님께 제공했을 리 없었을 텐데, 그렇지 않습니까?"

"귀하의 말이 맞소. 검은 달 교단에서는 포얀 시에 검은 달 교단의 거점을 확보할 때까지 임시 집결 장소로 사용할 곳을 제공하라고 했소. 남들의 이목을 끌지 않는 곳이라는 조건을 달았기에 난 우리 집을 이용하라고 했소. 그때는 내 아들의 병이 나아가는 것을 내 눈으로 직접 확인하던 때라 그들의 부탁은 무엇이든 들어주고 싶었소.”

일행들은 그린스노우의 말을 충분히 공감했다.

어느 부모인들 그러지 않겠는가? 상대는 불치의 병으로 죽어가는 아들의 생명을 구해준 생명의 은인인데 그들이 요구하는 것은 그것이 무엇이든 모두 들어주고 싶었을 것이다.

물론 그런 행동이 옳은 일인가, 아니면 해서는 안 될 일인가에 대한 이성적인 판단보다는 아들의 생명을 구해주었다는 감정적인 판단이 앞설 수밖에 없다는 것도 충분히 이해가 갔다.

분명 이해는 됐지만 왠지 입맛이 씁쓰름했다.

그렇게 많은 교단과 잘난 프리스트들은 다 어디 가서 뭘 하고 있었기에 그린스노우의 아들을 구하지 못한 것일까 하는 생각이 거의 동시에 일행들의 뇌리를 스치고 지나갔다.

“그렇다면 검은 달 교단의 추기경이 된 것은 언제요?”

“그건 정확히 모르겠습니다, 황태자 전하. 그저 몇 년 전인가 마리노가 편지로 제가 검은 달 교단의 추기경이 됐다고 전해왔습니다. 하지만 제가 추기경이 되었다고 해서 이전과 달라진 것도 없었고, 그들이 특별히 요구한 것도 없었습니다. 다만 포섭이 될 만한 인물들을 골라 포섭해 달라는 이야기가 있기는 있었습니다. 하지만 제 성격이 사람들 만나는 걸 별로 즐기는 편이 아니기 때문에 실제로 검은 달 교단으로 끌어들인 사람은 없습니다.”

“그럼 그들의 집결지나 각 도시의 아지트 같은 곳의 위치는 모르겠구려?”

“죄송하지만 아이 때문에 집에만 있었기에 아는 것이 거의 없습니다.”

그린스노우의 대답에 하이렌은 낙심한 표정을 감추지 못했다. 자신의 서재에서 렉스의 연락을 받을 때만 하더라도 커다란 단서를 잡아 검은 달 교단의 덜미를 잡을 수 있을 것이라 생각하고 크게 기뻐했다. 하지만 그린스노우에게서 아무런 정보도 얻지 못하자 실망스러운 것은 솔직한 마음이었다.

일행들 모두가 실망감을 감추지 못하고 있을 때 그린스노우가 입을 열었다.

"이것이 단서가 될 수 있을지 모르겠지만……."

"무엇이든 좋소. 단서가 될 만한 것을 알고 있다면 어서 말해 보시오."

"예, 황태자 전하. 제가 전에 들었던 이야기 가운데 하나가 검은 달 교단 가운데에서도 실질적인 전투부대인 다크 루미니언에 관한 것이었습니다. 다크 루미니언의 본부가 어디인지는 알 수 없지만 일정한 교육을 받은 다크 루미니언의 단원들은 모두 현지에서 활동을 하게 되는데 그들의 집결 장소가 〈어두운 밤〉이란 술집이라고 들었습니다."

"제가 조금 전에 그곳을 다녀왔지만 그곳에는 술집 주인과 종업원으로 위장한 두, 세 명의 어쎄신이 전부였소이다."

안드레이의 지적에 그린스노우는 고개를 끄덕였다.

"물론 평상시의 모습은 그렇소. 하지만 술집 지하에는 은밀하게 마련된 지하실이 있고, 다크 루미니언의 어쎄신들은 지하 통로를 통해 그곳을 출입하오. 게다가 평소에는 일반인으로 살아가기 때문에 그들이 다크 루미니언의 어쎄신들이라는 것을 알아내기란 쉬운 일이 아니오. 집결을 명령하는 것은 간단하오. 술집의 간판에 구름에 반쯤 가려진 달을 그려놓으면 그날 자정에 술집 지하로 집결하도록 훈련이 되어 있소이다. 그리고 집결할 때는 반드시 복면을 착용하게 되어 있소. 자신의 정체를 감추는 효과도 있지만 혹시 적에게 사로잡혔을 때 동료의 정체를 발설하지 못하게 만드는 효과도 있소. 그곳에서 그들은 상부로부터 하달된 명령을 수행하게 되는 것이오. 임무를 수행한 후 어쎄신들은 그곳에서 해산을 하게 되고 각 조의 조장으로 임명된 자들만 다시 술집으로 집결해 보고를 하고 지하 통로를 이용해 해산을 하오.”

일행들은 지독하게 철저한 점 조직으로 이루어진 검은 달 교단의 행사에 고개를 흔들 수밖에 없었다. 그린스노우의 말대로라면 설사 그들을 포로로 잡았다고 하더라도 그들의 동료가 누구인지 밝혀내기란 불가능한 일이었기 때문이다.

“그리고 참고적으로 말하면 아까 여관으로 보냈던 어쎄신들은 2급 어쎄신들이라는 것을 알아두는 것이 좋을 거요.”

“잠깐, 후작의 말대로라면 다크 루미니언의 어쎄신들도 등급이 있단 말이오?”

“그렇습니다, 전하. 등급은 실력에 의해서 정해지는데 2급 어쎄신들은 초승달의 문신을, 1급은 반달의 문신을, 그리고 특급 어쎄신들은 검은 보름달을 문신으로 가지고 있소. 2급의 어쎄신이 되려면 소드 익스퍼트 최상급의 검술 실력을 가지고 있어야만 하오. 1급 어쎄신은 소드 마스터 초급 이상, 특급 어쎄신이 되려면 최소 소드 마스터 중급 이상이 되어야만 될 수 있는 최강의 암살자들이오.”

그 말을 듣는 순간 사람들은 소름이 오싹 끼쳤다.

한평생 검술을 익힌다 하더라도 소드 익스퍼트 중급이 고작인 사람들이 세상에는 부지기수였다. 물론 이 자리에 있는 사람들은 예외였지만 소드 마스터 초급이 되려면 대체 얼마만큼의 훈련을 쌓아야 될 수 있을지 어느 누구도 장담할 수 없는 일이다.

그런데 소드 마스터 중급의 검술 실력을 가진 암살자가 있다는 그린스노우의 말이 어찌 두렵지 않겠는가? 검은 달 교단에 대해 알면 알수록 상상을 초월한 일뿐이었다.

다크 스파이더의 괴상한 인간들만 해도 상당한 부담이었는데 이제는 다크 루미니언의 소드 마스터 중급의 실력을 가진 어쎄신마저 상대를 해야만 한다니…….

일행들의 얼굴이 어두워지는 것을 보며 렉스는 켈러가 자신에게 한 특급 어쎄신들이 출동했으면 임무에 성공했을 것이란 말이 그제야 이해가 갔다. 소드 마스터 중급 정도 되는 검술 실력을 가진 자들이 자신들의 목숨을 노린다면 렉스나 안드레이, 샤리프마저 완전히 마음을 놓을 수 없는 일이었다.

게다가 최소 소드 마스터 중급이라면 소드 마스터 상급이나 그 이상의 검술 실력을 가진 자도 없으란 법이 없지 않은가?

"그럼 아까 말한 내용에서 간판에 표시할 때 초승달이냐, 반달이냐, 보름달이냐에 따라 출동하는 어쎄신들이 다르단 말씀이십니까?"

"그렇네."

모네스의 질문에 대답을 한 그린스노우는 그의 예리한 판단력에 고개를 끄덕였다.

"다시 말하자면 이곳 포얀 시에 다크 루미니언의 세 가지 등급 어쎄신 모두가 있다는 말 아닙니까?"

"잘 보았네. 누가 다크 루미니언의 어쎄신인지는 모르지만 분명 세

종류의 어쎄신들이 포얀 시 곳곳에 퍼져 있을 것이네. 하지만 내가 조금 전 단서라고 한 것은 그들의 집결 장소에 관한 것이오. 확실하다고 장담할 수는 없지만 그들은 주로 집결 장소로 가게를 이용하는 것 같았소. 아마도 많은 사람들이 왕래를 하는 곳이니 손님으로 위장하기가 쉽기 때문일 것이라는 것이 내 생각이오. 가게의 공통적인 특징은 가게의 이름에 '어두운'이나 '검은'이라는 단어가 반드시 들어간다는 것이오."

그린스노우의 말에 사람들은 어이가 없었다.

지독하게도 치밀하게 점 조직으로 움직이던 그들이 설마 이렇게 유치할 정도의 간단한 방법으로 자신들을 숨기고 있을 줄은 상상도 못했다. 하지만 그린스노우의 지적이 없었다면 절대 알아내지 못했을 것이다.

"피어스 후작님의 도움으로 그들의 집결 장소를 알았다고는 하지만 문제가 없는 것도 아닙니다. 하나의 도시에 얼마만큼 많은 가게가 있을지 모르는데 우리가 언제 그 가게들을 다 조사할 것이며, 또 한날한시에 그곳을 공격하지 않으면 우리들의 이목을 피해 또다시 어둠 속으로 모습을 감출지 모르는 일입니다. 게다가 피어스 후작님의 말씀대로 다크 루미니언의 어쎄신들이 신분을 감추고 있다면 조사하는 과정에서 우리가 그들을 조사하고 있다는 것이 발각될지도 모르는 일입니다. 또 검은 달 교단의 신도들을 색출하는 것도 문제가 아닐 수 없습니다. 이 모든 것을 동시에 해결하지 않으면 오히려 검은 달 교단에게 반격할 기회를 주게 될 겁니다."

안드레이의 말에 사람들의 가슴은 일제히 답답해졌다.

이거야말로 진퇴양난이 아닐 수 없었다.

이런 와중에 렉스를 노려보는 사람이 있었다.

자신을 째려보는 듯한 시선에 짜증이 난 렉스가 고개를 돌려 상대를 확인하고 보니 메디안이었다.

"왜 날 째려보는 거지?"

"여관에서 피어스 후작은 나에게 맡긴다고 했잖아."

메디안의 대답에 렉스는 기가 막히고 어이가 없었다.

"휴우~ 그래서 날 노려보고 있었던 거야?"

"당연하지. 재미있을 만한 건 지들끼리만 다 하고……."

메디안의 툴툴거림에 일행들은 할 말을 잃었고, 그린스노우는 순식간에 자신을 장난감 신세로 만들어 버린 메디안을 매섭게 노려보았다.

자신이 본 것이 정확하다면 메디안의 실력은 소드 마스터 초급에서 중급 사이 정도였다. 그 정도의 검술 실력을 가지고 있는 자라면 눈빛만 봐도 자신의 검술 실력이 소드 마스터 상급이라는 것을 충분히 짐작할 수 있을 텐데 어째서 자신과 싸우겠다고 고집을 부리는 것인지 알 수 없었다.

그린스노우를 더욱 당황스럽게 만든 것은 자신과 눈이 마주친 메디안이 전혀 눈을 피할 생각을 하지 않는다는 것이었다.

그런 반면 하이렌은 회의실에 모여 있는 사람들을 바라보며 설마 렉스의 동료들이 이렇게 많을 줄은 몰랐기에 그들을 살피기에 여념이 없었다. 그리고 그들 하나하나가 전부 자신보다 뛰어난 검술 실력을 가지고 있다는 것을 깨닫고는 깜짝 놀라지 않을 수 없었다.

특히 대머리사내나 얼음 조각처럼 차가운 중년 사내의 경우에는 쳐다보기도 어려울 정도로 강한 자였다.

이들이 렉스를 돕는 것이라면 그에게 많은 도움이 될 것이라는 생각에 하이렌은 미소를 지었다. 그런 그의 눈에 무엇이 못마땅한지 불만 스런 표정으로 딴 짓을 하고 있는 제로스의 모습이 보였다.

"위대한 존재시여~ 미천한 인간들을 위해 당신의 지혜를 나눠주십 시오."

갑작스러운 하이렌의 말에 인간들은 물론 드래곤조차 깜짝 놀랐다. 더욱이 지목을 받은 제로스는 당황해서 어쩔 줄 몰라 했다.

"뭐, 뭐라고?"

"당신의 해박한 지식으로 저희들이 나아가야 할 길을 가르쳐 주시길 간절히 원합니다."

정중한 하이렌의 말에 제로스는 먼저 크리샨트와 도네의 눈치부터 살폈다. 별다른 반응을 보이지 않는 도네와는 달리 크리샨트는 눈빛을 반짝였다.

"왜 날 보나? 자넨 그린 족의 희망이요, 현자라 불렸던 존재가 아닌 가. 어서 자네의 그 해박한 지식으로 이들이 나아가야 할 방향을 제시 해 주게나."

"크리샨트님."

크리샨트의 농담에 제로스는 울상을 짓고는 이런 문제를 발생시킨 하이렌을 매섭게 노려보았다. 하이렌은 소름 끼치는 제로스의 눈빛에 영문을 알 수는 없었지만 자신이 뭔가 실수했다는 것만은 느낄 수 있 었다.

"농담 그만 하고… 내가 생각하기에는 복잡한 문제일수록 쉽게 풀 어 나가는 것이 제일 좋을 것 같아."

"어떻게 말인가?"

"조금 위험할 수도 있겠지만 그냥 보이는 대로 때려 부수는 거야."

렉스의 말에 은근히 기대를 하고 있던 안드레이는 단순하기 이를 데 없는 그의 대답에 한숨이 나왔다. 아니, 그뿐만이 아니었다. 주위에서 렉스의 말에 귀를 기울이고 있던 사람들의 실망도 상당했다.

렉스는 그런 사람들의 반응에 고개를 갸웃거렸다.

"왜들 그러는 거지? 우리가 그놈들 아지트를 하나하나 부숴 버리면 안드레이의 말처럼 잠시 동안은 숨을 수도 있겠지만 계속해서 피해를 입힌다면 우리를 죽이려고 별 짓을 다 할 것 아니야. 다행히도 우리의 숫자는 적지만 그들보다 훨씬 뛰어난 검술 실력을 가지고 있으니까 금세 당하는 일은 없을 거야. 그렇게 하나하나 그들의 거점을 없애다 보면 언젠가는 그들의 본거지를 찾을 수 있지 않겠어?"

렉스의 말을 가만히 듣고 있던 안드레이는 어쩌면 렉스의 말이 맞을지도 모른다는 생각을 했다. 문제가 없는 것은 아니었지만 몇 가지 세부적인 계획을 덧붙인다면 괜찮을 것 같다는 생각이 들었다.

"가령 예를 들어 이곳 포얀 시에서 그들을 색출하라면 어떻게 하겠나?"

"여기? 포얀 시에서 장사를 하는 모든 가게는 시청에 신고를 해야 하잖아. 그러니까 먼저 시청에 가서 아까 피어스 후작께서 말씀하신 두 가지 특징적인 단어를 사용하는 가게를 찾고 그곳을 급습하는 거야."

"하지만 검은 달 교단과는 아무런 연관 없는 가게들도 있을 텐데 그것은 어떻게 처리하겠나?"

"그거는 나나 자네, 그리고 샤리프님 정도 되면 보기만 해도 그들과 연관이 있는지 없는지 알 수 있지 않겠어?"

마치 예상이라도 한 듯 거침없는 대답에 사람들의 시선이 일제히 렉스에게로 향했다.

"하지만 만약 그들의 숫자가 우리들의 예상보다 훨씬 많다면 어쩔 텐가? 실력으로는 우리가 앞선다고 하더라도 그들이 뿔뿔이 흩어진다면 다 쫓을 수도 없지 않은가?"

"그래, 내가 가장 걱정한 부분도 바로 그 부분이야. 인원이 적다 보니 추격을 할 수 없는 상황이 닥치면 어쩌나 걱정이 되기도 해. 지금보다 실력이 뛰어난 자들이 더 있었으면 좋겠는데 함부로 다른 사람들에게 도움을 청할 수도 없고 말이야."

"글쎄, 도움이 될지 안 될지 알 수는 없지만 잠시 투르멘시아 제국에 다녀와야겠네. 가서 동료들에게 사정을 이야기하고 도움을 청해봐야겠어."

"블랙 이글 기사단 말인가?"

"그래, 내가 알고 있는 사람들은 그들이 유일하거든."

"그럼 저도 제라스탄 왕국에 다녀오겠습니다."

"예?"

"저 역시 레드 그리핀 기사단의 동료들에게 사정 이야기를 하고 도움을 청해보겠습니다."

샤리프의 묵직한 음성에 하이렌이나 그린스노우의 눈은 크게 떠질 수밖에 없었다. 두 사람의 정체를 모르니 그런 것이겠지만 방금 두 사람이 거론한 기사단은 이 뮤즈 반도에서 1, 2위를 다투는 그야말로 최강의 기사단이었기 때문이다.

"만약 그렇게만 된다면 더 이상 바랄 것이 없긴 하지만… 그리 쉬운 일은 아닐 것 같은데……."

"현재로써는 선택의 여지가 없으니 한시라도 바쁘게 움직이는 것이 좋을 것 같네. 투르멘시아 제국까지는 지금 출발한다고 하더라도 두 달 이상 걸리는 먼 길이니 지금 출발하도록 하겠네.”

안드레이가 자리에서 일어서자 샤리프도 따라서 일어났다.

“저는 안드레이님보다 두 달 이상이 더 걸릴 겁니다. 저도 지금 출발하겠습니다.”

“잠깐, 잠깐만 기다려 봐. 제로스.”

“왜?”

“허어~ 갈수록 말이 짧아지네. 이 형의 애정 어린 손길이 그렇게 그리워?”

“아니, 혀엉~”

“이번은 특별히 용서해 주마. 그리고 부탁이 있어.”

“부탁?”

자신도 모르게 반문하던 제로스는 렉스가 자신을 노려보고 있자 찔끔하지 않을 수 없었다.

“일전에 투르멘시아 제국의 바그리안에 간 적이 있었다고 했잖아. 부탁인데 안드레이를 그곳에 데려다 줘. 지금 우리가 하려는 일은 시간과의 싸움이야. 그곳까지 말을 타고 다녀올 시간적인 여유가 별로 없어. 그러니까…….”

“언제 출발할 건데?”

자리에서 발딱 일어서며 말하던 제로스는 렉스의 매서운 눈길에 어쩔 수 없이 다시 입을 열었다.

“렉스 형.”

“준비가 되면 바로…….”

“가자, 워프.”

안드레이를 쳐다본 제로스는 곧바로 시동어를 외쳤다.

느닷없이 두 사람은 사라져 버렸고 남아 있던 사람들은 갑작스런 사태에 어떨떨함을 감추지 못했다.

"제로스 녀석, 말할 새도 없이 이게 뭐야?"

"흥! 네 녀석이 얼마나 지메로스님을 괴롭혔는지 알아? 지메로스님은 네 녀석을 피해 도망치신 거란 말이야!"

샤이베리아는 제로스를 변호하기 위해 렉스에게 매섭게 쏘아붙였다. 하지만 자신이 지금 무슨 소리를 한 것인지, 또 그 내용이 뜻하는 것이 무엇인지 생각지도 못했다.

지상 최강의 생명체라는 드래곤을 괴롭히는 인간이 있고, 또 드래곤이 인간을 피해 도망치다니…… 결코 있을 수 없는 일이었다.

크리샨트와 도네는 자신이 무슨 말을 했는지도 모르고 기세등등한 샤이베리아에게 무슨 말을 해주어야 좋을지 몰랐다.

"험험, 괴롭히기는 누가 괴롭혔다고 그래. 그건 그렇고…… 아저씨, 부탁 좀 합시다."

"제라스탄 왕국까지 저 덩치를 데리고 갔다 오라는 말인가?"

"미안하지만 그렇소. 앞으로 계속 재미있는 구경을 하려면 구경 값을 내야 할 것 아니오? 구경 값을 미리 치른다 생각하고 갔다 왔으면 고맙겠소."

"하는 수 없지. 이제 막 재미있어지려고 하는데 이런 구경을 놓칠 수는 없으니 다녀오겠네. 준비됐나?"

"예, 준비되었습니다. 그럼 렉스님, 다녀오겠습니다."

"조심해서 다녀오십시오. 그리고 무리는 하지 마십시오."

"예, 그럼……."

“워프!”

실내에 영롱한 파란 빛이 번쩍 하는 순간 두 사람의 모습은 감쪽같이 사라졌다.

상황이 정신 차릴 새도 없을 정도로 빠르게 진행되자 하이렌은 혼란스러워하면서도 크리샨트의 정체를 렉스에게 물었다.

“렉스, 조금 전 아저씨라고 부른 사람은…… 마법사냐?”

“마법사? 그렇다고 볼 수도 있지.”

그러면 그런 것이고, 아니면 아니지 그렇다고 볼 수 있다는 것은 대체 무슨 말인가? 하이렌이 궁금증을 감추지 못하고 있을 때 곁에 있던 세이버가 귓속말로 뭔가를 열심히 설명해 주었다.

이야기를 들으면 들을수록 안색이 창백하게 변하던 하이렌은 자리에서 일어나 조심스럽게 도네에게 인사를 했다.

“레드 드래곤이신지 미처 몰랐습니다. 용서하시길…….”

“됐으니까 앉아.”

“저쪽 레이디께서도…….”

“이 아이도 드래곤이야. 블루 족이지.”

“이렇게 인사를 드리게 되어 영광입니다. 저는…….”

“자리에 앉아, 이 멍청아.”

“예?”

“감히 도르미네스님이 계신 곳에서 내가 어떻게 너에게 인사를 받으란 말이냐?”

“무슨 말씀이신지……?”

“어서 앉아.”

샤이베리아의 눈초리가 매섭게 올라가자 하이렌은 영문도 모르면서 자리에 앉아 그녀의 눈치만 보았다.

잠시 어색한 분위기가 이어질 때 이번에는 도네가 자리에서 일어섰다.

"어디 가려고?"

"아까 잡은 녀석들을 감옥에 집어넣어야 할 것 아니야?"

"감옥? 아~ 그래야지. 같이 가."

"어서 따라와."

렉스와 도네가 사이좋게 회의실을 빠져나가자 샤이베리아는 노골적으로 불쾌한 표정을 짓고 있었다. 그리고는 애꿎은 크레이를 들들 볶기 시작했다.

"병신같이~ 왜 한마디도 못하고 있는 거야? 렉스 그 자식이 대체 뭐가 그렇게 잘났다고 그 자식한테 말 한마디 못하고 지내느냔 말이야?"

"샤이베리아님?"

"시끄러, 따라 나와."

"어딜 가시려……."

"제발 나한테 하는 절반만큼이라도 렉스에게 말대꾸를 해봐라."

크레이는 자신보다 훨씬 작은 샤이베리아에게 끌려 회의실을 나갔고, 얼마 지나지 않아 모네스와 바르미아도 자리에서 일어났다.

"회의가 끝난 것 같으니 저희는 이만 나가서 훈련을 할까 합니다. 괜찮을는지요?"

"나, 나가보게."

"감사합니다, 황태자 전하."

공손히 인사를 마친 두 사람도 회의실을 빠져나가니 회의실에 남은 사람들은 더 더욱 어색함을 느껴야 했다. 그리고는 거의 동시에 메디안과 게부레인, 로자린과 듀오네, 로제트가 자리에서 일어섰다.

"재미없어."

"우리도 이만 가보겠소."

"할 이야기가 있어서 이만 나가보겠어요."

"혹시 검은 달 교단이 침입할지도 모르니 경비 병력을 배치해야 하기 때문에 나가봐야 할 것 같습니다."

다섯 사람이 우르르 나가 버리고 회의실에 남은 사람은 하이렌과 세이버, 그리고 그린스노우뿐이었다.

미처 제지할 사이도 없이 나가 버린 일행들의 태도에 세 사람은 어이가 없어 할 말을 잃을 지경이었다. 더욱이 이들을 오늘 처음 본 그린스노우의 놀라움과 어이없음은 상상을 초월할 정도였다.

이렇게 정신 산만한 파티도 처음 보았지만 그를 더욱 놀라게 만든 것은 이들 일행 가운데 드래곤이 하나도 아닌 여러 마리가 속해 있다는 사실이었다. 비로소 그린스노우는 자신이 어떤 방법을 사용했다고 하더라도 오늘 이들의 손아귀에서 벗어날 수 있는 방법이 없었다는 것을 깨달았다.

"피어스 후작, 앞으로 자네는 어떻게 할 생각인가?"

"일단 아들의 병세를 지켜본 후에 결정하겠습니다."

"그럼 황태자 전하의 목숨을 노리는 패역무도한 검은 달 교단을 계속 믿고 따르겠단 말인가?"

"예? 그게 무슨 말씀이신지……?"

그린스노우가 아무것도 모르고 있음을 눈치 챈 세이버는 그동안 검은 달 교단이 저지른 만행에 대해 상세하게 설명해 주었다.

세이버의 이야기가 진행되면 될수록 그린스노우의 얼굴에는 불신의 기색이 가득했다.

"공작 각하의 말씀이…… 모두 사실입니까?"

"그렇네. 나 역시 이야기를 전해 듣고 나름대로 알아보았지만 모든 것이 사실이었네. 자네만 해도 조금 전 저들 일행을 죽이라고 다크 루미니언의 어쎄신들을 보내지 않았는가? 의문의 죽임을 당한 자들이나 실종된 자들의 수가 적지 않네. 난 그 사건에 이들이 직, 간접적으로 연관이 되어 있다고 생각하네."

세이버의 말에 그린스노우는 적지 않은 충격을 받은 듯 멍하게 변했다.

"설마…… 그런 일이 있으리라고는 꿈에도 생각하지 못했습니다."

"어둠 속에서 자라는 독버섯처럼 저들의 세력은 상상할 수 없을 정도로 방대하다네. 만약 저들의 야욕을 분쇄하지 못한다면 레트로니아 왕국의 미래는 아마…… 없을 것이네."

"제가 과거 쿠데타에 참가했던 이유는 사랑하는 레트로니아 왕국이 암울한 미래를 맞이하지 않게 하기 위해섭니다. 그런데 지금 왕국이 다시 위험에 빠졌다니……."

"피어스 후작, 과거는 바꿀 수 없는 일이지만 미래는 바뀔 수 있는 일 아니겠소. 과거 우리 왕국을 사랑했기 때문에 쿠데타에 참가했다면 위험에 빠진 왕국을 위해 다시 한 번 검을 들어주시오."

하이렌의 말에 잠시 생각을 하던 그린스노우는 곧 결심한 듯 자리에서 일어나 하이렌을 향해 허리를 숙였다.

"저의 미약한 힘이나마 전하와 왕국의 앞날에 도움이 된다면 기꺼이 전하를 돕겠습니다."

"고맙소. 정말 고맙소이다, 피어스 후작. 경은 우리에게 커다란 힘이 될 것이오."

"아닙니다, 전하. 오히려 가족에게만 정신이 팔려 저의 본분을 다하지 못한 것 같아 고개를 들 수 없습니다. 그 렉스라는 청년을 볼 낯이 없군요. 이름도 없는 용병은 저들의 야욕에 맞서 싸우고 있는데 정작 귀족이라는 저는 세상일이 어떻게 돌아가는지 깨닫지도 못하고 있었다니…… 부끄러울 뿐입니다."

"그건 나 역시 마찬가지요. 그리고 한 가지 부탁할 것이 있는데 들어주겠소?"

"말씀하십시오, 하이렌 전하."

"그 렉스라는 청년에 대한 것인데…… 그를 대할 때 미안하지만 나를 대하는 것처럼 대해줄 수 있겠소?"

생각지도 못했던 하이렌의 말에 그린스노우는 자신도 모르게 고개를 들어 하이렌의 얼굴을 쳐다봤다. 신하로서 무례하기 이를 데 없는 행동이었지만 그린스노우에게는 그만큼 놀랄 만한 일이었다.

말을 한 하이렌이나 곁에 선 세이버의 얼굴에 어린 고뇌를 발견한 그린스노우는 아마도 렉스란 청년과 관계가 있을 것이란 판단이 들었다.

감히 황태자에게 그 이유를 물을 수는 없는 일.

그린스노우는 일단 허리를 숙였다.

"명심하겠습니다, 하이렌 전하."

"나중에 경도 내가 왜 그런 말을 한 것인지 그 이유를 알게 될 것이오. 그건 그렇고…… 혹시 당시 쿠데타에 참가했던 사람들 가운데 기억나는 사람이 없소? 아까 후작의 말대로라면 쿠데타에 참가했던 사람이 모두 검은 달 교단에 가입을 했다고 했으니 지금쯤 그 사람들 모두가 검은 달 교단의 수뇌부가 되었을 것 아니오?"

"글쎄요. 쿠데타 당일에 만났을 때는 모두 복면으로 정체를 가리고 있었기 때문에 상대의 얼굴은 전혀 보지 못한 상태였습니다. 아! 그리고 보니 한 사람은 알 것 같습니다."

"누구요, 그자가?"

하이렌의 재촉에도 웬일인지 그린스노우는 쉽사리 입을 열지 못했다. 망설이는 그린스노우의 모습에 느껴지는 것이 있는지 세이버가 입을 열었다.

"혹시…… 아르본 공작이 아닌가?"

"어떻게 그걸?"

"짐작한 대로군. 쿠데타를 주도한 사람은 역시 아르본 공작이었어. 그자를 따르는 자들이 특히 군부에 많다는 것을 아는 사람은 거의 없지. 아마 그때도 군부의 인물들이 개입이 되었을 것이 틀림없을 것이네."

"이미 아르본 공작은 검은 달 교단과 연관이 있을 것으로 의심했던 사람이 아닙니까? 그렇다고 그를 섣불리 건드렸다가는 엄청난 재앙을 초래할 수도 있습니다. 그가 절대 부인할 수 없는 증거를 잡아 그의 얼굴 앞에 들이밀 때까지는 무조건 신중에 신중을 거듭해야만 합니다."

"물론입니다, 황태자 전하. 그날 저녁 만났던 사람들 가운데 비록 복면으로 얼굴을 가리고 있었다고는 하지만 신체적인 특징이나 버릇, 무기의 특징같이 겉으로 드러난 특이한 점 등이 있었을 것 아닌가? 아직 사람들이 모이려면 며칠간의 여유가 있으니 곰곰이 생각해 보게."

"알겠습니다, 베노아 공작 각하."

그린스노우의 대답을 들은 하이렌은 자리에서 일어나 정원을 바라봤다. 그곳에는 나란히 서서 달을 쳐다보고 있는 렉스와 도네의 모습이 보였다.

어깨를 나란히 하고 있는 두 사람의 뒷모습은 너무나 잘 어울려 보였다.

'레이시어스, 조금만 더 기다리거라. 너에게 용서를 빌 때가 곧 올 테니까.'

그런 하이렌의 마음을 아는지 모르는지 렉스와 도네는 사랑의 밀어를 나누기에 여념이 없었다. 그리고 그린스노우의 집 곳곳에서는 검술 수련에 열중인 커플이 여럿이었다.

제 10 장

반격의 준비

다음날 잠에서 깬 그린스노우는 재빨리 자리에서 일어났다. 옷을 입으며 자신의 옆 자리를 봤지만 아내 안젤라의 모습은 보이지 않았다. 아마도 아들아이의 방에서 밤을 지새웠을 것이 분명했다.

서둘러 옷을 입은 그린스노우는 아들의 방을 향해 거의 날듯이 뛰어갔다. 방문을 열고 안으로 들어가니 방 안은 완벽한 어둠에 싸여 있었다.

창문은 아예 막아버렸고, 빛의 침입을 막기 위해 방문 앞에도 몇 겹의 두꺼운 휘장이 드리워져 있었다. 물론 소드 마스터 상급의 실력을 가지고 있는 그린스노우에게 어둠이 문제될 리 만무했다.

한쪽 벽에 침대가 놓여 있었고, 안젤라가 침대에 머리를 기댄 채 고개를 숙이고 있는 모습이 보였다. 조용히 침대로 다가간 그린스노우는 안젤라의 머리를 한번 쓰다듬어 주고는 아직까지 잠들어 있을 아들의 얼굴을 바라봤다. 그리고는 소스라치게 놀랐다.

"헉!"

극히 짧은 소리였지만 안젤라는 깜짝 놀라며 고개를 번쩍 들었다. 그리고는 자신 곁에 누군가 서 있는 것을 느끼고는 비명을 지르려고 입을 크게 벌렸다. 하지만 그녀의 입을 막는 커다란 손에 그녀는 손의 임자를 노려보았다.

차츰 어둠이 눈에 익자 비로소 상대의 얼굴을 확인할 수 있었다. 안젤라가 자신을 알아보는 것을 느낀 그린스노우는 천천히 그녀의 입에서 손을 뗐다. 그런 그린스노우의 얼굴은 하염없이 흐르는 눈물로 흠뻑 젖어 있었다.

그런 남편의 반응에 놀란 안젤라는 황급히 고개를 돌려 아들의 얼굴을 바라보았다. 아들의 얼굴을 보는 순간 그녀의 뺨에도 하염없이 눈물이 흘러내리려고 있었고, 혹시 아이가 깰까 봐 염려가 됐는지 손가락을 깨물며 소리없는 오열을 터뜨리고 있었다.

비록 실내가 짙은 어둠에 싸여 있기는 했지만 아이를 염려하는 부부의 눈을 막을 수는 없었다.

가늘지만 규칙적으로 내쉬는 미약한 아이의 숨소리는 깊은 잠에 빠졌는지 평화스럽게만 들렸다. 하지만 부부를 놀라게 한 것은 숨소리뿐만이 아니었다.

광대뼈의 윤곽이 그대로 드러날 정도로 가죽뿐이던 아이의 뺨에 약간이기는 하지만 살이 올라 있었던 것이다. 그래 봐야 동갑내기 아이에게는 비교도 할 수 없었지만 지난 10년여를 지켜봐 왔던 부부에게는 눈에 띌 정도의 변화였던 것이다.

부부는 조용히 뒷걸음질쳐서 방을 빠져나왔고, 방을 나오자마자 서로를 부둥켜안고 울음과 웃음을 터뜨렸다.

“흑흑흑, 여보, 우리 콜린이…… 우리 콜린이……. 흑흑흑.”

“나도 봤소, 나도 봤소. 저 아이의 숨소리를 들어봤소? 하하하. 저렇게 편하게 잠을 자는 모습이 대체 얼마 만인지 모르겠구려. 하하하.”

울음을 터뜨리는 안젤라도, 웃음을 참지 못하는 그린스노우도 끊임없이 눈물을 흘리고 있었다. 아침 식사를 준비하던 하인과 시녀들은 두 부부의 모습에 어리둥절함을 감추지 못했다. 하지만 기쁨의 감정이란 전염이 되는 것인지 바쁘게 움직이는 그들의 얼굴에도 곧 웃음이 피어났다.

휙— 휘이익— 휙휙—

길고 짧은 소리를 내며 허공을 난도질하는 칼날에 아침 햇살이 비출 때마다 마치 빛이 산산조각나는 것 같은 착각이 들었다.

벤치에 앉아 그 모습을 바라보는 도네나 찢어져라 눈을 뜬 채 바라보고 있는 그린 윙 기사단의 단원들은 한시도 상체를 드러낸 렉스의 몸놀림에서 눈을 떼지 못했다. 또 모네스, 듀오네, 바르미아, 메디안, 게부레인도 자신들의 수련을 멈춘 채 렉스가 훈련하는 모습을 바라보기에 여념이 없었다.

파파파— 팡—

갑자기 클레이모어가 푸른 빛에 휩싸인다 느끼는 순간 압축된 공기가 터져 나가는 듯한 요란한 소리와 함께 주위의 공기가 무섭게 요동 쳤다.

휘리리릭~

공기의 흔들림은 순식간에 소용돌이로 변해 주위의 작은 물체들을 빨아들이기 시작했다. 작은 나뭇가지, 낙엽, 꽃잎을 빨아들이던 소용돌이는 눈 깜빡할 사이에 배 이상 커지더니 엄청난 흡입력으로 사람들마저 빨아들이려는 듯 무섭게 요동 쳤다.

사람들이 본능적으로 몇 발자국 뒤로 물러서자 우렁찬 음성이 들렸다.

"차앗! 스윙 샷!"

순간 소용돌이 사이로 푸른 빛이 보이더니 무서운 속도로 하늘에서 지상으로 떨어졌다. 그리고 정적이 찾아들었다.

자신들을 금방이라도 빨아들일 듯했던 소용돌이도, 검술 수련을 하고 있던 렉스의 모습도 감쪽같이 사라지고 없었다.

믿을 수 없는 광경에 사람들은 주위를 두리번거렸다. 그러다 도네 곁에 앉아 그녀가 불러낸 운디네와 실프에 몸을 맡기고 있는 렉스의 모습을 발견할 수 있었다.

몸이 깨끗이 마르자 렉스는 상의를 걸쳤고, 그제야 사람들은 정신을 차릴 수 있었다.

"마지막에 그건 어떻게 한 거야?"

"어떻게 하다니, 뭘?"

"스윙 샷인가 뭔가 소리를 지르고 나니까 널 둘러싸고 있던 소용돌이가 없어졌잖아."

메디안의 질문에 렉스는 그녀의 얼굴을 잠시 바라봤다.

"간단해. 빠르게 움직이면 돼. 그렇게 해서 소용돌이가 생기면 검에 마나를 주입해서 잘라 버리면 되고 말이야."

렉스의 설명에 메디안의 눈이 가느다랗게 변했다.

"정말이야?"

"내가 거짓말을 할 이유가 없잖아."

"정말 빠르게 몸을 회전시켜서 생긴 소용돌이를 검기로 잘라 버리면 된단 말이지?"

"너도 봤잖아. 참, 한 가지 말을 안 해준 것이 있는데……."

"그럼 그렇지. 뭘 빼먹은 거야?"

"검이 회전을 하면서 생긴 힘으로 소용돌이를 만들려면 상당히 빨리 움직여야 하거든. 일단은 그것부터 성공시켜야 해. 또 검으로 소용돌이를 자르는 것 역시 간단한 일은 아니니까 한번 열심히 해봐."

"알았어. 빨리 움직이면 된단 말이지?"

돌아서서 걸음을 옮기는 메디안은 고개를 연신 갸웃거리며 중얼거림을 멈추지 않았다.

"몸을 빠르게 움직이기만 하면 소용돌이를 만들 수 있어?"

"아니."

자신의 질문에 너무나 태연하게 부정을 하는 렉스의 대답에 도네는 기가 막혔다.

"방금 메디안에게 그렇게 이야기했잖아."

"뭘 잘못 들은 것 아니야? 난 몸을 빨리 움직이면 소용돌이가 만들어진다고 말한 적 없어. 다만 검을 빨리 움직여야 한다고 했지."

렉스의 말을 듣고 있던 도네는 더욱 황당함을 느끼지 않을 수 없었다.

"검을 빨리 움직여 소용돌이를 만든다고?"

"그래. 어느 물체든 빠르게 움직이면 공기의 저항을 받게 되잖아. 몸을 빠르게 움직이기는 힘들지만 검을 빨리 움직이는 것은 몸보다는 작으니까 상대적으로 쉽지. 다시 말해 검을 공기의 저항이 느껴질 만큼 빠르게 움직인다면 누구든 소용돌이를 만들어낼 수 있어."

"그럼 아까 압축된 공기가 터지는 듯한 소리가 검이 공기의 저항을 받아서 생긴 소리란 말이야?"

"맞아."

렉스의 태연한 대답에 도네는 물론 주위에 있던 사람들은 벌린 입을 다물지 못했다. 간단한 손놀림처럼 보였던 그 장면에 이렇게 복잡한 원리가 숨겨 있을 줄은 상상도 못했다.

사람들은 놀라면서도 렉스의 실체에 대해 궁금하기 이를 데 없었다.

어느 때 보면 너무나 단순해 어이가 없을 정도였지만 또 어느 때—지금과 같은 때—는 세상에서 누구보다 현명한 인물처럼 느껴지니 어느 쪽이 진짜 그의 모습인지 의문이 아닐 수 없었다.

그러는 사이 그린스노우가 이들에게 다가왔다. 그리고는 도네에게 정중하게 고개를 숙였다.

"어제는 미처 몰라뵙고 인사를 드리지 못했습니다. 위대한 존재이시여~"

그린스노우가 허리를 숙일 때 이상함을 느낀 도네는 재빨리 주위에 실드를 쳐 주위 사람들이 그의 말을 듣지 못하게 만들었다. 그리고는 매섭게 그를 노려봤다.

영문도 모른 그린스노우는 왜 갑자기 그녀가 자신을 노려보는지 이유를 몰라 당황하지 않을 수 없었다.

"제가 무슨 실수라도……?"

"아예 큰 소리로 내가 드래곤이라 떠들지 그랬냐?"

"아! 죄송합니다."

"됐으니까 네 볼일이나 봐."

"예? 예."

그 모습을 보고 렉스는 도네의 성질이 예전과 비교해 많이 부드러워졌다고 느꼈다.

이전의 그녀라면 일단 그린스노우를 적당히 구워(?)놓았을 텐데 손수 실드를 치고, 적당히 주의를 주는 정도로 끝냈으니 예전 같으면 상상도 못할 일이었다.

도네의 말에도 그린스노우가 그 자리를 떠날 생각을 하지 않자 렉스는 그가 자신에게 볼일이 있음을 눈치 채고 먼저 입을 열었다.

"무슨 일입니까?"

"어제 구해주신 그 드래곤……."

그린스노우는 황급히 입을 다물고는 도네의 눈치를 봤다. 그의 말을 듣지 못한 것인지 다행히도 도네는 아무런 말도 하지 않았다.

"그 약(?)을 먹고 난 후 제 아들아이가 차도를 보이기 시작했습니다."

"그렇습니까? 정말 다행이군요. 정말 잘된 일입니다."

"모두가 렉스님 덕분입니다."

"별말씀을 다 하십니다. 아무튼 제가 도움이 되었다니 저도 기쁘군요."

'젠장, 헌혈은 크리샨트가 하고 칭찬은 내가 받으려니 정말 쑥스럽구먼 이거.'

"식사 준비가 다 되었습니다. 가시지요."

"예."

렉스와 도네는 그린스노우를 따라 식당으로 향했고, 다른 사람들은 뿔뿔이 흩어져 아침 식사를 준비했다.

안드레이와 샤리프가 떠난 지도 벌써 5일이나 지났지만 아직까지 별다른 소식이 없었다. 덕분에 나머지 일행들은 오랜만에 한가로운 시간을 보내고 있었다.

모두들 개인적으로 수련을 하거나 휴식을 취하면서 시간을 보내고 있었지만 그렇지 않은 사람들도 있었다. 가장 대표적인 사람이 크레이와 메디안이었다.

크레이는 과거 렉스에게 검술 지도를 받을 때가 그리울 정도로 혹독하게 검술 훈련을 하고 있었다. 게다가 항상 상대가 없어 주위 사람들을 괴롭히던 메디안도 도망치기 바쁠 정도로 엄청난 상대를 맞았다.

그 상대란 다름 아닌 오토였다.

세이버의 성에 있던 오토와 산드라, 그리고 라그나를 도네가 이곳으로 소환한 것이었다.

오전에는 크레이와 그린 윙 기사단의 단원들이, 오후는 메디안과 모네스, 바르미아와 듀오네가 오토를 상대로 대결을 벌였는데 결과는 언제나 압도적인 오토의 승리였다.

특히 오전에 크레이와 그린 윙 기사단을 상대할 때는 목검을 이용해 격전이 벌어지는데 방식은 아주 간단했다. 누구든 오토의 몸을 단 한 번이라도 목검으로 가격하면 그 순간 대결은 중지되는 것이다. 하지만 200명이 넘는 사람들 가운데 어느 누구도 오토의 몸을 가격하기는커녕 그의 몸 근처에 접근하는 사람조차 없었다.

그렇다고 오후에 대결하는 사람들이 조금 낫느냐 하면 그렇지도 않다. 그들은 실제 자신들의 무기를 가지고 대결을 벌였는데 어느 누구의 검도 오토의 워 해머와 모닝스타를 뚫고 공격에 성공한 사람이 없었다.

무지막지하고 인정사정없기는 렉스와 비교해도 손색이 없었지만 무엇보다 차이가 나는 것은 어마어마한 그의 힘이었다. 어설프게 그의 공격을 받았다 하면 몇 파렌쯤 날아가는 것은 일도 아니었다. 게다가 그 자리에서 '항복'을 선언하지 않고 도망치는 사태가 발생하면 전신을 골고루 안마받아야 하는 끔찍한 결과가 기다리고 있었다.

처음 자신들의 검술 수련에 도움이 된다고 앞 다투어 덤비던 사람들도 3일이 지난 지금 오토의 모습을 보기만 하면 슬금슬금 도망치기 일 쑤였다.

메디안이 도망칠 정도이니 다른 사람들은 말할 필요도 없었다.

건물 뒤편에 마련된 연무장.

지금 그곳에는 오토와 그린스노우가 대치한 채 서로를 노려보고 있었다. 그런데 그린스노우의 행색은 별로 보기 좋은 상태가 아니었다.

오토에게 대결을 신청한 것까지는 좋았는데 오토의 실력은 그의 예상을 훌쩍 뛰어넘는 것이었다.

자신과 비교해도 손색이 없는 상대에게 그린스노우는 경탄하면서도 상대의 압도적인 힘과 풀 플레이트 메일 때문에 곤혹을 치르고 있는 중이었다.

지금껏 살아오면서 이런 상대를 만나보기는 처음이었다.

주위에서 두 사람의 대결을 구경하던 사람들은 숨죽인 채 두 사람의 공격과 방어를 유심히 살피고 있었다.

전력을 다해 대결을 벌린 지도 벌써 20분.

자신은 벌써 호흡이 가빠오는데 상대의 어퍼 비버를 통해 보이는 붉은 눈빛은 여전히 선명했다.

마나를 집어넣은 롱 소드를 비스듬히 치켜 세운 그린스노우는 오토가 공격하기만을 기다렸다. 그런 그의 바람을 아는지 오토의 공격이 시작되었다.

첫 공격은 워 해머.

머리를 향해 날아오는 뾰족한 워 해머의 끝을 노려보던 그린스노우는 한 걸음을 옆으로 옮겨 피했고, 뒤이어 날아오는 모닝스타를 보고는 그대로 오토의 품에 뛰어들었다. 그리고는 롱 소드의 옆면으로 오토의 목덜미를 향해 힘껏 휘둘렀다. 거의 동시에 오토의 오른손 팔꿈치가 그린스노우의 가슴을 향해 날아들었다.

쾅—

요란한 소리와 함께 그린스노우는 몇 바퀴나 지면을 뒹굴다 겨우 일어섰다. 큰 소리가 난 것에 비하면 그의 부상 정도는 경미한 것 같았다.

비록 마지막에 오토의 공격을 방어하느라 공세가 흐트러지기는 했지만 이번 자신의 공격으로 틀림없이 오토가 기절했으리라 생각했던 그린스노우는 자신의 눈을 의심하지 않을 수 없었다.

옆으로 꺾였던 오토의 목이 천천히 원래의 위치로 되돌아가는 것이 보였기 때문이다.

사람들은 그 모습에 공포감이 드는 것을 느껴야만 했다.

그런 사람들의 반응에 렉스는 그대로 두면 사기를 올려주려던 자신의 의도와는 달리 오히려 역효과가 날 것 같아 재빨리 제지했다.

“오토, 멈춰.”

하지만 오토의 걸음은 멈춰지지 않았다. 멈추기는커녕 오히려 전의(戰意)를 불태우는 것 같았다.

위잉~

왼손에서 빙글빙글 돌아가던 모닝스타가 긴 울음소리와 함께 모습을 감추었고, 오른손에 들려 있던 워 해머는 금방이라도 렉스의 머리를 향해 날아들 것처럼 높이 치켜들고 있었다.

그런 오토의 행동에 렉스는 어이가 없었다.

“도네, 그냥 두고만 볼 거야?”

“그건 내 잘못이 아니야. 아마 저 녀석이 만들어지고 난 후 렉스에게 가장 큰 부상을 입었기 때문에 본능적으로 렉스를 적으로 인식하는 것 같아. 몇 번이나 해체해 조사를 해봐도 아무 소용이 없었어."

"도네가 손보기 전이라면 조금 고장을 내서라도 멈추게 할 수 있지만 지금은 전력을 다하지 않으면 나도 위험하거든."

바로 그때 나선 사람은 산드라였다.

2파렌이 넘는 키에 보기만 해도 살벌한 무기를 휘두르는 오토에게 산드라는 아무런 두려움 없이 다가갔다.

"오토, 그만둬. 이분께 무례를 저지르면 안 돼. 그러니까 어서 무기를 내려놓고 물러나. 어서!"

잠시 고개 숙여 산드라를 바라보던 오토는 곧 무기를 내리더니 뒤로 물러섰다. 그 모습을 유심히 바라보던 도네는 뭔가를 고심하더니 곧 탄성을 질렀다.

"맞아! 그 방법이 있었어. 내가 왜 그 방법을 잊고 있었지?"

"원인을 알았어?"

"내 생각에는 오토를 만든 늙은이가 드래곤 본으로 오토의 심장을 만들 때 산드라의 피로 주술을 걸어놓은 것 같아."

"그럼 오토의 병(?)을 고칠 수 있는 거야?"

"아니."

"원인을 알면 고칠 수도 있는 것 아니야?"

"그게 말이야, 그렇게 간단한 것이 아니야. 만약 렉스를 적으로 인식하는 병을 고치려면 저 녀석의 심장을 뜯어 새로 만들어야 하거든. 하지만 워낙 정교한 물건이라 심장을 새로 만드는 것도 그리 간단한 것은 아니야. 게다가 그 과정에서 조금이라도 실수를 하면 저 오토마타는 더 이상 움직이지 않을 가능성도 없지 않아."

"그럼 신경 쓰이게 계속 이렇게 살아야 한단 말이야?"

"렉스님, 제발 오토를 해체하지 말아주세요. 오토는 저에게는 마지막 남은 가족이에요."

"노, 농담이야, 산드라. 오토를 해체하는 일은 없을 테니까 걱정하지 마. 오토가 덤비면 뭐 훈련하는 셈치고 땀이나 한번 흘리지 뭐."

산드라의 눈물을 발견한 렉스는 걱정하지 말라는 듯 자신의 가슴을 탁탁 두드렸다.

근처에 모여 있던 사람들은 렉스와 오토가 겨룰 생각을 하지 않자 김이 샌 듯 뿔뿔이 흩어지려고 했다.

그때 갑자기 한 무리의 사내들이 나타나 주위에 있던 사람들을 공격하기 시작했다. 영문도 모른 사람들은 재빨리 자신의 무기를 들고 그들과 싸움을 시작했다.

처음 그들을 공격하려던 렉스는 갑자기 나타난 사내들에게서 몇 가지의 공통점을 발견할 수 있었다.

첫째, 머리 모양은 가지각색이었지만 공통적으로 머리 한곳에는 문신이 있다는 것이었고, 둘째는 무질서한 그들 복장의 상의에는 붉은색의 그리핀 문장이 있다는 것이었다. 그리고 마지막으로는 그들의 무기 모두가 근접 전투에 알맞은 무기들이라는 사실이었다.

렉스는 비로소 그들의 정체를 짐작할 수 있었다.

렉스가 잠시 생각에 빠진 그 짧은 시간 동안 그린 윙 기사단의 대부분이 그들에게 제압당해 지면을 뒹굴고 있었고, 그린스노우나 듀오네들이 겨우 그들과 대적하고 있었다.

자신의 상대를 찾아 두리번거리던 사내들은 렉스의 모습을 발견하고는 누가 먼저라고 할 것도 없이 덤벼들었다.

그들의 몸놀림은 현란하기 이를 데 없어 눈이 다 아플 지경이었다. 동료의 등 뒤에 모습을 감추었다가 갑자기 나타나 공격을 퍼붓기도 했고, 또는 동료의 어깨를 밟고 공중으로 뛰어오르면서 공격을 하기도 했다.

주워 든 목검에 마나를 집어넣어 방어하면서 상대들의 움직임을 살피던 렉스는 곧 그들에게로 파고들었다. 렉스의 목검이 크게 휘둘러지는 순간 목검에 맞은 그들의 무기가 사방으로 날아갔다.

갑작스러운 공격에 렉스를 공격하던 사내들이 잠시 멈칫하는 그 짧은 시간에 렉스는 그들의 틈 사이로 파고들었다. 그리고는 가차없이 주먹과 목검을 휘둘렀다.

자신의 공격이 성공하리라 생각했던 예상과는 달리 사내들은 기민하게 움직여 렉스의 공격을 피했다. 뜻하지 않은 상황에도 렉스는 당황하지 않았다.

이들 정도라면 자신의 공격을 피할 수도 있을 것이라 예상하기는 했지만 설마 모두 피할 것이라고는 예상하지 못했다. 하지만 역시 렉스는 생각보다 동작이 훨씬 빨랐다.

내뻗는 주먹의 속도와 휘두르는 목검의 속도가 훨씬 빨라졌다. 주춤거리며 물러서는 사내들보다 다가서며 공격하는 렉스의 행동이 훨씬 빨랐다.

퍽!

렉스가 휘두른 목검에 한 사내가 옆구리를 움켜쥐며 쓰러지는 순간 렉스의 몸놀림은 더욱 빨라졌다. 지그재그로 움직이는 렉스의 몸은 알아보지도 못할 정도로 빨라 미처 눈으로 쫓아갈 수도 없을 지경이었다.

퍽!

다시 한 사람이 렉스의 공격을 받아 기절한 채 쓰러졌다. 그 모습에 일부 사내들은 뒤로 물러섰지만 일부 사내들은 자신의 무기를 움켜쥐고 공격을 재개했다.

퍼퍼퍼~ 채채채~ 챙~

갖가지 무기가 부딪치며 내는 소리에 귀가 다 아플 지경이었다. 시간이 지날수록 지면에 쓰러지는 사람들의 수가 하나둘씩 늘어갔고 쓰러진 사람들의 수가 40명이 넘었을 때 더 이상 렉스에게 덤비는 사람은 없었다.

갑자기 공격을 시작한 사내들 가운데 멀쩡하게 서 있는 사람들은 30명 정도였는데 그들은 렉스의 모습을 믿을 수 없다는 듯 멍하니 바라보고 있을 뿐이었다.

"어떤가? 직접 상대해 보니 내 말을 믿을 수 있겠는가?"

"휴우~ 설마 단장님처럼 강한 사람이 또 있을 줄은 상상도 못했습니다."

"하지만 곧 돌아올 안드레이님도 나만큼 강한 분이시라네."

샤리프의 대답에 뒤로 물러났던 사내들은 고개를 저었다.

자신들의 우상인 샤리프만 하더라도 자신들이 평생 노력한다고 하더라도 따라갈 수 없는 상대인데 그런 사람이 두 사람이나 더 있다니 사내들로서는 그저 놀라울 뿐이었다.

렉스에게 다가간 샤리프는 고개 숙여 사과를 했다.

"저 친구들이 렉스님께 무례하게 군 점 제가 대신 사과를 드리겠습니다. 자신이 직접 경험해 보지 않고는 좀처럼 남의 말을 믿지 않는 성격이라 실례를 저질렀습니다."

"후후후, 괜찮습니다. 레드 그리핀 기사단인가 보군요."

"예, 그렇습니다. 제 부탁에 고맙게도 이렇게들 모여주었습니다. 저로서는 그저 감사할 뿐이지요.”

“모두 몇 분이나 오셨습니까?”

“일흔네 명입니다. 이들과 함께라면 어떤 상대든 충분히 싸워볼 만합니다.”

“수고하셨습니다. 큰 힘이 되겠습니다.”

샤리프의 자신만만한 말에 렉스는 고개를 끄덕였다.

물론 레드 그리핀 기사단의 참가도 반가운 것이었지만 무엇보다 샤리프가 전사의 모습을 되찾은 것이 더 기뻤다.

“나한테는 인사도 안 할 건가?”

“아저씨도 수고했수. 내 나중에 술 한잔 사겠소.”

“뭘 술씩이나…… 그날이 오기만 기다려야겠군.”

렉스가 쓴웃음을 지을 때 연무장 한쪽 공간이 왜곡되더니 튕겨지듯 수십 명의 사람들이 모습을 드러냈다. 어리둥절함을 감추지 못하고 주위를 두리번거리는 사람들 앞에 선 사람은 제로스와 안드레이였다.

렉스에게 다가오던 안드레이는 연무장 한쪽에 도열해 있는 낯선 사람들을 발견하고는 그들을 유심히 살폈다. 그리고는 곧 고개를 끄덕였다. 그저 보기만 해도 그들의 실력을 충분히 짐작할 수 있었기 때문이다.

그런 반면 레드 그리핀 기사단의 단원들은 자신들을 쳐다보는 아름답고 차가운 인상의 사내를 발견하고는 순간적으로 몸이 굳어지는 것을 느꼈다.

자신들의 우상인 샤리프와는 전혀 다른 강함을 소유한 존재는 보는 것만으로도 온몸에 스며드는 차갑고 날카로운 예기를 느끼게 만들었다.

“다녀왔네.”

“수고 많았네.”

안드레이와 함께 모습을 드러낸 사내들은 재빨리 안드레이의 뒤쪽에 도열했는데 자신들의 단장이 이제 겨우 스무 살이 넘어 보이는 청년과 격의없이 지내는 것을 보고는 눈이 휘둥그레졌다.

"블랙 이글 기사단인가?"

"그렇네. 사태의 심각성을 고려해 최대한 실력이 뛰어난 사람들만 선발해서 데리고 왔네. 모두 예순다섯 명이네."

"내가 보기에도 모두 상당한 검술 실력과 함께 많은 실전을 치른 사람들인 것 같아 보이는군."

건방지게 자신들을 함부로 품평하는 렉스의 말에 단원들의 얼굴에는 은근히 분노의 기색이 떠올라 있었다.

"역시 근접 전투의 최강이라고 불리는 레드 그리핀 기사단답습니다."

"별말씀을 다 하십니다. 블랙 이글 기사단 단원들의 눈빛을 보니 제 가슴이 다 서늘해지는 것 같습니다."

두 사람의 대화를 들으며 패잔병처럼 몰려 풀이 죽어 있는 그린 윙 기사단의 단원들을 보며 렉스는 입맛을 다실 수밖에 없었다.

사실 그린 윙 기사단이 약한 것이 아니라 블랙 이글 기사단이나 레드 그리핀 기사단이 너무 강한 것이란 것을 모르지는 않았지만 그래도 왠지 자존심 상한다고 느끼는 렉스였다.

"일단 세부적인 계획을 세우려면 최소 2, 3일은 필요하네. 인원 배분이나 공격 방법, 공격 시기에 대해 완벽하게 세우지 않으면 우리가 피해를 입을 수도 있으니 신중하게 계획을 수립해야 할 거야."

"휴우~ 안드레이, 계획을 세우거나 인원을 나누거나 하는 건 안드레이가 하면 안 돼? 나는 그놈의 계획 소리만 들으면 골치가 지끈거리는 것 같거든. 안드레이가 공격 날짜와 장소만 가르쳐 주면 내가 달려

가서 박살 내줄게. 오해는 하지 마. 절대 편하기 위해서 이러는 것이 아니니까. 난 정말 작전을 세우는 것하고는 거리가 머니까.”

렉스의 푸념에 안드레이와 샤리프는 순간 서로의 얼굴을 쳐다보며 쓴웃음을 지었다. 그리고는 거의 동시에 입을 열었다.

“안 돼.”

“안 됩니다, 렉스님.”

두 사람이 마치 짜기라도 한 듯 동시에 안 된다고 하자 렉스의 얼굴이 순식간에 엉망으로 일그러졌다.

“왜?”

“첫째, 렉스는 이 파티의 중심이니까. 둘째, 자네를 따라온 일행들을 모른 척할 것인가? 셋째, 단순하기는 하지만 가끔가다 기발한 아이디어를 제공하니까. 이상이네.”

“보충해서 말씀드리자면 렉스님을 제외하고 감히 누가 도네님이나 크리샨트님께 말을 붙여보겠습니까?”

샤리프의 말이 결정적이었다.

그의 말처럼 감히 누가 드래곤들에게 명령을 내릴 수 있단 말인가?

“일단 회의를 시작해 보세. 따라오게.”

안드레이의 말에 렉스는 도살장에 끌려가는 소처럼 축 늘어진 모습으로 뒤를 따라갔다. 그 모습을 본 샤리프는 왠지 평상시 모습과 너무나 다른 렉스의 모습에 웃음이 터져 나왔다.

*   *   *

“미천한 저희들이 존귀하신 카오스님의 성체(聖體)를 배알하나이다.”

자신을 향해 경배를 올리는 사람들의 모습을 보지 못했을 리 없건만 플로렌스는 딱딱하게 굳은 표정으로 걸음을 옮기고 있었다.

한 걸음 뒤에서 플로렌스를 따라가던 카렌의 얼굴에는 걱정스러움이 배어 있었다.

며칠 전 새벽 고스트의 죽음을 느낀 후부터 그의 안색은 굳어진 채 풀어질 줄 몰랐다. 비록 자신도 다크 스파이더 소속이긴 하지만 그녀에게는 고스트의 죽음보다는 안색이 굳어진 플로렌스가 더욱 신경 쓰였다.

그렇다고 고스트의 죽음이 슬프지 않다는 것은 아니지만 어차피 다크 스파이더 소속의 대원들은 카오스를 위해 목숨을 바치도록 교육받고, 훈련받아 온 존재들이었다.

그들과 카오스의 비중도를 따진다는 것은 적어도 카렌에게는 말도 안 되는 소리였다.

한참을 걷던 카오스의 발걸음이 멈춘 곳은 크리스토퍼의 서재였다. 문 앞에 서 있던 두 명의 여인 가운데 한 명이 황급히 입을 열었다.

“대교황 각하, 카오스님께서…….”

벌컥 문을 연 플로렌스는 거침없이 서재로 들어섰고, 뒤따라오던 카렌은 밖에서 조용히 서재의 문을 닫았다.

서재로 들어선 플로렌스는 실내에 크리스토퍼 말고도 세 사람이 더 있다는 것을 깨닫고는 그들을 쳐다봤다.

검은색의 로브를 걸치고 후드를 눌러써서 얼굴을 알아볼 수는 없었지만 플로렌스는 그들이 누군지 알고 있었다.

“카오스님의 무사 귀환을 축하드리옵니다.”

“오랜만에 인사를 올립니다, 카오스님.”

“그동안 안녕하셨습니까, 카오스님.”

자리에서 일어난 세 사람은 비록 무릎을 꿇고 이마를 지면에 대지는 않았지만 더할 나위 없이 경건하게 허리를 숙였다.

"교황들이 이곳에 어쩐 일이오?"

"카오스님께 인사를 드린 지 오래되어 인사차 들렀습니다."

"앉으시오. 마침 잘 왔소. 내 그대들에게 물어볼 것이 있소."

"말씀하십시오, 카오스님."

"우리 교단을 적대시하는 자들이 있소?"

"예? 무슨 말씀이신지……?"

"며칠 전 새벽 난 고스트의 죽음을 느꼈소."

플로렌스의 말에 네 사람은 경악을 감추지 못했다.

고스트가 누군가?

지상에 존재하는 어떤 무기로도 상처를 입힐 수 없는 존재가 아닌가? 그런 그가 죽었다니……. 도저히 믿을 수 없는 일이었다.

"누구에게 목숨을 잃은 것인지 알 수는 없지만 상당히 먼 곳에서 살해되었소. 부활의 알을 복용한 고스트를 죽일 수 있는 존재가 있다는 것도 믿을 수 없었지만 무엇보다 그가 죽었다는 것은 누군지는 모르지만 우리 교단을 적대시하는 존재가 있다는 말 아니오? 여러분들은 이 점에 대해 어떻게 생각하시오?"

플로렌스의 질문에 네 사람은 꿀 먹은 벙어리마냥 한마디도 할 수 없었다.

잠시의 시간을 두고 크리스토퍼가 입을 열었다.

"제가 보고받은 바에 따르면 고스트는 머즐과 블레이즈와 같이 한 가지 사건을 조사하기 위해 리스몬테 시로 갔었습니다."

"리스몬테? 아니오, 내가 고스트의 죽음을 느낀 곳은 훨씬 먼 곳이었소."

"영문을 모르겠군요. 일단 머즐과 블레이즈를 찾아 어떻게 된 일인지 알아보겠습니다."

"시급히 알아봐야 할 것 같소. 왠지 신경이 거슬리는 것이 방심했다가는 우리 교단에 큰 재앙이 닥칠 것 같소."

플로렌스의 말에 크리스토퍼의 눈썹이 꿈틀거렸다.

평소 플로렌스의 성격을 잘 알고 있는 그로서도 플로렌스가 이렇게 단정적으로 말하는 것은 한 번도 들어본 적이 없었다. 게다가 여행에서 돌아온 플로렌스는 어디라고 꼬집어 말할 수는 없지만 분명히 변해 있었다.

"내 말을 명심하는 것이 좋을 거요."

말을 마친 플로렌스는 그대로 서재를 나가 버렸고, 남은 사람들은 그가 말한 재앙이라는 것이 무엇을 의미하는 것인지 고심에 고심을 거듭했지만 전혀 짐작이 되지 않았다.

"대교황 각하, 카오스님께서 말씀하신 재앙이라는 것이 대체 무엇일까요?"

"글쎄요? 나 역시 그 재앙이라는 것이 무엇인지 짐작도 안 되는구려. 아무튼 교단에 별로 좋은 일은 아닐 것 같소."

"제 예상도 그렇습니다."

"저희들도 고스트를 죽인 자를 나름대로 찾아보겠습니다."

"그렇게 해주시오."

"그럼 대교황 각하, 존체 보중하시옵소서."

"다음에 다시 뵙겠나이다."

세 사람은 크리스토퍼에게 인사를 하고는 서재를 빠져나갔고, 그들이 나가자마자 서가의 한쪽이 열리더니 사이나가 모습을 드러냈다.

"조금 전 플로렌스가 말한 것을 들었는가?"

"예, 하지만 누가 고스트를 죽일 만한 능력를 가지고 있는지 짐작이 되지 않는군요."

"자네가 일전에 말한 샤리프란 자는 어떤가?"

크리스토퍼의 말에 사이나는 고개를 갸웃거렸다.

"물론 샤리프도 고스트를 상대할 능력은 가지고 있습니다. 그러나 이해가 가지 않는 것은 만약 상대의 검술이 너무 강해 상대할 수 없었다면 몸을 피해 그런 사실을 상부에 보고했으면 됐을 텐데 그러지 않았다는 것이 이상합니다."

"음~ 그것도 그렇군."

"또 곁에 머즐이나 블레이즈도 함께 있었을 텐데 만약 고스트가 당했다면 그들이라도 상부에 그런 사실을 보고했어야 하는데 실제 두 사람에게서 올라온 보고는 없었습니다."

사이나의 붉은 머리를 보며 크리스토퍼는 생각을 정리했다.

"어쨌든 고스트의 죽음과 각 도시에서 파괴된 우리 아지트들을 보면 확실하지는 않지만 우리를 적대시하는 자들이 존재하는 게 분명해. 대세를 거를 수는 없겠지만 언제까지 신경 쓰이게 그들을 놔둘 수는 없는 일. 그러니 자네가 이번 일에 좀 신경 쓰도록 하게."

"알겠습니다, 대교황 각하. 그리고 다크 베트의 린네 단장에게서 이상한 정보 하나를 들었습니다."

"뭔가?"

"황태자인 하이렌이 요즘 누군가를 만나는지 사라지는 일이 잦다고 합니다.”

“황태자가 자리를 비워?”

“예, 전에 있었던 암살 미수 사건 이후로 왕궁에서 꼼짝도 하지 않았던 황태자가 누군가를 만나고 있다는 것은 저희에게 별로 환영할 만한 소식은 아닌 것 같습니다.”

“황태자에게 좀 더 뛰어난 실력을 가진 어쎄신들을 감시로 붙이게. 그가 누굴 만나는지 좀 알아야겠어.”

“알겠습니다, 대교황 각하.”

사이나의 대답을 들으며 크리스토퍼는 왠지 가슴 한구석이 여전히 답답한 것을 느꼈다.

“그리고 우리의 지부를 파괴한 자들을 반드시 찾아내야만 하네. 물론 색출과 동시에 가장 참혹한 죽음을 안겨주어야겠지. 정보가 들어오는 대로 언제든 출동할 수 있도록 특급 어쎄신들을 항상 준비해 놓도록 하게.”

“명심하겠습니다. 그리고 곧 우리의 지부를 파괴한 자들을 반드시 찾아 복수를 할 수 있을 것이옵니다, 대교황 각하.”

“그래야겠지. 반드시.”

어금니를 깨무는 크리스토퍼의 얼굴은 식사 후 자신의 먹이를 향해 날아드는 가소롭고 귀찮은 파리 떼를 바라보는 맹수의 모습과 닮아 있었다.

〈5권에서 계속〉